U0154070

邱貴芬 著

臺灣文學的
世界之路

政大出版社
Chengchi University Press

台灣文學研究所

國家圖書館出版品預行編目（CIP）資料

臺灣文學的世界之路 / 邱貴芬著. -- 初版. -- 臺北市：國
立政治大學政大出版社, 國立政治大學台灣文學研究所,
2023.02
　　面；　公分. --（台灣文學與文化叢書）
　ISBN　978-626-97015-5-1（平裝）

1.CST: 臺灣文學 2.CST: 世界文學 3.CST: 比較文學
4.CST: 文集

863.07　　　　　　　　　　　　　　　　112000097

台灣文學與文化叢書 1
臺灣文學的世界之路

作　　　者｜邱貴芬
叢書主編｜范銘如
叢書學術顧問｜吳佩珍、邱貴芬、陳培豐、廖炳惠

發 行 人　李蔡彥
發 行 所　國立政治大學政大出版社
出 版 者　國立政治大學政大出版社
合作出版　國立政治大學台灣文學研究所
執行編輯　林淑禎
地　　址　11605臺北市文山區指南路二段64號
電　　話　886-2-82375669
傳　　真　886-2-82375663
網　　址　http://nccupress.nccu.edu.tw

經　　銷　元照出版公司
地　　址　10047臺北市中正區館前路28號7樓
網　　址　http://www.angle.com.tw
電　　話　886-2-23756688
傳　　真　886-2-23318496
郵撥帳號　19246890
戶　　名　元照出版有限公司

法律顧問　黃旭田律師
電　　話　886-2-23913808

初版一刷　2023年2月
定　　價　320元
I S B N　9786269701551
G P N　1011200073

政府出版品展售處
• 國家書店松江門市：104臺北市松江路209號1樓
　電話：886-2-25180207
• 五南文化廣場臺中總店：400臺中市中山路6號
　電話：886-4-22260330

目　次

序　臺灣文學的世界之路 i

導　論　臺灣文學之「新」哪裡來？ 1
　　步入二十一世紀的臺灣文學　　　　　　　1
　　臺灣文學的國際位置　　　　　　　　　　5
　　華文文學研究界觀點　　　　　　　　　　9
　　文學的跨媒介連結　　　　　　　　　　　13
　　本書章節簡介　　　　　　　　　　　　　15

第一章　世界文學空間裡的臺灣文學 25
　　作為世界文學的臺灣文學　　　　　　　　25
　　國際文學大獎裡的臺灣文學　　　　　　　33
　　臺灣文學的國外學術研究與教學　　　　　45
　　國際書市平臺讀者反應　　　　　　　　　53
　　小結　　　　　　　　　　　　　　　　　57

第二章　閱讀臺灣文學的方法 59
　　三種新興文學研究框架　　　　　　　　　61
　　世界華文文學：範圍、研究方法、議題　　64
　　華語語系文學：範圍、研究方法、議題　　68
　　作為世界文學的漢文文學：範圍、研究方法、議題　　73
　　世界華文文學研究裡的楊牧　　　　　　　78
　　華語語系研究裡的楊牧　　　　　　　　　79
　　世界文學研究裡的楊牧　　　　　　　　　81
　　小結　　　　　　　　　　　　　　　　　84

第三章　新世紀臺灣文學的世界感 87

臺灣文學的世界感　　　　　　　　　　　　　　　87

千禧作家的世界感　　　　　　　　　　　　　　　94

「花開時節」與跨國迷文化　　　　　　　　　　　96

《華麗島軼聞：鍵》與跨國大眾類型小說的展演　　100

《百年降生：臺灣文學故事1900-2000》的世界文學養分　103

新世紀原住民寫作裡的世界感：
巴代、乜寇・索克魯曼、瓦歷斯・諾幹　　　　　108

小結　　　　　　　　　　　　　　　　　　　　　117

第四章　臺灣作家的世界文學之路 119

小文學作家的世界之路　　　　　　　　　　　　　119

世界文學作家吳明益　　　　　　　　　　　　　　124

障礙一：文學資本匱乏　　　　　　　　　　　　　128

障礙二：落後　　　　　　　　　　　　　　　　　133

障礙三：遙遠　　　　　　　　　　　　　　　　　136

障礙四：能見度低　　　　　　　　　　　　　　　140

如何成為世界文學作家　　　　　　　　　　　　　143

小結　　　　　　　　　　　　　　　　　　　　　144

第五章　跨媒介敘述的臺灣文學世界想像 149

改寫、改編、跨媒介敘事與世界文學　　　　　　　149

「面向世界」：風車詩社的「故事世界」　　　　　155

影片如何敘述風車想望的「世界」？　　　　　　　159

現在進行式的風車詩社　　　　　　　　　　　　　168

世界文學的跨媒介流通　　　　　　　　　　　　　170

小結　　　　　　　　　　　　　　　　　　　　　173

第六章　網路新媒介時代小文學的國際能見度 . 175

　　小文學共和國？　　　　　　　　　　　175

　　小文學與文學認可機制　　　　　　　179

　　李昂數位主題館　　　　　　　　　　183

　　維基百科　　　　　　　　　　　　　190

　　小結　　　　　　　　　　　　　　　198

附錄　〈襲用或巧合？──巴代小說的奇幻物語〉
　　巴代 201

引用書目 209

索引 235

表目次

封面　　虎鯨（簡毓群攝影）

表1-1　紅樓夢長篇小說獎入圍名單 2005-2020 35

表1-2　紅樓夢獎入圍作家區域別統計（2005-2020） 36

表1-3　紅樓夢獎臺灣獲得提名的作家作品表 36

表1-4　Newman Prize for Chinese Literature 入圍名單（2009-2021） 37

表1-5　Newman Prize for Chinese Literature入圍作家區域別統計（2009-2021） 38

表1-6　Newman Prize for Chinese Literature臺灣獲得提名的作家列表（2009-2021） 38

表1-7　諾貝爾獎亞洲作家表（2009-2022） 39

表1-8　The Booker Prize入圍之亞洲作家人次（2001-2020） 40

表1-9　International Booker Prize Longlist（2005-2021） 41

表1-10　International Booker Prize 獲提名東亞作家的分布統計（2005-2021） 44

表1-11　MCLC articles on Taiwanese Literature/Culture（2000-2021） 49

表2-1　國際辨識指標International recognition indicators（IRIs） 82

表5-1　《日曜日式散步者》參展與獲獎情形 174

圖目次

圖1-1　Goodreads.com呈現的吳明益作品讀者回響　　54

圖1-2　吳明益*The Man with the Compound Eyes*（2013）　　55

圖1-3　莫言*Change*（2010）　　55

圖1-4　王安憶*Little Restaurant*（2010）　　56

圖1-5　閻連科*The Four Books*（2016）　　56

圖2-1　MCLC video lecture series　　60

圖4-1　吳明益作品的國際回響情形　　126

圖4-2　吳明益作品的國際回響情形（接續上圖）　　126

圖4-3　複眼人的國際讀者評分和留言　　126

圖4-4　吳明益2010年版《迷蝶誌》「手繪蝴蝶展翅圖」封面　　135

圖5-1　《日曜日式散步者》片中「手」的特寫　　162

圖5-2　展場強調看、聽的美學經驗　　166

圖6-1　「李昂外譯」Timemapper　　186

圖6-2　李昂數位主題館瀏覽次數統計　　187

圖6-3　李昂數位主題館瀏覽者地理分布　　188

圖6-4　李永平英文詞條2016年5月23日遭刪除　　194

圖6-5　李昂英文維基百科詞條共寫者統計　　197

圖 5-1 《日曜日式散步者》片中「手」的特寫

圖 5-2 展場強調看、聽的美學經驗

序
臺灣文學的世界之路

　　《臺灣文學的世界之路》算是我的「畢業之作」。從我進入學界，在比較文學學會發表〈「發現臺灣」：建構臺灣後殖民論述〉介入 1990 年代臺灣文學「後殖民主體的追尋」，到二十一世紀之後尋找臺灣文學新世紀的出路，這一路探索臺灣文學如何發聲的歷程，大概就是此書撰述的過程。書封的這張照片有三頭虎鯨，是生態紀錄片導演簡毓群 2016 年 8 月份在臺灣東海域進行田調時拍攝到的虎鯨一家三口。根據毓群的說明，背景黑潮海水湛藍，是臺灣或西北太平洋特有的顏色，與挪威、加拿大、日本、南澳偏藍綠的海水顏色不同。1996 年臺灣首次在花蓮海域發現虎鯨，且有 6 頭之多，間接促成了臺灣賞鯨產業的發展。臺灣四面環海，然而在我小時候，海岸屬軍事機密要地，閒人勿近，海洋對我們而言是陌生而無法接近的場域。看見虎鯨，眺望海洋，是邁進一個新的紀元的臺灣人才可能的行為。以這張虎鯨照片作為《臺灣文學的世界之路》的封面，於公於私，都有其含意。

　　2003 年國立臺灣文學館成立，首任館長林瑞明所推出的臺灣文學發展的展覽，題為「從台南向世界出發」，展覽設計的主要意象為一頭鯨魚，應該是比起虎鯨，更是臺灣海域常見的抹香鯨。位在臺南台江國家公園內的「台江鯨豚館」內有一對抹香鯨母子的標本，我推想應是林瑞明館長想像航向世界的臺灣文學時，心中浮現的鯨魚意象。這個策展

象徵海洋臺灣論述的浮現，一種連結世界，而不再以「反攻大陸」所反映的大陸論述的視野。不過，我覺得當時臺灣文學館以一頭抹香鯨為主要意象的臺灣文學，太孤單了。如同我在本書第四章以吳明益為案例所闡述的，臺灣文學的世界之路非獨力可為，而是漫漫長路，須不同世代接力。以三頭虎鯨的群游取代海洋中單獨的抹香鯨，應該更貼切。

　　這張照片也連結我私領域的記憶。虎鯨是我兒子小時候最喜歡的一個毛絨玩具。兒子出生時，我同時撰寫博士論文、在沙鹿靜宜大學外文系擔任專任老師努力照顧家庭，善盡妻母之職。年輕的我疲於奔命，往返於我任教的學校、兒子褓母或是上學的地方、和我的住家，只要學校有活動而無法準時下班回家時就心急如焚。努力內外兼顧而焦頭爛額的日子，竟然也就這樣走過了。兒子獨立成家立業了，今年他也迎接寶寶，進入我曾經經歷的人生循環。而這三十多年過程當中，我的學生也一一畢業，許多現在已是臺灣文學的中流砥柱或新秀學者。長江後浪推前浪。下一輩的臺灣文學研究學者比我更成熟、更有能力、也有更多的資訊和新時代的思維。我可以放心交棒，放慢腳步。簡毓群曾在他中興大學研究所期間，修習我的紀錄片課程，那個課程裡的學生，包括徐國明、鄭勝奕、蘇威銘，更像是與我共同切磋的夥伴，每次上課教學相長之樂，是我學術生涯最開懷的上課經驗。毓群關心生態環境議題，特別是鯨豚，以他的作品作為我這本書封面，紀念我的學術生涯的黃金年代。涉獵紀錄片及作家數位主題館的建置，開展了我的跨媒介探索，其影響可在專書最後兩章看到蹤跡。三者為眾。希望臺灣文學繼續發展它的海洋性格，有更遼闊的視野和遨遊之域。

　　這部專書為科技部特約計畫補助的專書寫作計畫，我由衷感謝科技部／國科會對我研究的長期支持。本書大幅度改寫、增刪我近年來發表於臺灣和國際期刊的中、英文論文，以及與其他學者（Tania Dluhosova, Yingjin Zhang, Chih-fan Chen）共寫的專書章節論文中我貢獻的部分，並加以重新組織，加強章節之間對話而成。本書章節中的圖表與統計和書目整理，感謝江林信、呂樾、王子銘、高子婷及李婉如的協助。原住

民作家巴代同意把多年前應我之邀所寫的創作自述列為本專書附錄，
黃亞歷導演和作家吳明益授權同意我使用他們作品的圖片，我一併在
此致謝。我也需特別提及與我從 2011 年以來曾有三次國際出版合作的
Yingjin Zhang 教授。在這長達十年共同策畫多次出版計畫期間，我深刻
感受他的治學風範和效率。今年 2 月 15 日我與他最後一次通訊之後，
他就杳無音信，學界朋友也遍尋他不著。本書出書之際獲知他因病離
世。我痛失一位如此信賴而合作愉快無間的工作夥伴。這本專書無法寄
達給他。是遺憾。

　　底下為本書改寫論文之原發表之處和題目：

1. Kuei-fen Chiu (2022). "The Making of Small Literature as World
   Literature: Taiwan writer Wu Ming-Yi" *Modern Chinese Literature
   and Culture* 34.2 (2022): 291-312. (A&HCI) 此論文與論文 7 融合，
   改寫成本書第四章

2. Kuei-fen Chiu (2022). "World Literature in an Age of Digital
   Technologies: Digital Archive, Wikipedia, and Goodreads.com."
   In Kuei-fen Chiu & Yingjin Zhang eds., *The Making of Chinese/
   Sinophone Literatures as World Literature*. Hong Kong University
   Press. 本書第六章後半段改寫自此論文

3. Kuei-fen Chiu (2022). "Historical Representation in an age of
   Wikipedia writing and digital curation: The Musha Incident on digital
   platforms." In Michael Berry ed., *The Musha Incident: A Reader*.
   Columbia University Press. 部分內容融入本書第六章

4. Kuei-fen Chiu (2019). "From Postcolonial Literature to World
   Literature: Performative Historiography and the Reinvention of
   Taiwan Literature in a New Age." *Journal of World Literature* 4.4
   (Winter 2019) 466-486. 本書第五章改寫此論文，但主要理論框架
   以跨媒介敘事和改編理論取代此英文論文中所提的 "performative

historiography"，開展另一個面向的思考。

5. 邱貴芬（2021）〈千禧作家的臺灣新文學傳統〉《中外文學》（THCI）專書第三章改寫此期刊論文，原期刊論文強調作家傳承臺灣文學傳統，專書章節則以臺灣文學的世界感為關鍵詞來貫穿本章論述。此章的主要內容應我長年合作的 UCSD 教授 Yingjin Zhang 之邀，改寫為英文，原預計納入他受託主編的 *Routledge World History of Chinese Literature* 作為其中一個章節，後因他生病出版計畫擱置，就先發表於 2022 年 The 4th world Congress of Taiwan Studies 的線上會議。本專書出書之際，獲知他因病離世，這篇英文論文為我最後和他合作的紀念，之後將於 *TaiwanLit* 刊出，紀念我們這長達十幾年的合作。

6. 邱貴芬（2019）〈「世界華文文學」、「華語語系文學」、「世界文學」：以楊牧探測三種研究臺灣文學的跨文學框架〉《臺灣文學學報》第 35 期（THCI）。本書第二章小幅度改寫此期刊論文，並增加與其他章節的對話。此期刊論文應 *Taiwanese Literature as World Literature* 主編 Pei-yin Lin and Wen-chi Li 邀請，將論文改寫為該國際專書章節 "Taiwanese Literature in Two Transnational Contexts: Sinophone Literature and World Literature" (Bloomsbury, 2023).

7. Kuei-fen Chiu (2018, May). "Worlding" World Literature from the Literary Periphery: Four Taiwanese Models. *Modern Chinese Literature and Culture*, 30.1 (Spring 2018): 13-41. (A &HCI). 此論文部分內容融入專書第四章吳明益的章節。

8. Kuei-fen Chiu & Yingjin Zhang (2022). "Introduction: Chinese-Sinophone Literatures as World Literature." *In The Making of Chinese/Sinophone Literatures as World Literature*. 此論文部分改寫我貢獻的部分，成為本書第一章與二章部分內容。

9. Kuei-fen Chiu & Táňa Dluhošová, "Introduction: Special Issue on East Asia and Southeast Asia in World Literary Space." *Archiv Orientalni*

（A&HCI）此論文改寫我所貢獻的部分，融入專書第一章的結構，成為該章節的一部分。

10. Chih-fan Chen & Kuei-fen Chiu, "Indigenous Literature in Contemporary Taiwan." In Chia-yuan Huang, Daniel Davies and Dafydd Fell eds., *Taiwan's Contemporary Indigenous Peoples*. New York and London: Routledge. 此論文部分改寫我英文論文貢獻的部分，融入專書第三章節。

最後，我尤其感謝我的先生阿豪、我父親邱創巒、母親邱楊佩雲、我公公蕭生財。年紀愈長，才愈細細體會他們無言的支持與包容。

邱貴芬

2022. 臺中

導論
臺灣文學之「新」哪裡來？

步入二十一世紀的臺灣文學

　　這部書的主題是臺灣文學，但是基本上它所試圖呈現與回應的是人文學在二十一世紀初所面臨的挑戰與危機。文學面臨的危機和挑戰其實乃人文學目前處境的一個縮影。這個危機，一方面因為文學的角色在社會變遷當中有所轉變：在二十世紀，臺灣文學往往引領社會思潮，擔任協助社會改革的功能。二十一世紀的臺灣社會環境裡，文學過去數十年主導社會思潮的功能式微。另一方面，文學以文字為主要載體，當新的媒介和表現形式興起，挑戰文字作為文化主要載體的龍頭地位之時，文學所遭受的衝擊尤其劇烈。本書聚焦於臺灣文學，探討傳統上作為人文學重要一環的文學在二十一世紀臺灣文化生產環境中，可能扮演甚麼樣的角色？作家的文學活動在當前的環境下有甚麼樣的變化？而研究者在研究議題和方法的調整，是否可協助開創文學的新空間？本書以「臺灣文學的世界之路」為名，認為臺灣文學在解嚴後的 1990 年代逐漸確認其主體性，成為打造臺灣文化記憶的一個重要管道，二十一世紀後臺灣文學除了持續發揮其作為臺灣文化記憶重要的角色之外，臺灣主體性如何進一步在世界文學空間裡尋求立足之地，透過文學的輸出展現臺灣的軟實力，成為世界文學共和國裡的一員，這既是挑戰，也是在危機中尋

找利基，進而開創臺灣文學新的生命與來世。

　　在過去整個臺灣文化的形塑當中，文學舉足輕重。二十世紀初殖民地臺灣「新文學」的產生，乃當時知識分子企圖透過文學活動來回應殖民現代性所帶來的衝擊。無論就內容或是形式而言，臺灣文學的種種革新，都與臺灣社會在新環境中生存的挑戰密切相關。從內容主題（如：臺灣社會在現代化過程中的徬徨，對底層階級的關懷、對日本殖民統治下的臺灣人認同矛盾掙扎的探討等等）、文學的語言（如臺灣話文）、形式（如小說、新詩等新式文類），乃至傳播管道的探索（如報紙雜誌的發行、「聽歌識字」的嘗試、「美臺團」的電影放映等等），在在展現了臺灣文學之「新」所反映的意義和其角色：文學之「新」來自於知識分子對於「文學」的想像和對於文學活動的意義的認知。當時脈絡下，「臺灣新文學」之「新」，動力在於對於「臺灣」的探索：什麼樣的文學語言才是臺灣文學的語言？什麼樣的內容題材是臺灣作家可著力的創作主題？什麼樣的傳播管道才能打動臺灣大眾，甚或改變他們的思想？這些問題可說是二十世紀臺灣文學發展過程中，各時期作家念茲在茲的問題。

　　歷經一百年的發展，二十一世紀初「臺灣文學」面臨的挑戰，當然有所不同。二十一世紀初的臺灣文學面臨雙重挑戰。一者為「臺灣」文學在國際間的孤立狀態，一者為「文學」的衰微。「臺灣文學」這個概念，在解嚴前後才逐漸浮上檯面。葉石濤的《台灣文學史綱》在 1987 年 2 月出版，「臺灣文學」這個概念以及它的歷史流程、經典形塑，才開始有系統性的論述。值得注意的是，第一部臺灣文學史出自民間文學評論家葉石濤之手，意味當時臺灣文學的研究仍未有學術體制的支撐。臺灣文學可說是臺灣民間的一種集體記憶，這記憶被壓抑、也有些被遺忘，仍未成為臺灣文化記憶。集體記憶和文化記憶有所不同，體制化的機制是關鍵。集體記憶為個人與其他人共有的記憶，而文化記憶雖然是集體記憶的一種，卻必須有保存和體現的體制，且透過敘事傳說、歌舞、儀式和其他象徵形式來傳承，強調世代傳承（Assmann 2008）。

　　文學向來就在文化記憶傳承、形塑過程中扮演重要的角色（Assmann 2008）。臺灣文學研究在 1990 年代才逐漸建制化：臺灣文學相關系所陸續在大學設立、各層級教科書裡臺灣文學作品分量提升、國立臺灣文學館設立等等。在過去三十餘年來，臺灣文學見證學者所言文學的三種生產文化記憶的功能（Erll and Rigney 2006）：一、作為臺灣記憶的載體，訴說臺灣社會過去的故事；二、文學作為記憶的對象，許多戒嚴時期被貶斥和排擠的作品逐漸納入臺灣文化記憶的視野。以往被視為日治時期皇民文學而不被重視的臺灣文學作品，以及二二八文學堪稱代表。三、文學作為觀察臺灣文化記憶生產的載體。本書第三章討論千禧世代作家如何與臺灣前輩作家對話，以寫作傳承臺灣文學記憶。

　　二十世紀末的臺灣文學之新在於「臺灣文學」這個新的文學概念的浮現，以及隨之而來的研究課題的開展、大學系所設立和中小學課程納入臺灣文學作品等等所帶動的人才需求和就業市場。概括而言，1990年代的臺灣文學研究主要以後殖民為方法，以重述臺灣文學史為重點，力求建立臺灣文學的主體性，不再臣服於「中國文學」的大傘之下，而有自己的歷史、經典、與研究課題。新的臺灣文學概念、新的研究方法、新的課程教學設計、新的產業市場、新的文化記憶傳承方式，這是二十世紀末代臺灣文學之新的所在。就如同其他的國家文學一樣，臺灣文學攸關臺灣文化記憶的傳承，它是臺灣文化記憶重要的一個區塊，這個認知確定了臺灣文學的重要性，無論社會如何變遷，文學活動的持續，有其無可取代的意義與功能。

　　二十一世紀後「臺灣文學」的主體性在臺灣內部的地位堪稱確認，但如同我在本書第一章裡所呈現的，國際間臺灣文學的面貌依舊模糊，能見度低且定位不明。臺灣文學如何開拓國際連結，消除孤立的狀態並讓國際學術社群對臺灣文學有明確認知，成為新世紀臺灣文學研究的一大課題。在國外的學術體制結構裡，臺灣文學一般置放在東亞系的中國文學研究之下，臺灣文學的外譯也多透過各國的漢學家介紹到其他國家。這樣的學術體制和學者結構對於臺灣文學在國際場域的定位、

能見度、推廣，都有無形而重大的影響。從事臺灣文學譯介的譯者多是學者，其學術研究訓練和就業市場多半以中國文學為主要領域。我們必須認知在漢學傳統、學術體制、就業市場環環相扣這樣環境中臺灣文學的位置。許多國外的漢學家之所以對臺灣文學產生興趣，往往始於臺灣文學與中國文學的連結。Henning Klöeter 指出，臺灣文學德文翻譯在德國最重要的推手 Helmut Martin 便是因為對中國文學的興趣而注意到臺灣文學，他基本上以「在中華人民共和國之外的中國文學」看待臺灣文學，在德國進行臺灣文學的翻譯和推廣（Klöeter forthcoming）。這當然無可厚非。戰後臺灣文學在臺灣內部的定位也一向如此，到解嚴之後才有所改變。根據 Federica Passi 的考察，臺灣文學在義大利沒有系統性的譯介計畫，往往依隨譯介的學者個人的研究興趣而定（Passi forthcoming）。Gwennaël Gaffric 也指出在法國大學裡以臺灣文學為主的課程相當罕見，目前全法國只有三個課程，分別由 Isabelle Rabut, Gwennaël Gaffric, Sandrine Marchand 在其任教的學校開授，通常臺灣文學作品只零星出現在中國現代文學或是中法文學翻譯課程裡（Gaffric forthcoming）。

北美臺灣學生協會（North American Taiwan Studies Association）最近執行一個大規模美國臺灣相關課程的調查，也呈現類似的臺灣文學開授現象。此計畫所謂臺灣研究的計算方式並非只採計以臺灣為主題的課程，而是只要臺灣相關材料占全課程 1/3-1/4 即被納入。北美總共有 58 所大學開授臺灣研究相關課程，占美國與加拿大高教的 2%，這些學校總共開授 121 門臺灣研究相關課程，其中臺灣被放在亞洲研究裡的課程最多，有 51 門課，次之為國際關係，文學與宗教屬於 "other humanities" 的類別，總共只有 4 門（Hsieh and Liu 2020）。由於東亞系（East Asian Studies）通常分中國、日本、韓國三大課程，臺灣文學被歸類在中國課程之下，這樣的學術結構決定了臺灣文學研究教學的附屬、邊緣位置。學者 Carlos Rojas 在與王德威共同主編的 *Writing Taiwan: A New Literary History*（2007）導論裡認為臺灣位居知識上模糊的偏

遠位置（"the category of Taiwan literature is located in an ambiguous epistemological hinterland）（Rojas 2007）。臺灣文學的國外譯介和課程開授請情形大致印證此說不假。

臺灣文學的國際位置

這也是何以史書美的華語語系文學理論如此重要，其貢獻不僅在於提出一個新的理論，更顛覆了西方學界傳統結構裡臺灣文學的位置：華語語系（Sinophone）挪用法語語系（Francophone）對於法文文學（French literature）的挑戰，以挑戰中國中心（China-centrism）為主要概念，撼動西方東亞系裡中國文學研究教學傳統固有的結構。自 Edward Said 在 1978 年出版 *Orientalism* 以來，後殖民主義在西方學界逐漸蔚為風潮，English literatures、Francophone literatures 的辯論在 1990 年代的西方學界已累積相當的聲量和研究資源。因此，當史書美在二十一世紀初提出 "Sinophone" 這個概念時，立即水到渠成。「華語語系文學」賦予臺灣文學一個新的定位、新的面貌、開啟了新的研究方法與課題（Shih 2007），也開闢了國際領域裡臺灣文學研究的一片新天地。華語語系以跨國的視野閱讀臺灣文學，本書在第二章裡有較深度的討論。華語語系主要的關注對象為全球各地的華語文學，探討個別的華語語系文學因在地文化、社會環境的不同，與中國文學有何差異？最明顯的當然就是語言的不同，華語語系作家使用的語言和中國作家必然有所不同。這是黃錦樹所說的「作為議題的華文」：相較於中國作家字裡行間透露優美精緻古雅「內在中國」的文學語言，華文勢必要納入作家在地文化無法以中文表達的詞彙，經常借字表音，以駁雜性為特色（黃錦樹 1998：53-92）。這是爭取臺灣文學主體性能見度的一個國際場域。

另外一個重要的場域則為世界文學，Pascale Casanova 所說的世界文學共和國（Casanova 2004）。這堪稱文學領域裡的世界文學聯合國。和政治結構的聯合國一樣，世界文學共和國是一個全球各種文學的對話

平臺，傳統上以國家文學為單位，權力結構不對等，文學透過翻譯來溝通，而英文則為此共和國裡大家溝通的主要語言。華語語系文學以華語文學作品為主要範疇，以去中國中心為文學閱讀方法；世界文學則關切文學作品如何透過翻譯旅行各地，如何吸引不同文化的國際讀者注意力而讓作家在世界文學空間裡掙得一席之地。美國學者 David Damrosch 在 *What Is World Literature?*（2003）對於「世界文學」的定義大致是現在世界文學研究的共識：世界文學並非世界上所有文學的總和，而是可旅行到國外，且在另一個文學體系裡享有新生命的作品（Damrosch 2003: 4-5）。即便是優秀的華語語系文學或世界華文文學也不必然是世界文學。定義清楚，研究範圍才能設定；而因研究的文本不同，研究議題當然也不同。例如：文學的翻譯、以及譯本是否（以及如何）在異國文化體系裡引起讀者回響，便是世界文學的重要研究課題，但卻非世界華文文學或華語語系文學研究關切的問題。世界文學、華語語系文學、世界華文文學這三者各自如何定義？各有甚麼樣關切的研究課題？這是本書第二章的討論重點。

　　相較「作為華語語系的臺灣文學」在臺灣學界已為學者耳熟能詳的概念，作為世界文學的臺灣文學尚在起步階段，探索臺灣文學如何透過翻譯與不同語言、文化的文學產生關係，在世界文學場域發聲，這些議題猶待開發，這是本書的主題。儘管世界文學有其西方中心的權力結構和認可機制問題，但是，如同我在本書中深入闡述的，這不過是所有文學機制運作的縮影，即便是臺灣文學本身，也同樣有以臺北為文學中心的權力結構和認可機制的問題。拒絕參與世界文學，就像臺灣的作家拒絕臺北主流文學獎和出版一樣，並非解決問題之道。更何況世界文學是一個國家展現軟實力和爭取國際間象徵性資本的重要舞臺，自外於世界文學，無疑放棄了爭取臺灣發聲的一個重要管道。文學外譯是一個國家文化輸出的一環，文化輸出可提升該國的國際地位，在國際社群中產生無形的影響力和象徵資本，展現一國的軟實力。這也是何以各國政府莫不投注大筆資源協助文學的翻譯和輸出（Sapiro 2014）。中國 2010 年在

北京召開一個題為 "The global nature of contemporary Chinese-language writing" 的國際學術研討會，由中國頂尖大學北京大學、人民大學主辦，清華大學與上海交通大學和重要學術期刊共襄盛舉，邀請全球各地學者共聚一堂，特別聚焦於兩大主題：一者為中國的全球文化影響力何以無法跟上它的經濟影響力，另一者為中國文學對外輸出成功案例不多，反觀中國境內西方文學卻大受矚目，原因為何？研討會鼓勵與會學者針對這兩個主題提供意見（McDougall 2014），可見中國學界對於中國文學如何輸出，在世界文學空間裡發揮軟實力，有多關切。中國學者劉洪濤（Hongtao Liu）在一篇 2015 年發表的英文論文裡表示，中國文學在 1980 年代之前乃是以「孤兒」之姿被外放在世界文學之外，「進入世界」（stepping into the world），成為世界文學空間裡重要的一員，是中國文學界的渴望，在全球化時代，回到自給自足，關起門來在國內流通，已經不可行（H. Liu 2015）。他在《從國別文學走向世界文學》這本書中如此呼籲：「深刻的世界文學意識和研究世界文學的勇氣或許能助我們在更大範圍和深度上參與到世界一體化的進程中，使我們在世界的聲音有更大的分量。世界文學大有可為！」（劉洪濤 2014：238）。殷切之情溢於言表。

　　中國學者所關切的一個重點在於：中國擁有政治經濟實力，2007 年時中國的 GDP 僅次於美國和日本，世界排名第三（N. Wang 2010:165），但是中國文學仍是世界文學的小文學。在華語語系理論裡，中國占有文學中心的位置，「去中國中心」是華語語系理論的出發點，然而在世界文學場域裡，文學中心是西方，主流語言是英文，法文、德文次之，即便全球華文的人口甚多，華文仍非世界文學的主要語言。長年從事中國文學翻譯的澳洲學者 Bonnie McDougall 提出相當值得參考的數據和案例：華文文學英譯出版如果售出 5000 本，就算沒賠本，如果銷售量超過 10000 本，就堪稱暢銷。中國文學外譯，通常只有古典文學有此銷售量，中國當代文學外譯鮮少達標。在中國暢銷的作品國外讀者不見得買單。連姜戎在中國大受歡迎，賣出數百萬本的《狼圖

騰》（2004），雖然請葛浩文（Howard Goldblatt）翻譯並由知名出版社
Penguins 出版，而且也榮獲 2007 年 Man Asian Literary Prize，銷售依舊
差強人意（McDougall 2014: 56）。當然，這種情況也有改變的可能。中
國科幻小說異軍突起，大放光芒，（Angie 2018, Song 2022）。強調世界
文學與政治地理關係密切的世界文學研究者 Theo D'haen 也認為由於中
國的興起，中國文學必將成為世界文學的一種主流文學（D'haen 2011,
2012）。

　　世界文學以西方文學為主流、西方語言為強勢語言、認可機制由西
方主導（Casanova 2004），但是相較於歐美比較文學通常不把亞洲語文
納入比較範圍，歌德所提出的世界文學一開始便有一種普世主義的願
景（張隆溪 2019），以全球為視野（張隆溪 2015）。畢竟歌德之所以提
出世界文學這個概念，乃是閱讀了中國文學的翻譯，有感而發（Goethe
2014）。知名世界文學和比較文學學者張隆溪認為，「近十多年來，在
文學研究領域最引人注目的新潮流，莫過於世界文學研究的興起」（張
隆溪 2019），他並認為世界文學興起的意義就在於重新回到「文學」的
研究本身，而由於「文學作品必須在一種語言中存在，所以要在世界
上最大範圍內流通，其語言也必須是世界上廣泛使用的語言」（張隆
溪 2019）。目前這個世界文學的共同語便是英文（張隆溪 2015），作品
透過翻譯以這個最多數人通用的語言來交流，翻譯因而是世界文學的
重要課題。這個問題未來或可透過 AI 科技來解決，類似現在 Google
translation 已經看到的方向，但是這目前依然是作家邁向世界文學之
路，以及研究者的一大課題。張隆溪指出，世界文學興起於 1980 年代
以來西方學界對於歐洲中心主義的自我批判的知識環境中，在這波反思
浪潮當中，西方學界開始對歐美以外的文學和文化產生興趣，世界文學
研究因而鹹魚翻身，蔚為風潮（張隆溪 2015）。Theo D'haen 認為世界
文學之所以成為目前文學研究的新典範，除了因後結構和後殖民理論的
發展對於歐美中心有強烈批判，無意中為世界文學的風潮鋪路之外，美
國 2001 年發生的 911 攻擊也迫使美國意識到認識其他文化（特別是非

西方主流文化的他者）的重要性（D'haen 2011）。

華文文學研究界觀點

　　就華文學界觀點而言，相較於張隆溪採取較正面的態度來面對世界文學涉及的以英文為主要溝通語言、翻譯之必要等等議題，中國學者劉洪濤（H. Liu 2015）提出三種世界文學方案：第一種主張呼應美國學者 Karen L. Thornber 呼籲重視亞洲文學之間對話的看法，以區域世界文學（regional world literature）來裂解世界文學這個概念，把重點放在亞洲國家之間的文學交流，對抗世界文學結構裡西方語言和文學的優勢位置。第二種作法則以世界華文文學（world literature in Chinese）取代世界文學。第三種主張則是所謂的中華世界文學（Chinese world literature），指的是世界華人文學。但是，第一種主張其實是區域文學、跨國文學，稱不上世界文學。以「區域」取代「世界」只是縮小範圍，而且也沒解決一旦需要以某種共同語言（無論是華文、日文）作為交流溝通管道，就無可避免讓該語言成為優勢語言，語言霸權的問題依然無解。另外，鎖定特定區域，排除其他區域，也無法回應世界文學的中心／邊緣問題。這是我在 2018 年論文裡何以認為世界文學不可與跨國文學視為同義詞。整體而言，這三種主張的邏輯其實並沒有真正回應批判世界文學的出發點：對於語言霸權、認可機制霸權和文化霸權的反思，只是以亞洲或中國文化、華語取代西方語言文化，換湯不換藥，於事無補。參照華語語系理論有關去中國中心辯證，立即可看到這些主張的問題所在。本書第二章對這些辯證有深入的探討。

　　另外，馬華文學作家學者黃錦樹則提出的「南方華文文學共和國」，以小文學聯盟為目標，試圖反制西方中心的世界文學結構，以及世界華文文學概念隱含的中國中心主義，但其實未脫類似的思考邏輯，並未消解選擇某種共同語言為溝通語言就必然讓該語言占據優勢位置的問題。黃錦樹這個概念獲得不少學者呼應。美國學者 Carlos Rojas 衍伸

「世界華文文學共和國」，提出島嶼文學的概念（Rojas 2018），Pei-yin Lin、Wen-chi Li 在其合編的 *Taiwan Literature as World Literature* 導論裡也支持這個概念，把它與史書美發展自 Édouard Glissant 的關係詩學（poetics of relation）的「比較關係」（relational comparison）視為小文學聯盟，拒絕西方中心的世界文學的替代方案（Lin and Li, 2023）。義大利學者 Federica Passi 也持此論調，認為義大利和臺灣可彼此交流，反制以英文為主的世界文學體系（Passi 2023）。

　　然而，值得注意的是，臺灣讀者儘管熟悉義大利作家 Umberto Eco 或 Italo Calvino，卻非直接閱讀義大利文，而是透過英文版。兩位義大利作家是以世界文學作家的身分，透過英文翻譯，臺灣讀者才認識他們的作品。「島嶼詩學」實踐時，島嶼與島嶼之間要用甚麼語言溝通？具體來說，臺灣蘭嶼作家夏曼‧藍波安和菲律賓、印尼、馬來西亞、不丹、馬達加斯加、澳洲作家交流，試圖以小文學聯盟和看見彼此時，他們用以溝通的語言，如果不是英語，會是甚麼？而如果有這樣的場合，究竟是透過甚麼樣的認可機制，讓這些作家得以從自己國家文藝圈脫穎而出，聚在一起來進行小文學聯盟？

　　史書美所提出的「比較關係」辯證類似「島嶼詩學」的邏輯，但是更強調文學文本與世界史的連結，看到臺灣文學如何反映臺灣「在歷史中的形成是世界上不同歷史動力互動的結果」（史書美 2017：130）。這是另一種探討臺灣文學與世界的方法，但與世界文學以文學交流為重點的研究不同。例如，"Comparison as Relation: From World History to World Literature" 這篇相當代表性的論文，史書美選擇示範「比較關係」的三個文本，分別為美國作家 William Faulkner 以美國黑奴南方為背景的 *Absalom! Absalom!* 和牙買加出身但幼時即移居美國的美國作家 Patricia Powell 描繪牙買加中國苦力的 *The Pagoda* 和馬華作家張貴興融入馬來華人拓荒史與氣味的華文作品《猴杯》。這三個文本確實顯示世界不同地點的文學如何勾勒出世界歷史墾殖弧線（the plantation arc），呈現歷史情境中奴隸、苦力的創痛，但是，這三個文本的連結和交流

何以可能？他們使用不同的語言寫作，除非讀者同時精通英文和華文（如：史書美），沒有透過一種共同的語言被放在同一個平臺（無論是世界文學共和國裡／華文世界文學／南方華文文學／華語語系文學／法語語系文學），對話與交流只能透過精通這兩種特定語言的專家學者的詮釋。

　　簡言之，我認為目前在華文文學場域裡可見的幾種試圖批判世界文學西方中心的方案，多半只是縮小文學交流的規模，卻無法真正回應各個方案提出時的初衷：有效處理文學運作必然涉及的語言、認可中心這些系統性的問題，而達到不同語言的文學在語言平權的狀態下，去除主流／非主流的權力關係而產生一種真正對等的交流與對話。就目前我所看到的研究文獻，我認為 Andrea Bachner（Bachner 2022）所提出的「三角翻譯」（triangulated translation）最精準地切中要害，針對這個小文學如何看見彼此的問題深入剖析。我在本書第六章裡將有深入探討。Bachner 的「三角翻譯」討論中國與拉丁美洲文學翻譯交流的實例顯示，小文學彼此之所以產生關係，依然透過文學中心的中介。縮小規模的流通模式（區域文學、世界華文文學、華語語系文學、跨國文學）固然可同時嘗試，但是認為這些文學交流模式可以替代世界文學的交流，我認為實踐有困難，也可能得不償失。畢竟世界文學這個概念，指向一個來自不同文化、語言、國家（或無國籍）的文學對話所構成的視野。有這樣的視野也將帶給各地作家豐沛的創作靈感與資源。

　　無論世界文學這個概念有多少不盡人意之處，它依然是最多世界各地文學交流的重要場域，而這也是歌德當初提出這個概念的願景。歌德認為，世界文學的交流，目的並非要來自不同國家的作家想法都同質化，而是開展眼界，認識文化的不同，藉以理解彼此而得以共處、甚或合作（Goethe 2014）。這基本上是世界感的形構（worlding），也就是 Pheng Cheah 提出的世界文學具有開展世界（world opening）、創造世界（world making）的力量（Cheah 2008: 28）：「世界文學是一個不斷與其他文化特質協商的過程，而這協商的動作本身即是世界

化（worldly）的行動，因為它創造了一個以理解和容納特質的交流世界（"This negotiation is properly worldly because it creates the world itself as intercourse in which there is appreciation and tolerance of the particular"）。而這個舞臺也是各國展現軟實力，提升本身文化能見度，甚或拓展文學產業的場域。歌德提出的世界文學這個概念本身一開始即與全球化過程中物質的流動和市場有所連結。

　　世界文學有廣大的讀者和研究社群，有助於臺灣文學開拓國際連結，消除孤立狀態。我在第三章裡討論臺灣文學的世界感，歷史上各時期作家如何引進國外文學風潮來進行臺灣文學的改革。這是小文學的一大特色：作家以外國文學作為資本來創造自己在國內文學場域的利基（Casanova 2004）。二十一世紀初的臺灣文學創作顯然繼承了前輩作家向國外取經的姿態，而因媒介傳播的進展，他們的資源也因此更為豐富：從世界文學作家 Gunter Grass、日本大眾流行文化、到橫掃全球的電影 Harry Potter 和 The Lord of the Rings 等等。臺灣文學有豐富的跨文化面向，這堪稱臺灣文學研究者的共識。然而，我認為這樣談臺灣文學仍有所不足：我們仍不得不察覺，這些跨文化其實多半是單向的、所謂的「交流」鮮少發生。這是學者所指出的世界文學的不對等結構（Casanova 2004, Moretti 2013）。

　　臺灣文學跨文化現象和臺灣文學跨文化交流並非同義詞。臺灣作家看到日本的百合文學和村上春樹、來自法國超寫實主義、英國的現代主義作家 Virginia Woolf、美國的 Ursula Le Guin、拉丁魔幻寫實、德國的 Gunter Grass、捷克的卡夫卡。但這些世界文學作家並沒看到臺灣。世界文學的願景和實踐有其落差。這也是何以吳明益的成功案例特別值得探討。本書第四章透過吳明益來深入探討臺灣作家成為世界文學作家之路，途中如何披荊斬棘？有哪些小文學作家特有的挑戰？除了作品本身，又有哪些人或機關單位在這途中協助？小文學作家邁向世界文學之路無法單靠作家一己之力，而需團隊合作，這個團隊合作需著力之處有哪些？

　　我認為研究世界文學這個概念和相關議題可以協助臺灣文學的國際推廣，有助於探討如何突破臺灣文學研究的孤立，透過與國際學界共同關切的議題來開闊臺灣文學研究，創造與國際廣大學術社群真正交流、對話的空間，以回應新世紀臺灣文學在國際場域爭取主體性的挑戰。另一方面，我們也可借鏡世界文學研究如何探討文學的衰微和文學研究的危機。張隆溪指出，世界文學研究讓「文學」重新成為研究的重點。1960 年代以來理論盛行，理論、文化研究取代文學造成文學研究的危機，但是當其他學科訓練也運用這些理論研究他們本科材料，沒有文學卻只有理論的文學研究頓成此學科訓練的危機，世界文學讓文學研究「回到文學」（張隆溪 2010）。根據張隆溪的觀察：「脫離文學的理論已經逐漸式微，世界文學也是在這樣的情況下應運而起」（張隆溪 2015：2）。他同時指出，數十年來理論自我批判的傾向，讓西方學者對於西方中心主義有深刻反省，晚近世界文學研究趨勢也因此朝向對西方傳統之外的文學和文化的探索（張隆溪 2010）。這些都是相當值得我們深思的論點，指出作為小文學的臺灣文學進入世界文學研究領域的一個契機。

文學的跨媒介連結

　　不過，文學的式微應該分研究和創作兩個層面來探討。文學研究的式微，與過去幾十年來西方學界理論取代「文學」為研究重點有關。世界文學研究呼應全球化趨勢而蓬勃發展，讓文學研究重新回到文學。然而，文學創作面對的是另一種危機：科技發展帶來新的媒介，文字紙本不再壟斷文化表徵的形式，以文字書寫為主要媒介的文學如何面對這樣的生產環境改變？如前文所言，文學的危機其實是當前整個人文學危機的一個縮影。在日治時期的新文學運動裡，文學負擔重任，推動社會改革（陳建忠 2007）。1970 年代文學同樣在中國時報的人間副刊和聯合副刊的交火之下，成為引領臺灣思潮的先鋒（黃順興 2009），解嚴之後，向來作為文學搖籃的副刊急速萎縮（林黛嫚 2010）。影視新聞占據副刊

的主頁，文學邊緣化，反映了文學在文化生產場域裡角色的變化。本章
撰述之時，我服務的單位正與韓國外國語大學、香港嶺南大學舉行一個
行之有年的多國研究生會議。臺灣學生發表的論文從網路 YouTuber 文
化、臺灣電影、策展、到遊戲，題目多元新穎，但真正觸及文學的只有
一篇討論漢詩的研究。我認為這是一個值得注意的現象。

　　目前臺灣文學場域裡作家和機構種種「親民化」、「大眾化」的嘗
試，包括向大眾文學靠攏（邱貴芬 2021）或是種種轉譯活動（盛浩偉
2018，張俐璇 2021），可說是文學界試圖回應此危機的一個方向。跨
媒介連結探討文學如何透過文字以外的新興媒介來傳播與再生這方面
的研究方興未艾。David Damrosch 在 2013 年發表的 "World Literature
in a Post-literary Age" 針對這個二十一世紀的文學危機提出他的看法：
文學之所以得以跨越世代，流傳千古，正因為作品有強韌的適應力
（adaptability），可在新的環境裡找到新的生命方式（Damrosch 2013）。
我認為這其實也就是世界文學的特色，世界文學和一般文學的不同之
處：在新環境裡重生而繼續其旅途。以往我們著眼的是文學如何翻譯，
才能適應新的語言文化環境。而新的媒介環境則需要作品具有適應不
同媒介的能力。英文的適應力（adaptability）中文也可翻譯成改編的
能力。Damrosch 所舉的例子之一是但丁的世界經典《神曲：地獄篇》
（Inferno）的電玩。這個遊戲與原典差距甚大，電玩包裝上的但丁更化
身為一個屠龍戰士，電玩熱賣，電玩與但丁原典的關係也引發激烈的辯
論。這是古典文學「復活」的一種方式。Damrosch 同時提到，文學作
品電子版的問世也有利於文學經典的流傳，他樂觀其成。他認為研究文
學作品與新媒介如何產生有意義的連結，不失探討文學再生之道的一個
重要方向。

　　我基本上認同這樣的看法。本書第五章和第六章探討這個方向創造
的新空間，以及連帶的文學研究方法的調整。第五章討論黃亞歷導演影
像風格強烈的文學電影《日曜日式散步者》如何召喚日治時期風車詩社
詩人的世界想像。此片描繪的臺灣作家與世界文學風潮的關係，可與本

書第三章討論千禧世代作家文學的世界感參照來看。同時，這部紀錄片不僅透過特殊視覺與聲音結構的電影語言來敘述臺灣文學故事，讓作家和他作品再次登上舞臺，歷史還魂，也展示了故事如何在不同媒介與平臺的科技進展環境下進行文學展演的一種有效的模式。本書第六章則探討網路平臺如何介入世界文學認可機制的運作，協助小文學作家打造國際聲譽。我深入辯證，指出何以黃錦樹的「南方華文文學共和國」或是現在學界流行的「島嶼詩學」都非世界文學之外更好的文學結盟，不足以顛覆文學運作必然涉及的認可機制的系統性結構問題，此因小文學結盟可有各式各樣的型態，也有其功能（如華語語系文學），但是他們本身內部無可避免也有主流或邊緣的關係（如：華語語系裡各文學受到重視的程度不盡相同），以及區分小文學這些位置的認可機制（如：香港的紅樓夢長篇小說獎、臺灣的文學獎等）。小文學結盟固然可行，創造與世界文學的平行文學交流空間，但是試圖以小文學結盟取代世界文學，其實無法確實回應文學認可機制的暴力。或許新興媒介平臺反而開闢了一些另類的認可空間，值得探討。

　　文學跨媒介是目前全球文學研究者面臨的共同問題，這兩個章節只是初步的示範。文學電影是個深具潛力的領域，臺灣文學影視改編涉及豐富的議題，本書只能建築在我以往對於紀錄片的研究，利用從中累積的研究方法與心得，以文學紀錄片來示範這個方向的研究議題開發。而第六章討論的數位平臺則屬數位人文領域，同樣是具有挑戰性的前瞻研究領域。目前臺灣文學的轉譯、跨媒介連結實作蔚為風潮，但是研究方法猶待開墾。後續發展，有待來者。

本書章節簡介

第一章：世界文學空間裡的臺灣文學

　　臺灣文學的生產與傳播對內協助臺灣文化記憶的建構、凝聚認同，

對外則在國際場域裡象徵臺灣的主體性，兼具文化功能、社會功能和政治功能。一個國家的國際地位，不全然取決於政治、經濟實力或武力，文化是重要的軟實力，文化輸出可讓一個國家在國際間產生無形的影響力和重要的象徵資本（symbolic capital），提升該國的地位，獲得國際認可。而文學的輸出是國家文化輸出裡的一個要項。這也是何以各國政府莫不投注大筆資源協助文學的翻譯和輸出。然而，由於「臺灣文學」這個概念在戒嚴前後才逐漸浮上檯面，出現得相當晚，它在世界文學空間裡的能見度不高，面貌也並不清晰，具有世界文學理論大家 Pascale Casanova 所說的「小文學」（small literature）的所有特色。本章節分幾個方向來試圖勾勒這個宏觀圖像，特別探討臺灣文學在世界文學空間的能見度，以及在此能見度中扮演關鍵角色的認可機制：（一）與其他亞洲作家相比，臺灣作家於國際重要文學獎項獲獎情形。（二）臺灣文學外譯在幾個歐洲主要國家引介和研究教學的情形，藉此探討臺灣文學國際化有多少助力，以及其國際學術網絡。（三）網路平臺上國際讀者的回響乃一種全球讀者由下往上的讀者反應模式，可藉以了解臺灣文學作品為一般讀者接收的情形。本章以 Goodreads.com 這個全球數位平臺為重點討論。

第二章：閱讀臺灣文學的方法

　　臺灣文學的學術研究興起於 1990 年代，主要以後殖民為方法，試圖建立臺灣文學的主體性。二十一世紀的臺灣文學研究在「全球化」衝擊之下，三種研究框架興起：「世界華文文學」（world literature in Chinese）、「華語語系文學」（Sinophone literature）、「世界文學」（world literature）。這三個理論都以超越國家文學的研究為取向。在華文創作與研究領域裡，「世界華文文學」和「華語語系文學」堪稱最重要，也最為風行的理論，兩者的研究對象也幾乎重疊，都以中國之外的華文文學為主，但兩者論述的方向有明顯差異。根據張隆溪和 Theo D'haen 的

看法，世界文學則是二十一世紀以來西方文學學界最受矚目的理論。本文梳理這幾個研究框架的興起背景、研究方法與核心概念，並透過詩人楊牧的創作來討論這幾個研究框架的洞見與侷限。後殖民在 1990 年代對於臺灣文學的定義、傳統建立、經典之塑造，貢獻甚大。這個理論恐怕也是最能用來解析臺灣文學的方法，但是，新的框架和方法開拓新的臺灣文學研究空間，有助於我們與臺灣之外的學術社群對話和連結。步入二十一世紀，把文學放在超越國家文學和地理疆界的視野來研究，乃重要課題。本章節對於目前三個重要的跨文學理論與框架的梳理，希望有助於臺灣文學研究者探討「把臺灣放回世界」的研究方法與做法。這並不表示我們長期以來引用的許多理論，包括後殖民論述、女性主義論述、少數論述等等已無用武之地，應該揚棄。所有的理論都是因應某個社會或歷史情境而生。各理論都有其對應的問題，面對的問題不同，使用的理論方法也隨之有所不同。女性主義著眼於女性被壓迫的問題，與世界文學探討文學如何旅行、如何在與異文化協商過程中創造來世、開展世界，兩者的關懷重點不同。然而，這並不表示兩者互斥而無法共存。如同我在第三章討論楊双子的百合文學時必然建基於我女性主義文學批評的養成，以及第四章援引 Mariano Siskind 提出的魔幻寫實／後殖民主義／世界文學三位一體的概念來探討吳明益的世界文學作家之路，後殖民論述在世界文學裡所扮演的重要角色，其實也有多位學者在其著作中提出。Mariano Siskind 和 Pheng Cheah 堪稱代表。

第三章：新世紀臺灣文學的世界感

　　解嚴後本土化潮流引領風騷，政府大量投注資源展開臺灣文學體制化基礎建設，包括各縣市政府的地方文學獎、國藝會的寫作補助、成立臺灣文學系所開設相關課程、規劃演講活動、研討會等等。從宏觀的角度來看，這些機構組成了一種所謂「體制化的記憶技術結構」，持續進行臺灣文學的保存、詮釋、重製、推廣，企圖改變戒嚴時期臺灣社會的

記憶運作結構，挖掘被遺忘和壓抑的臺灣歷史記憶，其中臺灣文學經典重整是一個重要的區塊。在此脈絡下，臺灣文學的相關論述與研究往往強調其「在地性」。

　　我 2021 年發表的〈千禧作家的臺灣新文學傳統〉也以此為重點。然而臺灣文學的形塑除了在地的歷史、地理與社會特質之外，亦有其強烈的世界感。積極引進外來文化堪稱日治以來臺灣文學的傳統。在臺灣文學史各時期裡，作家往往積極汲取全球文化潮流的資源，也受國外文學的影響甚深。然而，臺灣文學的世界感其實反映了它在世界文學空間裡「小文學」（small literature）的位置：小文學作家經常引進世界主流文學來進行本國的文學改革。本章節以一群可歸類為千禧世代作家的創作者為分析對象來探討臺灣新世紀文學的世界感，並以瓦歷斯・諾幹新世紀寫作的轉向對照，觀察 1990 年代後殖民「在地書寫」如何轉向世界感的探索。討論文本包括楊双子的「花開時節」系列小說、何敬堯邀請楊双子、陳又津、瀟湘神和盛浩偉五位同世代作家以接龍方式合著的《華麗島軼聞：鍵》（2017）、李時雍主編的《百年降生：1900-2000臺灣文學故事》（2018）。章節的結尾討論原住民作家巴代、乜寇的作品裡的世界感，並以 1980 年代出道的原運世代作家瓦歷斯的《戰爭殘酷》（2014）、《七日讀》（2016）、《字字珠璣》（2009）和《字頭子》（2013）作為參照。

　　臺灣作家的世界感的形塑，產生於不同的環境：日治時期來自於日本強勢文化所帶來的殖民現代性，許多作家透過日本接觸歐陸前衛文學，大感驚艷。冷戰時期臺灣現代派作家的世界感則與當時美新處在臺灣的活動脫不了關係。1980 年以降臺灣文學在新殖民結構中亦步亦趨接受來自西方的後現代主義、魔幻寫實、自然書寫、乃至本章節千禧作家所著迷的日本大眾文化。臺灣作家世界感的養分其實不限於東亞或日本殖民所帶來的內容。作家吸取這些外來養分，是否只能以影響論來理解？如果在 1960 年代主張「橫的移植」的現代派作家，如白先勇、王文興、王禎和等等，均已在臺灣文學史上奠定其不朽的位置，他們為臺

灣文學所開闢的世界，是否可視為世界文學的引介和轉化過程中所展現的一種世界感的形構（worlding）？本章節所討論的千禧作家的寫作亦當如此觀。正如五十年前的現代派作家，千禧作家取經外來文學，試圖帶來某種臺灣文學的革新和社會願景。利用世界文學裡強勢文學的資源來開闢文學革命的空間，為臺灣文學注入活水，這是「世界感」作為創造世界的一種示範。

第四章：臺灣作家的世界文學之路

本章以吳明益為例，探討臺灣作家如何成為世界文學作家，主要內容改寫我 2022 年發表於 *MCLC* 的英文論文，以與台灣讀者分享和切磋。吳明益是臺灣當代極少數在華文文學圈之外獲得國際讀者注意的作者，也是唯一獲得世界文學指標性文學獎 International Booker Prize 提名的臺灣作家。在世界文學空間裡，連中國文學都位居小文學的位置，臺灣文學則是超小文學、邊緣的邊緣。臺灣作家的世界文學之路，何其遙遠而辛苦！吳明益的例子，是否可以給所有有志於放大讀者群，走出臺灣文學圈而與國際讀者對話的作家，以及研究相關議題的臺灣文學研究者一些啟發？本章從幾個面向來探討這個課題：一、國際讀者接收情形：有翻譯不見得有讀者，何以確定吳明益的作品受到國際矚目，有可觀的國外讀者？除了 International Booker Prize 這個文學獎的意義之外，國際讀者平臺 Goodreads.com 的資料可用來分析吳明益作品在全球場域的接收情形與評價。二、作家本身的創作究竟有何特質，得以創造他在國際文學場域裡競爭的利基？本章就主題內容和美學技巧這兩個層面來探討這個問題，特別著眼於吳明益的環境關懷和魔幻寫實形式這兩個關鍵。三、除了作家作品本身，作品的國際行銷推廣也是重點。一個世界文學作家的打造，並非單靠作者本身或是作品的優秀，即可完成。作家的世界文學之路途中需要許多所謂「國際中間人」協助，包括出版社、文學經紀人、翻譯者、書評者等等。這些活躍於國際文壇的人協助

作家爭取資本、打造作家的文學品牌、形塑作家的國際文學形象。本章除了分析作家本身創作的特色，也討論吳明益的國際推手如何協助作家開創國際知名度。

第五章：跨媒介連結的臺灣文學世界想像

　　早期以文字為主的時代，書本為閱讀和傳播世界文學的管道，世界文學透過文字的翻譯來流通，而世界文學的閱讀也透過紙本傳播進行。在前面兩個章節裡，我們看到世界文學跨越時空，在不同時代和地點繁衍其生命的重要方式：被世界各地作家一再引用、挪用、重述。科技進展之下，文學作品的傳播媒介不再限於紙本文字、繪畫，多媒體的電影、電視劇改編，乃至新媒體的遊戲、互動式網路社群活動，更創造了新的閱讀和流通模式。本章節將以黃亞歷導演 2016 年發表的影片《日曜日式散步者》及其衍生的多種敘事活動（包括國美館展覽、書籍《瞑想的火災：作品／導讀》、《發自世界的電波：思潮／時代／回響》、《共時的星叢：風車詩社與新精神的跨界域流動》設計與出版等等）為重點，來探討文學跨媒介所涉及的臺灣與世界文學的課題。本章節以跨媒介敘事（transmedia storytelling）和改編理論（adaptation theory）的相關討論作為研究方法的參考，探討黃亞歷的《日曜日式散步者》如何形構一個超越文字的動感空間，呈現臺灣文學的世界想像？臺灣作家如何受到其他國家的文學作品啟發？科技發展在這個世界想像的過程裡扮演了甚麼樣的角色？除此之外，《日曜日式散步者》的跨媒介敘事活動，如何預示了一個媒介變動時代臺灣文學新的活動空間和發展可能？

第六章：網路新媒介時代小文學的國際能見度

　　本書第五章討論多媒體為主要媒介的臺灣文學世界想像，本章則把重點放在網路新媒介如何開展臺灣文學的世界空間和國際能見度。本章先討論黃錦樹所提出的「南方華文文學共和國」何以無法回應世界文學

中心的認可機制與語言的問題：所有文學機制的運作，從世界文學、區域文學、語種文學（世界華文文學、世界法文文學等等）、小至國家文學、地方文學，原住民文學，都仰賴某種規模不等的文學中心認可機制的運作，作品才能從文學競爭中脫穎而出而被看見與賞識。我認為小文學固然可結盟，也有其意義。華語語系文學的交流是一個正面的範示。然而，我認為作為小文學的臺灣文學，如侷限於小文學結盟，而拒絕參與世界文學，將是一大損失。小文學結盟依然不可避免地面對翻譯和文學認可機制，和世界文學運作的問題相近。因此，認真面對問題，討論如何介入中心的認可機制，創造小文學在世界（或是小文學結盟）文學空間裡的能見度，仍是重要的課題。

　　網路的興起，催生了幾種利用新媒介特性提升作家國際能見度的管道，開闢了一些不完全屬於世界文學中心掌控的流通管道，讓小文學國家和全球大眾都有些著力之處。本章以我實際參與建置的李昂數位主題館，以及李昂英文維基百科詞條為例，來說明網路數位科技在這三個層面的影響，特別著眼於網路數位平臺為小文學作家創造的國際能見度、甚或提升國際地位的新空間。李昂數位主題館網站後臺的統計資料呈現了數位平臺所收錄的檔案不只是作家所生產的文物資料，也包括全球各地讀者所留下的數位足跡，這讓文學作品的接收研究（reception）有了不同於以往的方法，是我們了解作家的國際能見度的一個重要參考。維基百科被視為 Web 2.0 的代表產物，Web 2.0 是一種網絡平臺（the network as the platform），把觸角伸向所有的使用者和各角落，而非僅伸往中心，由使用者的參與和協力合作搭建群體智慧（collective intelligence）是 Web 2.0 的重要特質。Web 2.0 仰賴「群眾的智慧」而非專家意見，而這個「群眾的智慧」透過網絡連結不斷更新、累積、擴展，充分發揮了 Web 2.0 傳播的特性。這些特色都為維基百科的運作機制所吸納並充分利用。本章分析李昂的英文詞條編纂過程以及全球共寫者的角色，探討維基百科的威力，以及提升小文學作家國際能見度的潛能。

　　最後，我們或許該回到最基本的一個問題：世界文學的「世界驅力」（worlding）到底是甚麼？Pheng Cheah 認為「世界」與「全球」不能混淆，前者是一個時間的進程，後者則是空間的概念（Cheah 2016）。他認為 David Damrosch, Pascale Casanova, Franco Moretti 等世界文學大家所著眼的作品的流通和旅行等等，都只重視空間的移動，而未談世界文學有一個願景，而這也是世界文學真正的功能：世界的開啟與創造（the opening and making of a world）（Cheah 2008, 2016）。世界文學的交流，乃是建築在容忍、甚或欣賞獨特（particular）的異質（Cheah 2016）。換言之，對於彼此差異的尊重（respect for differences）是世界文學追求的目標（Cheah 2016）。如我們在之前討論歌德的世界文學概念時所提到的，這正是世界文學的願景。Cheah 的這番說法，其來有自，呼應歌德受到翻譯的中國文學的激發，提出世界文學的初衷。

　　然而，我們卻也不得不面對 Casanova 和 Moretti 所分析的現實裡世界文學體系的不對等結構，只有設法進入這個空間，才能夠發聲，並讓這個不對等結構有改變的可能。Casanova 的《文學世界共和國》的後半部其實提供了不少案例，特別是愛爾蘭文學的典範，展示了世界文學並非固定不動鐵板一塊，而是在許多非主流文學的挑戰和衝擊之下，開啟「世界」。這也是世界文學的內容與範圍何以不斷演變，從早期的歐美文學經典擴大到非西方國家文學。而 David Damrosch 理論裡所提的「雙重折射」（double refraction），也就是世界文學的流通乃是一種與異文化協商的過程（Damrosch 2003: 283），其實正是一種 Cheah 所說的「世界驅力」（worlding）。臺灣文學史上諸多例子證明，世界文學的閱讀並非只是市場消費和風尚的追逐。如我在本書第三章所討論的，臺灣文學透過世界文學來開展臺灣文學的世界，這見證了世界文學開啟世界、形塑世界的功能與目標。然而，世界文學一方面以尊重異己和對異己的好奇為驅力，一方面卻也是全球化趨勢的文化表徵。如同 Eric Hayot 所說的，全球化潮流下我們都意識到自己是一個更大的跨文化群體的一員，這個群體的交流與互動對我們的文化、政治、經濟生活都有莫大的

影響，所謂的「世界驅力」其實是一種生活的態度，調整自己，試圖加入一個不屬於自己的整體」（Hayot 2010）。這嘗試加入的過程充滿挫折和頹喪，有許多協商，也有不少自我的反省，但也就是在這過程中，臺灣文學開展了它的可能。

　　無論是殖民地臺灣的日本文學、華文系統裡的華語語系文學、或是不對等關係的世界文學，臺灣面對的都是強勢的文學與語言造成的邊緣化的問題。我們如何看待日文文學、中文文學或是西方主流文學與語言？除了抗拒論述之外，是否有其他思考這個中心—邊緣，強勢—弱勢關係的方法？阿根廷作家 Jorge Luis Borges 在 "The Argentine Writer and Tradition"（1999）裡對於阿根廷作家與西班牙文學和強勢西方歐洲文學的看法，顯示類似臺灣文學場域所探討的種種殖民、去中心的課題，也同樣在阿根廷場域上演。位於南美洲的阿根廷曾長期為西班牙殖民地，目前的官方語言為西班牙語，阿根廷文學的在地性如何定義、如何展開，以及阿根廷與西班牙文學的關係顯然也是當地文學圈熱烈辯論的問題。Borges 認為，阿根廷作家有兩種選擇：一者為限縮於在地題材與在地語言，視其他文化（特別是西班牙和歐洲文化）為壓迫和必需排斥的對象。另一種選擇，則是無畏地把強勢的文化視為阿根廷作家的資源。他主張，阿根廷作家與這些文學的關係不同於西方作家與西方文學傳統的關係，這個不同創造了阿根廷作家運用這些資源時的一種獨特的位置，得以展開阿根廷文學的獨特性。莎士比亞（William Shakespeare）的《羅密歐與茱麗葉》轉譯義大利的一則傳說，取經不同文學傳統而完成以北歐為場景的《哈姆雷特》，這些作品卻是英國文學的經典，而莎士比亞也是最具影響力被視為英國文學的代表作家。因此，Borges 說：

> 我因此強調，我們無須畏懼；我們必須相信這整個世界都是我
> 們與生俱來的權利，而嘗試各種題材；我們不能因為想要當阿
> 根廷人而限縮於阿根廷本身，因為阿根廷人無論做什麼都會
> 是阿根廷人，天生註定，否則所謂的阿根廷人只是個表面的姿

態，一個虛假的面具而已（1999: 427，筆者翻譯）

Therefore I repeat that we must not be afraid; we must believe
that the universe is our birthright and try out every subject;
we cannot confine ourselves to what is Argentine in order to
be Argentine because either it is our inevitable destiny to be
Argentine, in which case we will be Argentine whatever we do, or
being Argentine is a mere affectation, a mask.

　　無論同意與否，Borges 這番話都值得我們再三反芻，作為探討臺灣
文學與所有外來強勢文化和文學的關係的重要參考。

第一章
世界文學空間裡的臺灣文學

作為世界文學的臺灣文學

文學乃一個國家重要的文化記憶，也常在國際場域裡被視為該國文化的指標。信手拈來幾個例子：英國的莎士比亞或哈利波特、德國的歌德、法國的沙特與卡謬、俄國的托爾斯泰與杜斯妥也夫斯基、美國的福克納與海明威、西班牙的賽凡提、丹麥的安徒生童話、捷克的卡夫卡、日本的川端康成與村上春樹、中國的孔子與魯迅、南美阿根廷的伯赫士、哥倫比亞的馬奎斯等等。一個國家的國際地位，不全然取決於政治、經濟實力或武力，文化是重要的軟實力，而文學的輸出是國家文化輸出裡的一個要項。文化輸出可讓一個國家在國際間產生無形的影響力，擁有重要的象徵資本（symbolic capital），提升該國的地位，獲得國際認可，這也是何以各國政府莫不投注大筆資源協助文學的翻譯和輸出（Sapiro 2014, 2016）。中國在 2010 年召開 "The global nature of contemporary Chinese-language writing" 的國際學術研討會，商討如何讓中國文學外譯更獲得國際讀者青睞，以提升中國的全球文化影響力，與其經濟影響力匹配（McDougall 2014），實際見證了 Sapiro 的這個說法。同時，各國政府當然也鼓勵國外文學的輸入，以讓國內的文學圈了解國際文學創作趨勢，透過國際交流免於閉門造車（Sapiro 2014,

2016）。就臺灣的脈絡而言，冷戰時期美國在臺灣設立的美國新聞處對於臺灣現代主義和藝術的影響，是研究文學翻譯、交流的種種複雜面向的一個最佳案例（陳建忠 2012）。

　　臺灣文學的生產與傳播對內協助臺灣文化記憶的建構、凝聚認同，對外則在國際場域裡象徵臺灣的主體性，兼具文化功能、社會功能和政治功能。然而，「臺灣文學」作為一個概念，出現得相當晚，主要因為戒嚴時間「臺灣」這個名詞是禁忌。葉石濤在 1987 年出版的《台灣文學史綱》堪稱一個里程碑，從此「臺灣文學」這個概念正式浮現檯面，並確認有其自身脈絡可循的獨特文學傳統。解嚴之後，臺灣歷史文化記憶重組，臺灣文學的發展是這個工程重要的一環，在當時臺灣文學後殖民主體的追尋過程中扮演了重要的角色。國族建構與記憶、文化遺產的建構通常同時進行（Assmann 2015）。1990 年代的臺灣見證了 Aleida Assmann 這個看法。文學作為一種臺灣重要的文化遺產，大概是在 1990 年代之後才漸有共識。臺文系所在各大學陸續設立，成為臺灣文學典藏、閱讀、詮釋、傳播的體制化管道，臺灣文學作家與作品才逐漸典律化，「臺灣文學」才有較清晰的輪廓，其文學傳統也才逐漸成形。在那之前，臺灣文學的記憶存在於民間，但是傳承並不穩定，遺忘是常態。例如：日治時期的臺灣文學記憶在戰後因為政權更替而被壓抑、遺忘，一直到 1970 年代初才再被提起（蕭阿勤 2000）。而被視為皇民文學作家的龍瑛宗、王昶雄的作品，更是遲至 1990 年代之後才逐漸被搬上檯面來討論。第一部臺灣文學史並非產生於學院內，而是出自民間學者葉石濤之手（1987），顯見當時臺灣文學或可稱為民間一部分人的集體記憶，卻還未成為臺灣文化記憶。

　　集體記憶和文化記憶之不同在於前者沒有體制化傳承機制的支撐。集體記憶為個人與其他人同享的記憶，而文化記憶雖然是集體記憶的一種，卻有各種保存、轉譯改編和傳播的體制化機制來傳承給後代（Assmann 2008）。臺灣文學系所開設臺灣文學相關課程和演講活動、2003 年國立臺灣文學館設置之後舉辦各種臺灣文學相關之展覽與活

動、臺灣文學作品在中小學教材的分量增加等等，都是形塑臺灣文學作為臺灣文化記憶的重要體制化機制。文化記憶之所以為文化記憶，在於它所連結、召喚的過去是「屬於我們」的過去，文化記憶因此是一種認同的塑造，代表一種歷史意識而非只是歷史知識（Assmann 2008）。

　　也因為「臺灣文學」這個概念出現得如此之晚，與其他各國相較，它在世界文學空間裡的能見度低，面貌並不清晰，具有 Pascale Casanova 所說的「小文學」（small literature）的所有特色。Casanova 的世界文學理論裡，所謂的世界文學空間（world literary space）是一個不對等的文學空間結構，各國作家在此空間裡互相競爭，主流文學中心的認可往往決定小文學作家是否在此空間裡占有一席之地。競爭需要資本，一個文學如擁有的競爭資本越豐富，就越能在世界文學空間中取得優勢。文學資本的多寡取決於至少底下幾個要素（Casanova 2004）：

（1）語言：小文學的語言通常並非主流語言，必須透過翻譯才能在世界文學空間裡流通。小文學的作家是 Casanova 所謂的「被翻譯的人」（the translated man），有翻譯才能在世界文學空間裡移動，具有競爭力，這是小文學作家必須克服的第一個難題。

（2）文學的年紀：是否有悠久的文學傳統，擁有相當數量的作品和經典？歷史悠久的文學比剛出生的年輕文學當然更有長時間累積競爭資本。

（3）是否有廣為其他文學讀者熟悉的作品數量？一個文學即使歷史悠久，如使用的語言非主流語言，其文學作品未有國際知名度，該文學仍不被視為資本雄厚的文學。中國文學即是如此：儘管有長達數千年的文學傳統，作家與作品繁多，但因譯本在國際流通、被視為世界文學經典的數量不多，因此在世界文學空間裡仍被視為小文學而非主流文學。目前一些有關中國文學外譯接收情形的研究也印證 Casanova 這個說法（McDougall 2014, H. Liu 2015, N. Wang 2016）。

（4）作品被翻譯成其他國家語言的數量。

　　就這些 Casanova 所討論的層面而言，臺灣文學的資本都不算豐富：臺灣文學作品必須透過翻譯才能在國際流通；而就文學歷史或傳統的「年紀」、作家和作品的數量、國際知名的作品數量而言，臺灣文學幾乎樣樣難與主流文學國家（如英國、法國、德國）相比。

　　臺灣文學幾乎符合 Casanova 對於小文學的所有定義。從西方主導的文學中心來看，小文學「貧瘠」（literary destitution）、「落後」（backwardness）、「遙遠」（remoteness）而「不被看見」（invisibility）（Casanova 2004: 183）。貧瘠，因為資本不多。落後，因為通常文學潮流都是由中心傳播到小文學，而反過來從小文學傳播到西方主流文學中心產生影響的，可說絕無僅有（Moretti 2013）。二十世紀中以拉丁美洲作家為要角的魔幻寫實算是小文學反攻主流文學的一個罕見例子，但是究其源，拉美作家也是在二十世紀初受到歐洲超寫實藝術的啟發，取經西方並結合了拉美國家在地風土特色，再透過西方中心的認可而在國際間引起注意（Casanova 2004）。另外一個稀罕的例子則是日本文化對十九世紀末法國現代主義風潮的影響。除了這些特例之外，小文學通常被視為在時間上、美學上落後中心，極力追趕文學中心主導的所謂「摩登」潮流。

　　儘管世界文學理論這種中心 vs. 邊緣的說法令人不快，卻也並非純然無稽之談。臺灣文學歷史見證了這樣一波波來自中心的潮流：法國超寫實主義之於日治時期風車詩社詩人、西方現代主義在臺灣 1960 年代的橫的移植、臺灣作家在 1980 年代對於魔幻寫實的模仿、1990 年代後現代、後殖民在臺灣引起的風潮。借用陳允元和黃亞歷著作的風車詩社套書的詞彙（2016），這「發自世界的電波」一波波衝擊臺灣、在島內一再激發文學革命，但是尚未見到反向從臺灣文學出發，引起文學中心和主流文學注意而效仿的案例。這是小文學的特色。小文學望向中心，中心的文學卻看不到小文學。

　　Casanova 討論各國作家在世界文學空間裡的競爭，認為作家擁有的文學資本越多，在這競爭中脫穎而出、揚名國際的機會就越大，其中

作品使用的語言是否為主流語言，是一大關鍵。寫得再好的作品，但是並非世界文學中心的主流語言，往往難以在全球書市裡流通，引起國際讀者的注意。這也是為什麼世界文學研究裡「翻譯」是一個重要議題。對比比較文學講求閱讀原典，並須針對作品原產國的文化和作品生產脈絡透過第一手資料深入考察，世界文學是個翻譯活躍的空間。晚近，世界文學研究關切的課題從作品的翻譯忠實與否，轉移到作品在翻譯和旅行的過程當中如何與國外讀者進行文化協商。這也就是 David Damrosch 所說的「雙重折射」（double refraction）的問題。世界文學討論的不僅是作品原意，也探討翻譯輸入端讀者的需求（Damrosch 2003）。所以，「英文裡的中國作家北島不是中文的北島」（Damrosch 2003: 22），翻譯作為一個與異文化協商的過程，是世界文學討論的重點，這與一般閱讀作品時以了解作品內部展現的邏輯和美學技巧為導向的閱讀方式有所不同。

這些文學外譯與國家主體性、國家文化辨識度的糾葛，我們可從高行健獲得諾貝爾獎所引發的爭議略窺一二。主要癥結在於高行健雖然出身中國，獲得諾貝爾獎時他卻是法國公民，而且對於中國有不少批評，他與中國文學的關係和中國作家與中國文學的關係顯然不同。學者張英進分析高行健引發的爭議，指出這些爭論環繞著幾個議題：高行健看似歐化的文學語言是否可代表中國的語言？他是否傳承了中國文學傳統？他作品裡的「中國性」究竟如何？以及已經成為法國公民的作家高行健是否可代表中國文學？從這些討論裡，可知作家與國家主體辨識度的關係往往是理解一位作家在世界文學空間裡的位置的重要課題（Y. Zhang 2005）。同樣的，學者研究村上春樹在美國以及匈牙利的翻譯和讀者接受情形，也發現村上春樹之所以旅行各國，引起國際讀者的熱烈回響，主要因為他的作品呼應了許多國外讀者對於日本文化的想像（Dalmi 2021, Serrano-Muñoz 2021）。

從這個角度而言，臺灣文學的輸出，是臺灣尋求國際對於臺灣主體認知的一個重要管道。臺灣文學外譯課題需關切的不僅是翻譯是否

忠於原著，是否貼切表達臺灣文學作品原典的精神，更是哪些作品如何透過哪樣的翻譯方式成功跨出臺灣，創造出 Damrosch 所說的「雙重折射」，而在世界旅行的「過程」。研究這個過程，重點不再是透過文本細讀比對翻譯的忠實度，更試圖了解臺灣文學的國際推廣涉及的團隊合作。有哪些人運用了哪些管道和方法協助作家參與國際文學賽局，拓展文本進入世界文學的空間？

　　這是 Jinquan Yu 和 Wenqian Zhang 所指出的翻譯研究的社會學轉向（sociological turn）的最佳案例（Yu and Zhang 2021）。兩位學者 2021 年的論文討論中國作家莫言如何被翻譯到美國，進而獲得諾貝爾文學獎。他們考察了美國漢學家 Howard Goldblatt 和文學代理人 Sandra Dijkstra 在莫言邁向世界文學之路的過程裡所扮演的角色。這兩位在國際出版領域裡活躍人物的積極引介，是莫言從一個小文學作家獲得諾貝爾世界文學桂冠的關鍵。徐菊清的《翻譯中的贊助、詩學與意識：臺灣文學英譯研究》（2018）是從這個角度討論臺灣文學外譯相當好的研究。

　　除了文學外譯過程中各個環節的推手群策群力之外，文學跨媒介所發揮的助力也值得探討。中國導演張藝謀 1988 年的《紅高粱》改編莫言小說作品，在重要三大國際影展之一的柏林影展獲得劇情片最高榮譽的金熊獎。這個莫言文學的電影改編迅速提升莫言的知名度（Yu and Zhang 2021）。在臺灣文學領域裡，臺灣文學改編電視劇、電影而讓文學作品得以跨越文學讀者群而獲得一般大眾的注意，劉梓潔的《父後七日》和楊富閔的《花甲男孩轉大人》堪稱成功的案例。本書將在後續章節討論黃亞歷執導的《日曜日式散步者》如何透過跨媒介的力量，提升鮮為人知的日治時期風車詩社詩人的知名度。在 1980 年代初臺灣新電影的時代，臺灣電影曾大量改編臺灣文學作品，包括《兒子的大玩偶》（黃春明小說）、《嫁妝一牛車》（王禎和小說）、《金大班最後的一夜》（白先勇小說）、《殺夫》（李昂小說）等等，侯孝賢與作家朱天文、吳念真的合作，也成為臺灣文壇佳話。在那之前，瓊瑤許多作品改編成電影、電視劇，轟動一時，在華文世界領引風騷，造就瓊瑤影視王國，

更見證了電影改編對文學傳播、消費的影響。然而，因電影改編而在國際影展獲獎，進而提升臺灣作家國際聲譽的成功案例，似乎只有朱天文（Yeung 2020）。但如同劉梓潔在其碩士論文有關朱天文與侯孝賢合作的文學改編所指出的，兩者的合作罕有改編自臺灣文學的作品（劉梓潔，進行中），對於提升臺灣文學的國際能見度並無太大助益。

　　如前面所言，文學輸出是各國政府相當看重的文化外交。臺灣文學外譯的推動過程裡，政府扮演重要角色。臺灣政府對於文學輸出的挹注，早在 1960 年代即開始，但「來自臺灣的華文文學」出現在書名當中的出版品，在 1970 年代才出現（徐菊清 2018）。這些早期臺灣政府經費補助的文學外譯，在國外主要由國際漢學界的學者來翻譯和推廣，通常在當地被視為「另一種中國文學」，也就是可以窺看中國的一個管道，目的並非認識臺灣（Klöeter, Gaffric, Passi forthcoming）。陳紀瀅的《荻村傳》、陳若曦描寫中國文革的作品，是當時歐洲讀者較熟悉的臺灣文學作品（Klöeter forthcoming）。由於臺灣文學這個概念在 1990 年代解嚴之後才逐漸成形，國外對於臺灣文學如此認知，並不意外。目前臺灣政府出資補助的臺灣文學翻譯輸出包括中華民國筆會的《中華民國筆會季刊》（1972-）、透過蔣經國基金會補助與哥倫比亞大學合作，以王德威為主要推手的臺灣文學翻譯出版計畫、UC-Santa Barbara 杜國清教授主持的《臺灣文學英譯叢刊》（*Taiwan Literature: English Translation Series*）（1996-）、行政院文建會於 1990 年啟動的「中書外譯」計劃等，都是希望透過文學的輸出在國際間爭取臺灣主體辨識度的嘗試（徐菊清 2018）。如同研究臺灣文學英譯計畫的學者徐菊清所言，「不論是政府或非官方組織機構，實質的財務贊助是外譯活動持續進行的幕後助力之一，若沒有這些大額的財源來支付翻譯薪酬及印刷出版費用，即便專業人士空有想法及計畫，也無法促使大規模的翻譯工程計畫付諸行動和持續發展」（徐菊清 2018：63）。

　　這些翻譯計畫大多與學院或是小出版社合作，因此讀者群受限不少（P. Lin 2019, K. Liu 2006）。這並非臺灣文學特有的現象，中國文學在國

際書市裡也有同樣的情形（Lovell 2010）。學院或小型獨立出版社的支
持對臺灣文學外譯非常重要，然而由於這些出版社通常不像商業導向的
出版公司一樣有充裕的行銷宣傳預算，而且在 Amazon 電商尚未出現的
年代，這些出版品的舖書流通管道也相當有限，取得不易，不利翻譯作
品的流通和能見度（Lovell 2010: 203）。另一方面，大出版社通常以商
業市場邏輯運作，翻譯書出版銷售量風險較高，而且英文讀者對於中／
華文翻譯書的興趣不大，增加不少中／華文文學翻譯出版的困難，在主
流語言的出版生態裡，華文翻譯書相當邊緣（Yu and Zhang 2021）。無
論是中國文學或是臺灣文學，都面臨類似的困境。最近，臺灣文化部成
立 Books from Taiwan，開發版權交易銷售，針對翻譯作品的行銷和流
通等文化產品接收端的問題研擬策略。吳明益《複眼人》透過經紀人譚
光磊成功售出版權，由全球主流文學出版社 Harvill Secker 出版（譚光
磊 2019），是臺灣文學界最津津樂道的成功案例，也被視為臺灣文學外
譯歷史的一個里程碑。我們將在本書第四章深入探討這個問題，此處先
略過不表。

　　有關臺灣文學在世界文學空間裡的能見度，目前的相關研究仍處零
散的狀態，多半聚焦於個別作家，或臺灣文學外譯在個別國家發展的情
形。以 2018 年我和張英進教授主編的國際期刊 *Modern Chinese Literature
and Culture* 特輯 "Chinese Literature as World Literature" 為例，只有李
永平、黃錦樹、楊牧、李昂、陳黎、和吳明益出現在該輯論文中。Pei-
yin Lin 和 Wen-chi Li 合編的 *Taiwan Literature as World Literature* 將於
2023 年由英國出版社 Bloomsbury 出版，除了上述作家的討論之外，也
邀請歐洲學者討論臺灣文學在他們國家的譯介。但我們是否可能有更宏
觀的圖像，得以了解臺灣文學或作家在世界文學空間活動的情形？除了
專家學者的偏好和對於特定作家的分析之外，我們是否可根據較客觀的
資料來進行這個圖像的勾勒？

　　由於作為臺灣文學的世界文學有其特殊條件，全球知名度和國際讀
者的關注應是基本條件。我曾提出「國際辨識指標」作為衡量基準，內

列多項指標，指標達成越多，表示作家在世界文學空間裡的活躍度越高（Chiu 2018）。這些指標包括作品翻譯語言、國際獎項、國際報章雜誌之書評、國際出版品的專輯報導、作品改編、國際研究論文發表篇數、國際文學合輯出版或數位平臺、國際演講或駐校作家邀約等等。但其實英文維基百科詞條、國際讀者數位平臺數據等等，也該納入。這個方法以客觀量化指標來衡量作家的國際辨識度，與主觀的專家細讀研究方法有別。基本上較屬於文學社會學的方法，也把數位時代的數據納為研究資料。

　　本章節分底下幾個方向來試圖勾勒這個宏觀圖像，著眼於臺灣文學在世界文學空間的能見度，以及在此能見度中扮演關鍵角色的認可機制：

（一）與其他亞洲作家相比，臺灣作家於國際重要文學獎項獲獎情形：此因國際文學獎為作家獲得國際注意力最重要的指標，乃迅速提升小文學作家國際知名度和能見度最有效的管道。

（二）臺灣文學外譯在幾個歐洲主要國家引介和研究教學的情形：由於在國際間引介臺灣文學者通常是國際漢學或是研究華文文學的學者，了解有哪些國際學者的研究教學發表，有助於了解我們臺灣文學國際化有多少助力，以及其國際學術網絡。

（三）國外一般讀者接收的情形：相較於文學獎和學院資源，網路平臺上國際讀者的回響是一種全球讀者由下往上的讀者反應資料，可用來了解臺灣文學作品為一般讀者接收的情形。本章將聚焦於Goodreads.com 這個全球數位平臺來進行考察，英文維基百科的認可威力則留待本書第六章來討論。

國際文學大獎裡的臺灣文學

　　在 Casanova 的理論裡，國際文學獎是作家在世界文學空間裡占得一席之地最重要的認可機制。獲獎意味進入了 Casanova 所說的世界文

學的 litterisation（2004: 136）──一個讓作家從世界文學空間邊陲默默無聞的位置一躍成為舉世聞名的作家的過程，文學獎讓作家從地方文學或是國家文學的代表轉化成擁有國際讀者的世界文學作家。這個世界文學認可的機制操之於西方文學中心，日本作家村上春樹的例子充分顯示國際文學獎的威力。Katalin Dalmi〈日本文學在匈牙利〉的研究發現（2021），雖然村上春樹的作品在 1990 年代即已有匈牙利的譯本，但在匈牙利並未引起注意，作家在 2006 年獲得國際文學大獎 Franz Kafka Prize 和 World Fantasy Awards 之後，即迅速走紅，在匈牙利引起廣泛回響。這兩個文學大獎非同小可，而是國際間相當受到重視而有指標意義的獎項：Franz Kafka Prize 為捷克卡夫卡學會（Franz Kafka Society）於 2001 年創立，得獎者被視為有望進階諾貝爾獎。2001 年以來二十位獲獎者均鼎鼎大名，包括 Milan Kundera, Margaret Atwood, Harold Pinter 等享譽國際的世界文學作家，村上春樹是唯一獲獎的日本作家（2006 年），另一位亞洲獲獎者為中國的閻連科（2014 年）。World Fantasy Awards 則為推想小說（speculative fiction）領域最重要獎項之一，與科幻小說獎 Hugo Award、Nebula Award 齊名。

　　臺灣文學作家獲得國際文學大獎的情形，我們可分兩個領域來觀察：一者為華文文學界的重要國際獎項，包括「紅樓夢長篇小說獎」和不限作家創作文類的 Newman Prize for Chinese Literature；一者則為世界文學指標性的文學獎，包括瑞典的諾貝爾獎、英國的 Booker Prize 和 International Booker Prize。紅樓夢長篇小說獎為香港浸信會大學於 2005 年設立，為目前華文界最重要的的世界華文長篇小說獎。Newman Prize for Chinese Literature 為美國 Oklahoma University 於 2009 年設立的華文文學獎，堪稱英文界最具指標性的華文文學認可機制。紅樓夢獎自設獎以來，臺灣作家獲得紅樓夢獎首獎的有兩位──駱以軍和張貴興，歷屆以來入圍人次為 11，占總入圍人次之 22%，雖然低於中國首獎獲獎者的 5 人次和中國作家入圍人次比例之 60%，但顯然在華文文學圈裡能見度相當高。網站上第三屆入圍者李永平被列為馬來西亞作家，但

因李永平長年居住在臺灣，且其文學活動也以臺灣為主，故本論文列為臺灣作家。

表 1-1　紅樓夢長篇小說獎入圍名單（2005-2020）

第一屆（2005-2006）

・賈平凹（中國），首獎

・董啟章（香港）　　　　・陳玉慧（臺灣）　　　　・劉醒龍（中國）
・范穩（中國）　　　　　・寧肯（中國）　　　　　・楊志軍（中國）

第二屆（2007-2008）

・莫言（中國），首獎

・朱天文（臺灣）　　　　・董啟章（香港）　　　　・王安憶（中國）
・張煒（中國）　　　　　・曹乃謙（中國）　　　　・鐵凝（中國）

第三屆（2009-2010）

・駱以軍（臺灣），首獎

・李永平（臺灣／馬來西亞）・刁斗（中國）　　　　　・畢飛宇（中國）
・韓麗珠（香港）　　　　・張翎（中國）

第四屆（2011-2012）

・王安憶（中國），首獎

・賈平凹（中國）　　　　・閻連科（中國）　　　　・格非（中國）
・黎紫書（馬來西亞）　　・嚴歌苓（美國）

第五屆（2013-2014）

・黃碧雲（香港），首獎

・閻連科（中國）　　　　・蘇童（中國）
・韓少功（中國）　　　　・劉震雲（中國）　　　　・葉廣芩（中國）

第六屆（2015-2016）

・閻連科（中國），首獎

・甘耀明（臺灣）　　　　・徐則臣（中國）
・陳冠中（香港）　　　　・吳明益（臺灣）　　　　・遲子建（中國）

第七屆（2017-2018）

・劉慶（中國），首獎

・連明偉（臺灣）　　　　・格非（中國）
・劉震雲（中國）　　　　・王定國（臺灣）　　　　・張翎（中國）

第八屆（2019-2020）

・張貴興（臺灣），首獎

・阿來（中國）　　　　　・董啟章（香港）　　　　・駱以軍（臺灣）
・西西（香港）　　　　　・胡晴舫（臺灣）

說明：每屆名單中第一列者為首獎、第二列者為決審團獎、第三列者為入圍推薦獎。李永平資料來源：http://redchamber.hkbu.edu.hk/tc。

表 1-2　　紅樓夢獎入圍作家區域別統計（2005-2020）

區域	人次	比例
中國	30	60%
臺灣	11	22%
香港	7	14%
馬來西亞	1	4%
美國	1	2%
小計	50	100%

表 1-3　　紅樓夢獎臺灣獲得提名的作家作品表

屆次	獲提名作家（不分獎項）	作品名稱
一	陳玉慧	《海神家族》
二	朱天文	《巫言》
三	駱以軍	《西夏旅館》
四	李永平	《大河盡頭》
六	甘耀明	《邦查女孩》
	吳明益	《單車失竊記》
七	連明偉	《青蚨子》
	王定國	《昨日雨水》
八	駱以軍	《匡超人》
	張貴興	《野豬渡河》
	胡晴舫	《群島》

說明：作家所屬區域以獲獎當時為準，資料來源：http://redchamber.hkbu.edu.hk/tc。

　　截至本書撰寫之際，Newman Prize for Chinese Literature 歷屆以來臺灣作家獲獎的有兩位：楊牧（2013）與朱天文（2015），占總入圍者比例之 23%，低於中國的 69%。比較紅樓夢獎和 Newman Prize for

Chinese Literature，香港作家在前者占有 14%，但入圍後者的只有 2 位
（西西、金庸），獲獎人次占總入圍降到 5%。由於紅樓夢獎為香港浸信
會大學所設立的獎項，比較兩個文學獎可知國際文學獎的主辦單位所
在，對於作家的能見度，有潛在的影響。整體而言，如以國際華人文學
獎作為華文文學領域的認可機制，臺灣作家的比例約占 22% 上下，為
中國之外最受矚目的華文文學生產地。

　　另外值得注意的是，在這兩個以華人作家與國際漢學界學者組成
的評審團的華文文學獎裡，吳明益僅獲得「入圍推薦」獎的《單車失竊
記》也入圍世界文學重要的獎項 International Booker Prize。另一位同
時獲得華文文學國際文學獎和世界文學獎肯定的臺灣作家為楊牧，他於
2013 年獲得 Newman Prize for Chinese Literature，後於 2016 年獲得瑞
典的 Cikada Prize──此獎以亞洲詩人為對象，而非如其他許多國際文
學大獎特別看重長篇小說。

　表 1-4　Newman Prize for Chinese Literature 入圍名單（2009-2021）

第一屆（2009）

・莫言（**中國**），**得獎**

・閻連科（中國）	・寧肯（中國）	・王安憶（中國）
・朱天心（臺灣）	・王蒙（中國）	・金庸（香港）

第二屆（2011）

・**韓少功（中國），得獎**

・格非（中國）	・李昂（臺灣）	・余華（中國）
・蘇童（中國）		

第三屆（2013）

・**楊牧（臺灣），得獎**

・夏宇（臺灣）	・楊煉（中國）	・翟永明（中國）
・歐陽江河（中國）		

第四屆（2015）

・**朱天文（臺灣），得獎**

・閻連科（中國）	・余華（中國）	・格非（中國）
・張貴興（臺灣）		

第五屆（2017）

・**王安憶（中國），得獎**

・余華（中國）	・賈平凹（中國）	・舞鶴（臺灣）
・閻連科（中國）		

第六屆（2019）

・**西西（香港），得獎**

・余秀華（中國）	・王小妮（中國）	・西川（中國）
・蕭開愚（中國）	・鄭小瓊（中國）	・北島（美國）

第七屆（2021）

・**閻連科（中國），得獎**

・舞鶴（臺灣）	・蘇童（中國）	・徐小斌（中國）
・龍應台（臺灣）		

表 1-5　Newman Prize for Chinese Literature 入圍作家區域別統計
（2009-2021）

區域	人次	比例
中國	27	69%
臺灣	9	23%
香港	2	5%
馬來西亞	0	0%
美國	1	3%
小計	39	100%

表 1-6　Newman Prize for Chinese Literature 臺灣獲得提名的作家列表
（2009-2021）

年分	獲提名作家
2009	朱天心
2011	李昂
2013	**楊牧（得獎）** 夏宇
2015	**朱天文（得獎）** 張貴興
2017	舞鶴
2019	舞鶴 龍應台

　　紅樓夢長篇小說獎和 Newman Prize for Chinese Literature 這兩個華人文學獎由大學設立，而世界文學獎最具影響力的諾貝爾獎和布克獎（Booker Prize）卻由企業家設立。截至 2021 年為止，諾貝爾 119 位文學獎得主裡，只有 6 位來自亞洲，其中 3 位獲獎作家來自東亞：日本的川端康成（1968）、大江健三郎（1994）和中國的莫言（2012）。而高行健（2000）則算是華裔法國作家，獲獎時他的作品在中國少有流通。

表 1-7　　諾貝爾獎的亞洲作家表（2009-2022）

Year	Name	Country
1913	Rabindranath Tagore	India
1966	Shmuel Yosef Agnon	Israel
1968	Yasunari Kawabata	Japan
1994	Kenzaburō Ōe	Japan
2006	Orhan Pamuk	Turkey
2012	Mo Yan	China

　　吳明益是有史以來唯一獲得 International Booker Prize 提名的臺灣作家（2018）。The Booker Prize 和 International Booker Prize 的差別在於作家寫作使用的語言，前者頒發給以英文寫作且在英國出版的長篇小說，後者則頒發給翻譯成英文且在英國出版的長篇小說作品。獲得提名，意味作家在世界文學領域裡受到肯定。亞洲作家在 Booker Prize 的表現如下表，在前述華文文學獎裡嶄露頭角的華人文學作家因寫作的語言非英文，即使在華文文學領域備受推崇，都未曾入圍。值得注意的是，有兩位馬來西亞的華裔作家皆兩度獲 Booker Prize 提名而在世界文學裡享有聲譽：Tash Aw（2005, 2013）與 Tan Twan Eng（2007, 2012）。Booker Prize 設立於 1969 年，歷史悠久，底下統計只顯現 2000 年以來約莫二十年期間的亞洲作家獲獎情形：

表 1-8　The Booker Prize 入圍之亞洲作家人次（2001-2020）

Country	Nominee	Ratio
India	6	46%
Malaysia	4	31%
Pakistan	2	15%
Turkey	1	8%
total	13	100%

資料來源：https://thebookerprizes.com/fiction/。

　　International Booker Prize 設立於 2005 年，頒發給英文翻譯作品，吳明益於 2018 年入圍，為此獎有史以來唯一提名的臺灣作家，其他入圍的華文文學作家主要來自中國。底下表格呈現入圍的作家，亞洲作家入圍者不多，華文文學作家除了臺灣的吳明益之外，中國的王安憶、蘇童、閻連科、殘雪也曾獲提名。值得注意的是，這些中國作家多數也為上述兩個重要的國際華文文學獎的得主或入圍，但是在華文文學獎裡受到肯定的臺灣作家並未在這世界文學獎的舞臺看到身影。除了臺灣在國際政治版圖裡的弱勢位置之外，臺灣在國際間文化外交軟實力人才和人脈薄弱，我認為也是原因之一。

　　如我在討論吳明益的章節所分析的，一個作家是否可在世界文學的舞臺發光發亮，除了作品表現之外，協助作品宣傳行銷評論的國際仲介者所扮演的角色，更不容忽視，這是目前臺灣文學推廣相當欠缺的一塊。有翻譯不見得有讀者。翻譯者的翻譯如何考量國際文學環境與臺灣文學環境的不同進行適度調整？如何有效地與不同文化協商？而且借助出版社的網絡宣傳和積極引介，讓作品更容易被西方讀者賞識？這些都是作家在世界文學空間裡爭取一席之地的重要環節。我將在本書後續章節進一步討論這個問題，但我們確實需要多花些功夫來了解其他小文學如何被引介到世界文學領域。中國作家是我們重要的參考，目前國外論文不少，臺文界相關的研究還需加強。

表 1-9　International Booker Prize Longlist（2005-2021）

2005

- **Ismail Kadare (Albania), winner**
- Margaret Atwood (Canada)
- Gabriel García Márquez (Colombia)
- Günter Grass (Germany)
- Milan Kundera (Czech Republic)
- Stanis aw Lem (Poland)
- Doris Lessing (UK)
- Ian McEwan (UK)
- Naguib Mahfouz (Egypt)
- Tomas Eloy Martinez (Argentina)
- *Kenzaburō Ōe (Japan)*
- Cynthia Ozick (US)
- Philip Roth (US)
- Muriel Spark (UK)
- Antonio Tabucchi (Italy)
- John Updike (US)
- A.B. Yehoshua (Israel)

2007

- **Chinua Achebe (Nigeria), winner**
- Margaret Atwood (Canada)
- John Banville (Ireland)
- Peter Carey (Australia)
- Don DeLillo (US)
- Carlos Fuentes (Mexico)
- Doris Lessing (UK)
- Ian McEwan (UK)
- Harry Mulisch (Netherlands)
- Alice Munro (Canada)
- Michael Ondaatje (Sri Lanka/Canada)
- Amos Oz (Israel)
- Philip Roth (US)
- Salman Rushdie (India/UK)
- Michel Tournier (France)

2009

- **Alice Munro (Canada),winner**
- Peter Carey (Australia)
- Evan S. Connell (US)
- Mahasweta Devi (India)
- E. L. Doctorow (US)
- James Kelman (UK)
- Mario Vargas Llosa (Peru)
- Arnošt Lustig (Czech Republic)
- V. S. Naipaul (Trinidad/UK)
- Joyce Carol Oates (US)
- Antonio Tabucchi (Italy)
- Ngũg wa Thiong'o (Kenya)
- Dubravka Ugreši (Croatia)
- Lyudmila Ulitskaya (Russia)

2011

- **Philip Roth (US), winner**
- *Wang Anyi (China)*
- Juan Goytisolo (Spain)
- James Kelman (UK)
- John le Carré (UK)
- David Malouf (Australia)
- Dacia Maraini (Italy)
- Rohinton Mistry (India/Canada)
- Philip Pullman (UK)
- Marilynne Robinson (US)
- *Su Tong (China)*
- Anne Tyler (US)
- Amin Maalouf (Lebanon)

2013

- **Lydia Davis (US), winner**
- U R Ananthamurthy (India)
- *Yan Lianke (China)*
- Marilynne Robinson (USA)
- Aharon Appelfeld (Israel)
- Marie NDiaye (France)
- Vladimir Sorokin (Russian)
- Intizar Hussain (Pakistan)
- Josip Novakovich (Canada)
- Peter Stamm (Switzerland)

2015

- **László Krasznahorkai (Hungary), winner**
- Hoda Barakat (Lebanon)
- Mia Couto (Mozambique)
- Alain Mabanckou (France)
- César Aira (Argentina)
- Amitav Ghosh (India)
- Ibrahim al-Koni (Libya)
- Maryse Condé (Guadeloupe)
- Fanny Howe (USA)
- Marlene Van Niekerk (South Africa)

2016

- *Han Kang (South Korea), winner*
- José Eduardo Agualusa (Angola)
- Elena Ferrante (Italy)
- *Yan Lianke (China)*
- Orhan Pamuk (Turkey)
- Robert Seethaler (Austria)
- Maylis de Kerangal (France)
- *Eka Kurniawan (Indonesia)*
- Fiston Mwanza Mujila (Democratic Republic of Congo)
- Raduan Nassar (Brazil)
- Marie NDiaye (France)
- *Kenzaburō Ōe (Japan)*
- Aki Ollikainen (Finland)

2017

- **David Grossman (Israel), winner**
- Mathias Énard (France)
- Roy Jacobsen (Norway)
- Dorthe Nors (Denmark)
- Amos Oz (Israel)
- Samanta Schweblin (Argentina)
- Wioletta Greg (Poland)
- Stefan Hertmans (Belgium)
- Ismail Kadare (Albania)
- Jón Kalman Stefánsson (Iceland)
- *Yan Lianke (China)*
- Alain Mabanckou (France)
- Clemens Meyer (Germany)

2018

- **Olga Tokarczuk (Poland), winner**
- Virginie Despentes (France)
- *Han Kang (South Korea)*
- László Krasznahorkai (Hungary)
- Antonio Muñoz Molina (Spain)
- Ahmed Saadawi (Iraq)
- Laurent Binet (France)
- Javier Cercas (Spain)
- Jenny Erpenbeck (Germany)
- Ariana Harwicz (Argentina)
- Christoph Ransmayr (Austria)
- *Wu Ming-Yi (Taiwan)*
- Gabriela Ybarra (Spain)

2019

- **Jokha Alharthi (Oman), winner**
- Annie Ernaux (France)
- Marion Poschmann (Germany)
- Olga Tokarczuk (Poland)
- Juan Gabriel Vásquez (Colombia)
- Alia Trabucco Zeran (Chile)
- *Can Xue (China)*
- *Hwang Sok-yong (South Korea)*
- Mazen Maarouf (Palestine-Iceland)
- Hubert Mingarelli (France)
- Samanta Schweblin (Argentina)
- Sara Stridsberg (Sweden)
- Tommy Wieringa (Netherlands)

2020

- **Marieke Lucas Rijneveld (Netherlands), winner**
- Shokoofeh Azar (Iran)
- Gabriela Cabezón Cámara (Argentina)
- Daniel Kehlmann (Germany)
- Fernanda Melchor (Mexico)
- *Yoko Ogawa (Japan)*
- Willem Anker (South Africa)
- Jon Fosse (Norway)
- Nino Haratischvili (Germany)
- Michel Houellebecq (France)
- Emmanuelle Pagano (France)
- Samanta Schweblin (Argentina)
- Enrique Vila-Matas (Spain)

2021

- **David Diop (France), winner**
- Mariana Enríquez (Argentine)
- Olga Ravn (Denmark)
- Benjamín Labatut (Chilean)
- Maria Stepanova (Russian)
- Éric Vuillard (France)

- *Can Xue (China)*
- Nana Ekvtimishvili (USA)
- Ngũgĩ wa Thiong'o (Kenya)
- Jaap Robben (Nederland)
- Judith Schalansky (Germany)
- Adania Shibli (Palestine)
- Andrzej Tichý (Czechia)

說明：東亞與東南亞的作家以斜體標示，獲獎者以粗體標示。資料來源：https://thebookerprizes.com/international-booker，2021-08-16。

表 1-10　International Booker Prize 獲提名東亞作家的分布統計（2005-2021）

Country	Nominees	Ratio
China	7	50%
Japan	3	21%
South Korea	3	21%
Taiwan	1	7%
total	14	100%

說明：資料來源：https://thebookerprizes.com/international-booker，2021-08-16。

　　諾貝爾獎得主中國作家莫言從中國作家、華文文學作家，而成為世界文學作家的過程，頗值得我們參考。漢學家葛浩文（Howard Goldblatt）在翻譯過程中，建議莫言大幅度修改小說原版，甚或改寫結局，並且動用他作為一個國際漢學家與翻譯者的社會、文化資本，利用他在國際漢學與出版界的豐厚人脈，安排活動，在國際重要文學獎裡（包括上述所提到的 Newman Prize for Chinese Literature 和諾貝爾獎）提名莫言為候選人，也極力在文學相關出版品裡引介莫言，在 *World Literature Today* 這個世界文學的重要雜誌推出莫言專輯等等，莫言終於在 2012 年獲得諾貝爾獎的殊榮，奠定他在世界文學裡的地位，葛浩文功不可沒（Yu & Zhang 2021）。除了葛浩文之外，在全球文學出版領域相當活躍而具有影響力的經紀人 Sandra Dijkstra 也扮演了重要的角色

（Yu & Zhang 2021）。她成功為莫言的作品爭取到不少國際翻譯版權，塑造莫言享譽國際的形象，也在不同場合推崇莫言的作品，提升作家的文學成就（Yu & Zhang 2021）。

臺灣文學的國外學術研究與教學

　　從莫言的案例可知，國際漢學界的資源是橋接華文文學界與世界文學界的重要管道。這表示國外學院若有學者研究臺灣文學，甚或把臺灣文學納入教材，開設相關課程，有助於臺灣文學國際化。那麼，目前臺灣文學在各國透過翻譯而進入課程的情形到底如何？我以親身參與的兩個計劃來進行觀察：一者為應邀規劃預計在 2023 年由 Brill 出版的《臺灣研究百科全書》（*Encyclopedia of Taiwan Studies*）文學詞條，另一者為 2020 年應邀參與 MCLC 主編 Kirk Denton 規劃的 Video Lectures 系列，錄製李昂與吳明益兩個演講專題，作為國外學者的課程資源。在研究方面，我以 2000 年以來 MCLC 所刊登的論文中與臺灣文學相關的論文作為考察對象，一窺國際間臺灣文學研究的情形。

　　在設計《臺灣研究百科全書》文學詞條的結構時，我分成四大部分，邀請國內外約 40 位學者參與撰述：（1）文學斷代，從古典文學到千禧世代作家文學，（2）特別主題的文學：如原住民文學、LGBT 文學、環境文學等，（3）個別作家詞條，以及（4）臺灣文學在其他國家的引介。最後這一部分，我邀請幾位國外學者分別撰述臺灣文學在該國的詞條。Henning Klöeter 的「臺灣文學在德國」指出 1980 年代臺灣文學的引介主要放在德國學院的「中國研究」底下，出版了陳若曦的《尹縣長》，藉此一窺中國文化革命經驗（Klöeter forthcoming）。在德國漢學家 Helmut Martin（馬漢茂，1940-1999）的引介之下，臺灣文學的德文翻譯開始出現，多由小出版社出版，未引起廣泛注意，當時臺灣文學被視為中國文學來閱讀和研究。晚近，德國學界開始注意到臺灣文學不等同於中國文學，但是整體而言，臺灣文學的翻譯、出版與研究

依然稀少而邊緣。Gwennaël Gaffric（關首奇）討論臺灣文學在法國，和德國一樣，臺灣文學的譯者通常也都是學者，直到 1990 年代之前，臺灣文學之所以引起興趣，主要因這些作品與當代中國相關，也因此陳紀瀅的《荻村傳》和陳若曦的《尹縣長》是最先出現的臺灣文學法文譯本（Gaffric forthcoming）。2000 年後有三部臺灣小說集或是臺灣詩集出現，似乎「臺灣文學」這個概念逐漸出現，但基本上在學校課程裡，純以臺灣文學為題的課程仍罕見。白先勇、李昂、吳明益是在法國較為讀者所知的臺灣作家。Federica Passi 撰述「臺灣文學在義大利」的詞條，和德國、法國的情況接近，臺灣文學基本上也是放置在中國文學的架構下被引介到義大利。Passi 教授特別指出一點：無論是中國文學或是臺灣文學都沒有系統性的翻譯規劃，而呈現散亂的個別作家和作品的情形（Passi forthcoming）。推動臺灣文學流通的一個重要管道為教育體制內的開授課程。這三位學者的詞條顯示，臺灣文學在歐洲的翻譯、引介，主要由國際漢學家以及對翻譯有興趣且在大學任教的學者來推動。

　　臺灣文學在日本的情況較特殊，這與臺灣曾為日本殖民地的歷史有關。這個詞條由赤松美和子教授執筆，她的詞條顯示：日本的臺灣研究學會相當多，早在 1970 年代即開始設立，並且都是以臺灣為名，例如：天理臺灣學會（1991）和日本臺灣研究學會（1998），這和歐美國家的情形大不相同。她指出，日本臺灣研究學會成立之後，有關臺灣的博士論文大增，在 1997 年之前有四本，1998 到 2007 年之間有 19 本，2008 至 2017 之間有 27 本，但是 2018-2021 年之間只有 3 本。在 54 本博論當中，有 36 本討論殖民地臺灣，比例高達 67%（Akamatsu forthcoming），這與歐美國家臺灣文學外譯把臺灣文學放在中國或華文文學底下來研究有明顯差異。就臺灣文學外譯而論，殖民時期臺灣作家多以日文寫作，無需翻譯，漢文臺灣文學的日譯出版，無論就主題或文類而言，都較臺灣文學翻譯到歐美語言的出版情形更多元，且多有臺灣文建會的補助。原住民文學和性別相關的文學，有學者下村座次郎（原住民文學）、藤井省三（李昂）、白水紀子（性少數文學）研究和大力引

介（Akamatsu forthcoming）。

　　Hsin-chin Hsieh（謝欣芩）教授的詞條 "Teaching Taiwan Literature in US and Europe" 分別討論美國和歐洲學院課程有關臺灣文學的授課情形。她的詞條和歐洲學者所呈現的臺灣文學在歐洲的情形類似。她指出北美的臺灣文學相關課程有超過半數是放在現代中國文學的課程設計中來教授。最常閱讀的臺灣作家和作品包括黃春明〈蘋果的滋味〉和〈兒子的大玩偶〉、白先勇《臺北人》、吳濁流《亞細亞的孤兒》、朱天心〈古都〉、楊逵〈送報伕〉以及鄭清文〈三腳馬〉。根據這份清單，國外學院裡所閱讀的臺灣文學作家多數為前輩作家，在目前的文壇創作力和活躍度都不高，較難配合許多臺灣文學國際推廣活動的設計和宣傳。但是，我想這樣的情形逐漸有所變化。例如，法國在 Gaffric 教授推動下設立臺灣文學書系，他的博士論文研究吳明益，目前吳明益在日本和歐美國家也頗受關注。Hsieh 同時指出，歐洲大學的臺灣相關研究課程以社會科學為主，文學的課程相對少。英國亞非學院的臺灣研究中心是目前歐洲唯一常態性開設臺灣課程的高教機構，但是課程以政治、社會學為主要導向，文學課程非常少（Hsieh forthcoming）。

　　另外，我們再以在華文文學與文化研究裡頗具影響力的英文學術期刊 *Modern Chinese Literature and Culture* 在 2020 年推出的一個 Video Lectures 系列計畫為對象來進行觀察。這個計畫由愛丁堡大學的學者 Christopher Rosenmeier 構想，與當時的期刊主編 Kirk Denton 共同規劃。[1] 整體架構如下：晚清、五四、戰爭與戰後、毛澤東時期、當代、臺灣、香港、華語語系。中國相關的影像演講相當有系統地介紹了自晚清以迄當代的中國文學，共有 50 個主題，結構非常完整，同時也詳細介紹上述國際華文文學獎獲獎或入圍的作家，包括莫言、王安憶、閻連科、蘇童、韓少功、余華、獲得國際科幻小說獎 Hugo Award 大獎的劉

---

[1] Rosenmeier 隨即接任 Kirk Denton，目前為國際華文文學重要期刊 *Modern Chinese Literature and Culture* 的主編。

慈欣，以及格非等。[2] 參與的學者除了美國各大學教授之外，也包括來自加拿大、英國、法國、瑞士和香港的學者，這個大陣仗展現了中國文學研究廣大的國際學術網絡。

　　相較之下，臺灣文學的介紹總共有 7 個演講，明顯零散許多而無歷史或是系統性的呈現，主題包括作家王文興（Shu-ning Sciban）、吳明益（Kuei-fen Chiu）、李昂（Kuei-fen Chiu）、李永平（Lingchei Letty Chen）、賴和（Rosemary Haddon）、白先勇（Pei-yin Lin），以及 Michael Berry 主講的 "Post-Martial Law Fiction in Taiwan"（臺灣解嚴後小說）。有趣的是，華語語系文學與離散作家同屬一類（Sinophone ／ Diaspora），有三個講題，黃錦樹（Brian Bernards）被歸類於此而非臺灣作家，另兩個演講為高行健（Mary Mazzilli）和中國境內少數民族彝族作家 Aku Wuwu，漢名羅慶春（Mark Bender）。根據我在籌畫 Brill 臺灣研究百科文學詞條的經驗，國外從事臺灣文學研究的學者相當有限，能夠參與重要的臺灣文學詞條的人難尋，而其中又有些學者因種種因素無法參與，導致無法清楚又系統地呈現臺灣文學豐富的樣貌。然而，國際學者實為引介臺灣文學作家到世界文學空間的要角。Jinquan Yu and Wenqian Zhang 合著的論文 "From Gaomi to Nobel: The Making of Mo Yan's Fiction as World Literature through English Translation" 對於中國作家莫言如何從高密作家轉化成諾貝爾獎的世界文學作家有相當精彩的分析。Casanova 所言的作家在世界文學空間裡角逐的資本，應該也包括學術網絡。與中國作家豐沛的學術網絡和連帶的資源相比，臺灣文學作家的資本顯然少得多，充分展現小文學作家在世界文學空間裡舉步維艱的困境。

　　整體而言，臺灣文學在歐美學界的研究教學裡，並無清晰圖像，辨識度不高，在課程結構裡遠不如中國文學受到重視。但是，由於有課程開設和教材的需要，臺灣文學也得以在學院裡有一些能見度，可惜作

2　高行健同時被歸類為中國作家和華語語系作家，非常特別。

家與作品較有限，雖然反映臺灣經驗，但是與該國讀者的文化經驗可以產生連結的似乎不多。最近，可歸類為 LGBT（Lesbian, Gay, Bisexual, Transgender）的邱妙津、紀大偉和以環境議題為主題的吳明益則可以放在主題設計的課程中來介紹（Gaffric forthcoming），開發另一個途徑。

　　以學院作為一個臺灣文學國際辨識度的指標，我們另可從研究發表的角度來了解臺灣文學在國外學術場域裡的位置。由於語言的障礙，我無法整理歐洲語系的臺灣文學研究情形，但是，我們可以國際學術期刊 Modern Chinese Literature and Culture 從 2000 年以來約 20 年的論文發表情況，來一窺臺灣文學的國際學術網絡。

表 1-11　MCLC articles on Taiwanese Literature/Culture（2000-2021）

	Number	Author	Topic	Keyword / Issue
1	13.1 (Spring 2001)	Rosemary Haddon	*From Pulp to Politics: Aspects of Topicality in Fiction by Li Ang*	李昂
2	13.2 (Fall 2001)	Silvia Marijnissen	*"Made Things": Serial Form in Modern Poetry from Taiwan*	臺灣現代詩
3		Robert Chi	*The New Taiwanese Documentary*	臺灣電影、紀錄片
4		James Udden	*Taiwanese Popular Cinema and the Strange Apprenticeship of Hou Hsiao-hsien*	
5	15.1 (Spring 2003)	Ban Wang（王斑）	*Black Holes of Globalization: Critique of the New Millennium in Taiwan Cinema*	
6		Carlos Rojas	*"Nezha Was Here": Structures of Dis/placement in Tsai Ming-liang's Rebels of the Neon God*	
7		Yomi Braester	*If We Could Remember Everything, We Would Be Able to Fly: Taipei's Cinematic Poetics of Demolition*	
8		Emilie Yueh-yu Yeh（葉月瑜）	*Elvis, Allow Me to Introduce Myself: American Music and Neocolonialism in Taiwan Cinema*	

9	15.2 (Fall 2003)	Miriam Lang	"San Mao and Qiong Yao, a "Popular" Pair"	三毛、瓊瑤
10	16.1 (Spring 2004)	Sylvia Li-chun Lin（林麗君）	Two Texts to a Story: White Terror in Taiwan	臺灣白色恐怖
11	16.2 (Fall 2004)	Bert Scruggs	Identity and Free Will in Colonial Taiwan Fiction: Wu Zhuoliu's "The Doctor's Mother" and Wang Changxiong's "Torrent"	吳濁流 王昶雄
12	17.1 (Spring 2005)	Eva Tsai（蔡如音）	Kaneshiro Takeshi: Transnational Stardom and the Media and Culture Industries in Asia's Global/Postcolonial Age	金城武
13	17.2 (Fall 2005)	Margaret Hillenbrand	Trauma and the Politics of Identity: Form and Function in Narratives of the February 28th Incident	228 事件
14	19.1 (Spring 2007)	Andrea Bachner	Cinema as Heterochronos: Temporal Folds in the Work of Tsai Ming-liang	蔡明亮 臺灣電影
15	20.1 (Spring 2008)	Christopher Neil Payne	Opening Doors: Countermemory in Wuhe's Early Short Stories	舞鶴
16	20.1 (Spring 2008)	Steven L. Riep	A War of Wounds: Disability, Disfigurement, and Antiheroic Portrayals of the War of Resistance Against Japan	白先勇 戰爭英雄
17	21.1 (Spring 2009)	Sylvia Li-chun Lin（林麗君）	Between Past and Future: Documentary Films on 2/28 in Taiwan	228 事件
18	21.1 (Spring 2009)	James Wicks	Two Stage Brothers: Tracing a Common Heritage in Early Films by Xie Jin and Li Xing	李行 臺灣電影
19	22.2 (Fall 2010)	Alison Groppe	The Dis/Reappearance of Yu Dafu in Ng Kim Chew's Fiction	黃錦樹
20	23.1 (Spring 2011)	Andrea Bachner	Graphic Germs: Mediality, Virulence, Chinese Writing	舞鶴〈一位同性戀者的秘密手記〉

21	**24.2** **(Fall 2012)**	Craig A. Smith	*Aboriginal Autonomy and Its Place in Taiwan's National Trauma Narrative*	臺灣原住民創傷敘事
22	**25.1** **(Spring 2013)**	Yinjing Zhang （張英進）	*Articulating Sadness, Gendering Space: The Politics and Poetics of Taiyu Films from 1960s Taiwan*	臺語電影
23	**26.1** **(Spring 2014)**	Tong King Lee （李忠慶／香港）	*Toward a Material Poetics in Chinese: Text, Translation, and Technology in the Works of Chen Li*	陳黎
24	**26.2** **(Fall 2014)**	Makiko Mori	*Performativity in Colonial Taiwan: From Riā to Madman in Wu Zhuoliu's Ko Shimei*	吳濁流
25	**27.1** **(Spring 2015)**	Kuei-fen Chiu （邱貴芬）	*The Ethical Turn in the Production and Reception of New Chinese-Language Documentary Films*	臺灣紀錄片
26	**28.2** **(Fall 2016)**	Darryl Sterk	*The Apotheosis of Montage: The Videomosaic Gaze of The Man with the Compound Eyes as Postmodern Ecological Sublime*	吳明益《複眼人》
27	**29.1** **(Spring 2017)**	Tong King Lee （李忠慶）	*Cybertext: a Topology of Reading*	李格弟 夏宇
28	**30.1** **(Spring 2018)**	Cheow Thia Chan （曾昭程）	*Indigeneity, Map-Mindedness, and World-Literary Cartography: The Poetics and Politics of Li Yongping's Transregional Chinese Literary Production*	李永平 臺灣馬華文學
29	**30.1** **(Spring 2018)**	Kuei-fen Chiu （邱貴芬）	*"Worlding" World Literature from the Literary Periphery: Four Taiwanese Models*	李昂、吳明益 楊牧、陳黎
30	**30.2** **(Fall 2018)**	Poshek Fu （傅葆石）	*More than Just Entertaining: Cinematic Containment and Asia's Cold War in Hong Kong, 1949–1959*	臺灣電影 全球冷戰

31	31.1 (Spring 2019)	Li-fen Chen （陳麗芬）	*Author as Performer: The Making of Authorship in The Man behind the Book*	王文興《尋找背海的人》
32	31.1 (Spring 2019)	Táňa Dluhošová	*How Don Juan Came to Taiwan: Fictional Worlds in Ye Shitao's Early Postwar Short Stories*	葉石濤
33	31.2 (Fall 2019)	Charles Laughlin	*Images of Aging and the Aesthetic of Actuality in Chinese Film: Reportage, Documentary, and the Art of the Real*	臺灣紀錄片
34	31.2 (Fall 2019)	Po-hsi Chen （陳柏旭）	*"Chanting Slogans with Muted Voice": Lan Bozhou's "Song of the Covered Wagon" and Untimely Leftist Reportage in Taiwan*	藍博洲《幌馬車之歌》
35	31.2 (Fall 2019)	Lawrence Zi-Qiao Yang （楊子樵）	*Soil and Scroll: The Agrarian Origin of a Cold War Documentary Avant Garde*	陳耀圻《劉必稼》 臺灣紀錄片
36	32.1 (Spring 2020)	Shaohua Guo	*Cinderella Stories Retold: The Geopolitics of Taiwanese Idol Dramas*	臺灣偶像劇《命中註定我愛你》
37	32.2 (Fall 2020)	Li-ping Chen （陳莉萍）	*"But in What Way Is It Ours?": Guo Songfen and the Question of Homeland*	郭松棻《月印》
38	33.1 (Spring 2021)	Hang Tu （涂航國）	*Left Melancholy: Chen Yingzhen, Wang Anyi, and the Desire for Utopia in the Postrevolutionary Era*	陳映真

資料來源：https://u.osu.edu/mclc/journal/back-issues/ ，2021-10-08。

　　MCLC 期刊一年出版 4 期，以每期刊登 6 篇論文來計算，過去 20 年來總共約有 480 篇論文，與臺灣相關的共有 38 篇，其中以臺灣文學為主題的有 22 篇，這些論文作者裡非臺灣學者約十來位左右。[3] 當然，

3　在 *MCLC* 新任主編 Christopher Rosenmeier 主動規劃下，此重要國際華文文學學術期刊將於 2022 年底推出一個臺灣文化的專輯，令人期待。

學者也可透過其他管道發表有關臺灣文學的研究（例如：出版專書或是撰述專書章節），但是，*MCLC* 的研究論文數據與其 Video Lectures 一樣，都反映了臺灣文學的國際學術研究論文不多，這意味臺灣作家在世界文學空間裡競爭時可得到的助力也少。

國際書市平臺讀者反應

國際文學獎和學院研究教學是較為傳統的「國際認證」的指標。除此之外，國際讀者的反應也是一個重要的指標，顯示作家的讀者數量和作品是否獲得肯定。以往我們難以得知一般讀者的接收情形，但網路的興起超越國家地理疆界，開發了以一般讀者作為世界文學認可機制的管道：英文維基百科和國際書市網站 Goodreads.com 尤其值得重視。我將在本書後續篇章以作家李昂為例，說明英文維基百科如何與以上所提及的傳統世界文學認可機制分庭抗禮，對作家的國際聲譽產生重要影響，可視為新興的一種世界文學認可機制。本節討論一種由下往上，展現民眾力量的認可機制：全球電商書市讀者數位足跡所透露的作品的國際回響。

Goodreads.com 是一個值得研究的場域。這個網站設有讀者評分和留言機制，我們可藉此了解臺灣作家的作品得到多少一般讀者的回響，甚至可比較臺灣作家與其他國家作家作品的全球接收度。Goodreads.com 是一個提供全球讀者分享和留言互動的數位平臺，建立於 2007 年，其目的在於透過電腦運算設計幫助讀者找到他們可能喜歡的書，也讓全球各地的讀者分享對於一本書的評價。在這個平臺上獲得的讀者留言與互動愈高，表示作品的全球關注度愈高，而且讀者的評分和留言往往在讀者社群裡產生影響力，間接影響一個作家的國際文學聲譽和能見度，堪稱為一個新興而具有威力的世界文學認可機制。我們可以吳明益為例，探討這個平臺如何協助我們了解作家在世界文學空間裡的位置。輸入作家的名字，Goodreads.com 會呈現吳明益的出版品，中英

文皆有。位居第一的為《複眼人》的英譯，截至本章節寫作時間（2021年12月），共有1663位全球各地讀者參與此書的評價，有230位讀者留言討論讀後感。位居第二的為《單車失竊記》的英文版，有1166個讀者評分，198位留言。這兩本英譯本的全球讀者回響情形遠高於作家的中文著作，中文出版品最多讀者參與的為《天橋上的魔術師》（292位讀者評分，18個留言），而作家的散文著作《蝶道》、《迷蝶誌》中文版的讀者參與情形都低，顯示了作家的作品的「旅行」情形。這些數據也同時意味在全球文學市場裡，英文與中文讀者群的大小有相當明顯的差距，英文依然是主流語言。另外，比較作家個人的作品所引起的回響，小說大於散文，反映了世界文學空間裡小說當道的現象，而《天橋上的魔術師》為所有中文版作品裡最獲讀者青睞的作品，留言的讀者甚至有英文和法文讀者，表示此本書也有非中文母語但讀得懂中文的讀者注意。

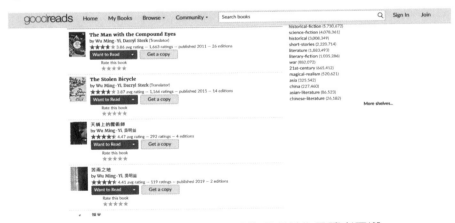

圖 1-1　Goodreads.com 呈現的吳明益作品讀者回響

　　進一步研究這些參與讀者的評分與留言，並與其他知名華文作家相比，我們可再挖掘這些數據多重層次的意義。由於拿出版年分相差甚多的作品比較有失公允，我們挑選與《複眼人》英譯本（2013）約莫同時間出版的中國作家莫言、王安憶、閻連科等在國際文學大獎裡獲獎或

入圍的作家作品來參照。底下數據因時間增長會有所變動，本章節引用的數據為 2021 年 12 月 2 日擷取的數據：2012 年獲得諾貝爾獎的莫言在獲獎後旋即出版的 Change（2013）有 2824 位讀者評分，333 個讀者留言，且其中許多留言顯示都是因為莫言獲得諾貝爾獎而來看看此位作家的作品。王安憶 2010 年出版的 *Little Restaurant* 有 27 個讀者評分，1 位分享心得。她所有作品中獲得最多全球讀者回響的為 *The Song of Everlasting Sorrow: A Novel of Shanghai*，從 2008 年出版以來，共有 519 位讀者參與評分，有 68 個讀者心得分享。閻連科 2015 年出版的 *The Four Books* 有 1069 位讀者參與評分，有 156 個讀者分享心得。

圖 1-2　吳明益 *The Man with the Compound Eyes*（2013）

圖 1-3　莫言 *Change*（2010）

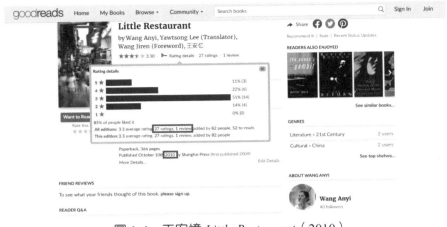

圖 1-4   王安憶 *Little Restaurant*（2010）

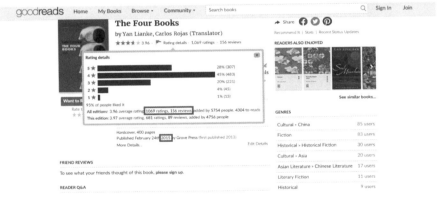

圖 1-5   閻連科 *The Four Books*（2016）

　　以這些國際文學獎大獎得主的華文文學作家作為參照，吳明益在世界文學領域裡所獲得的一般讀者的回響和肯定，有過之而無不及，只低於莫言。這個全球讀者共同參與且由下往上，而非由特定專家評審掌控的認可機制，可能更客觀地呈現作家的作品在世界各地旅行的情形。然而，其實一個作家能晉身到被視為可翻譯、值得翻譯且引介到國際的位階，文學獎是鯉魚躍龍門的重要關卡。沒有獲得任何文學獎的作家，通常在國際行銷和宣傳上有其難度。

小結

　　本章節勾勒世界文學空間裡的臺灣文學的圖像。在研究領域裡，「世界文學」這個概念通常以德國文學家歌德在 1827 年的一番話作為後續研究理論發展的基礎，展現一個以全球視野來思考文學交流，帶來視野拓展的世界觀（Pizer 2012）。我們將在下個章節深入討論「世界文學」的定義所涉及的辯證，以及這個概念對於臺灣文學研究所帶來的課題和方法。本章先勾勒世界文學空間裡臺灣文學的位置。基本上，世界文學空間裡的臺灣文學相當符合 Casanova 所定義的小文學。對於主掌世界文學認可機制的文學中心而言，小文學作家有四大特徵：文學資源貧瘠、遙遠、落後和能見度低。Casanova 的理論強調：世界文學這個所謂「文學共和國」其實是個有文學位階，權力關係不對等的結構，作家在這空間裡互相競爭，試圖取得文學認可機制的認可，而在這空間裡打造知名度，掙得一席之地。西方文學中心掌握了認可的機制，作家必須累積此中心承認的文學資本，創造競爭的利基（2004）。以世界文學的概念來看臺灣文學，我們可以從另一個角度來了解它的許多特色和流變。就「臺灣文學」這個概念成立之初衷而言，臺灣文學主體性的確立，一方面必須透過爬梳臺灣文學的史料，建立具有共識的臺灣文學傳統與經典，和提倡「臺灣文學」作為一個珍貴的臺灣文化記憶來進行。但是另一方面，這個主體性的建構，無法遺世而獨立，必須同時在國際間透過文學的翻譯、旅行在世界文學空間裡爭取文化辨識度。而就文學市場的拓展而言，由於臺灣的文學市場甚小，如何以全球書市做為目標來提升臺灣文學的質量，或許是一個可回應目前臺灣文學生產與消費危機的方向。

　　對於小文學而言，在世界文學空間裡打造辨識度和能見度是個艱辛的挑戰。Johan Heilbron 認為一個作家成為世界文學的過程，通常歷經三個階段（Heilbron 2020）。在第一個階段裡，政府扮演重要的推手，作家往往以該國文學代表的身分在國際場域裡活動。這個階段的守門人

通常與該國關係密切。國際書展、政府贊助的臺灣文學在國際場域的相關活動與出版，是這個階段常見的活動。在第二個階段裡，主掌認可權力的則為活躍於國際文學領域的要角，包括國際出版商與編輯、書評家等等，對話的對象則是國際讀者而非熟悉該國文化或文學的讀者。在這個階段，作家是否可逐步提升其國際聲譽，獲得好評，決定其是否得以在世界文學空間立足（Heilbron 2020）。最後則是功成名就的階段，只有少數作家能通過種種關卡，在主流文學大獎競爭中獲得殊榮，名利雙收。由於「臺灣文學」這個概念出現得相當晚，臺灣文學作家在這競爭中的資本和網絡相對薄弱。在華文文學領域裡，臺灣文學已獲得一定程度的肯定，但是「作為世界文學的臺灣文學」顯然還有重重需要克服的難關。

第二章
閱讀臺灣文學的方法

在第一章裡，我提到在國外臺灣文學的研究與教學，呈現零散的狀態，專門介紹臺灣文學的課程不多，這與臺灣內部已將臺灣文學作為一個學科，專注於臺灣文學的歷史、經典閱讀和各類主題研究相關的文獻蒐集與閱讀的情況大不相同。從上章所討論的各國研究和授課臺灣文學的情況來看，國外通常把「臺灣文學」放在一個較寬廣的架構裡來閱讀，而非著眼於「臺灣文學」本身。這是值得我們思考的一個問題。在過去數十年當中其他國家的研究教學結構裡，「臺灣文學」基本上是被放在「現代中國文學」的框架裡來討論。不過，即便是臺灣政府補助的出版品，多數也使用這個框架。

學者林巾力在為《臺灣研究百科詞條》撰述的 "Taiwan Literature in English Translation" 詞條（N. Lin forthcoming）裡指出，臺灣文學英譯從 1950 年代即開始，但都以 "Chinese Literature" 或是 "Chinese Literature from Taiwan" 為名，著名的例子如劉紹銘主編的 *Chinese Stories from Taiwan: 1960-1970*（Lau and Ross 1976）、中華民國筆會 1972 年開始刊登臺灣文學作品翻譯的 *The Taipei Chinese PEN—A Quarterly Journal of Contemporary Chinese Literature from Taiwan*、王德威與齊邦媛由蔣經國基金會資助而與哥倫比亞大學合作推出的 Modern Chinese Literature from Taiwan 系列等等。劉紹銘主編的 *The Unbroken Chain:*

An Anthology of Taiwan Fiction since 1926（1983）與杜國清在 1996 年
成立的 *Taiwan Literature: English Translation Series* 直接以臺灣文學為
名，是少數的例外。出版品的名稱大致可看到在國外臺灣文學被認知的
主要框架。我們再以 *MCLC Video Lecture Series* 這個系列的結構為例。
MCLC 堪稱國外華文文學研究最具影響力的期刊和平臺，擁有廣大的全
球華文文學學界讀者網絡。這個 2021 年推出的教學資源平臺的結構清
楚反映了英文界對於臺灣文學的認知，以及臺灣文學在 Chinese Literary
Studies 的框架下的位置。

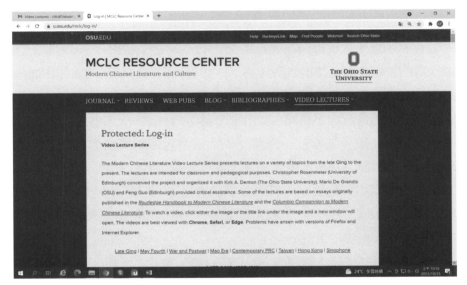

圖 2-1　MCLC video lecture series

　　在 2000 年後，臺灣文學除了放在中國文學這個認知框架裡來研究
與教學，也有另外幾個框架出現，這些框架的共同特點是從跨國的視角
來理解臺灣文學，但他們的目的不同，研究範圍、方法和關切的議題也
不同。後殖民理論在 1990 年代盛行於臺灣文學研究場域，建構了臺灣
文學的主體性。步入二十一世紀之後，在全球化的衝擊之下，如何把臺
灣文學研究放在更大的脈絡中來闡述，開發與其他文學連結的議題，

避免臺灣文學在國際學術場域的孤立，已是重要課題。本章探討如何把
臺灣文學放在這幾個新興框架裡來思考，以開拓臺灣文學的研究教學
空間。「世界華文文學」（world literature in Chinese）、「華語語系文學」
（Sinophone literature）、「世界文學」（world literature）堪稱目前三個重
要的跨文學研究框架。本章節試圖梳理這幾個研究框架的興起背景、研
究方法與核心概念，並以詩人楊牧作為文本討論的對象，試圖就三者的
貢獻與侷限提出看法。

三種新興文學研究框架

　　臺灣文學的學術研究興起於 1990 年代，主要以後殖民為方法，以
重述臺灣文學史為重點，力求建立臺灣文學的主體性。即使劉亮雅把後
殖民與後現代並置，認為兩者的角力和混雜構成解嚴後臺灣小說的主要
圖像，她也點出「翻譯後現代與後殖民是在文化無意識層面希圖終結威
權政治，促進多元文化實踐，建構市民社會，並找尋臺灣的國家定位」
（劉亮雅 2006：66）。黃錦樹對臺灣文學研究取向的說法也類似：「而文
學作為特殊經驗——共同體在特殊地域的經驗，尤其是苦難經驗——
表述的載體，被賦予沈重的道德職責，見證苦難，並凝聚想像共同體」
（黃錦樹 2007：126）。而國外學者 Margaret Hillenbrand 則以朱天心的作
品為例，認為後現代理論介入後殖民的辯證，有助於讓臺灣後殖民的主
體有更多多元族群角度的思考（Hillenbrand 2006）。尋求後殖民主體堪
稱 1990 年代臺灣文學的一個主要研究方法，因為臺灣文學研究積極介
入了當時文學與臺灣身分認同的種種辯證。
　　所謂的「後殖民」是什麼意思呢？「後殖民」理論與文學的經典
代表作 *The Empire Writes Back: Theory and Practice in Post-Colonial
Literatures* 如此定義：「我們用『後殖民』這個詞來涵蓋從被殖民的時
刻開始到目前為止，受到殖民過程影響的文化……當下後殖民文學的
形式乃建立在殖民經驗之上，並凸顯其與帝國勢力的張力，強調其與

帝國中心的不同。這是『後殖民』的特色」（Ashcroft 1989: 2）。文學研究方法的興衰，和所有論述一樣，有其特定歷史情境背景（Eagleton 1976）。我認為後殖民研究在 1990 年代成為臺灣文學研究最盛行的框架，主要因為這個來自西方的理論為 1970 年代以來逐漸發展的本土論述提供了一個有系統的文學研究方式，而且賦予本土論述一個新的學術論證方法：後殖民論述質疑帝國中心價值體系，彰顯殖民地文化與殖民勢力文化的差異，凸顯殖民地的「在地性」，而那正是 1970 年代以來臺灣本土論述的著力所在。1990 年代後殖民理論為外文系學者引進臺灣時，與本土論述一拍即合，讓臺灣文學與文化的研究者有個既本土又「全球」的理論框架（邱貴芬 2003）。我們大致可說：臺灣文學後殖民論述在 1990 年代的發展，協助臺灣文學主體性的建構，也讓臺灣文學成為一個獨立的學科，不再被視為中國文學研究的「分支」。

　　步入二十一世紀，臺灣文學研究的主體獲得確認，但是，如何在中國文學的框架以外，開發其他框架和相關研究議題，避免臺灣文學在國際學術場域的孤立，有不少挑戰。這樣的趨勢，當然也與「全球化」衝擊之下，跨文化研究蔚為風潮，有密切關係。「世界華文文學」（world literature in Chinese）、「華語語系文學」（Sinophone literature）、「世界文學」（world literature）可說是目前重要的跨文學研究框架。這三個理論的主要推手，都強調其理論超越國家文學的研究取向。例如，中國大陸世界華文文學學者劉登翰便提出「華文文學，是超越國籍空間的想像，它打破疆域，是一種超地利和時空的整合性的想像」（劉登翰 2016：9）。史書美所提出「華語語系」的概念，也強調其「跨國性」的研究方式。而世界文學研究文學如何旅行，如何跨越不同文化系統而被轉譯和接收的情形（Damrosch 2013），其對象為跨越地理疆界的文學作品與現象。

　　在這三個研究框架當中，「世界文學」的概念興起最早，論者通常以德國作家歌德在 1827 年一場談話作為此概念的先驅（Damrosch 2003, Pizer 2012）。1950 年代，「世界文學」作為課程在美國中西部公

立學校（例如：俄亥俄州立大學、印第安那大學等）竄起，與東部私立菁英大學（哈佛、哥倫比亞、普林斯敦、康乃爾等）的比較文學形成抗衡之姿，但彼時學術地位不若比較文學，直到二十一世紀，拜全球化之賜，才成為文學研究的顯學（Damrosch 2013）。知名的比較文學與世界文學學者張隆溪在 2019 年的一篇文章裡這麼說：「近十多年來，在文學研究方面最引人注目的新潮流，莫過於世界文學研究的興起」（張隆溪 2019）。由於每個研究框架都自有爭論交鋒的場域，本文將聚焦於其中代表學者（特別是有專書出版）的看法，以免枝節過於繁多，而無法進行本文關切的比較研究。源此，「世界華文文學」的討論將以中國大陸學者的論述為主，「華語語系」的討論取史書美的定義，而「世界文學」則以 David Damrosch 的定義為基礎，論文進行當中也將適度梳理各個概念所涉及的爭論，以釐清三者研究方法的異同之處。

　　目前在臺灣或是華文文學相關研究裡，「世界華文文學」、「華語語系文學」和「作為世界文學的漢語文學」尚未有理論概念上的系統性釐清，三者往往被混為一談，互相替用。以 *Global Chinese Literature* 這本合集為例，其中收錄了 12 篇論文，並未加以分類。我與張英進教授擔任客座編輯為 *Modern Chinese Literature and Culture* 規劃專輯 “Chinese Literature as World Literature” 時總共收到超過五十篇的來稿，但是絕大多數的作者顯然混用這三個概念。這樣的情形，也發生在我幾年後和歐洲學者 Táňa Dluhošová 合作的另一個期刊專輯 “East Asia and Southeast Asia in the World Literary Space”（期刊 *Archiv Orientalni*，2021 年 9 月）。「世界文學」被視為所有文學的總和，因此，無論哪個國家的哪位作者，都可以視為世界文學作家，華語語系的作家和中國的作家、世界華文文學作家，都被當作世界文學作家來討論。這樣的作法，無助於我們理解各個框架所開發的特殊議題和研究方法，也無法看到三個框架試圖與那些固有的學術結構對話，透過批判性的介入來開拓文學研究的空間和觀點、視野。

　　「世界華文文學」與「華語語系文學」的概念，都是相較於「中國

文學」而產生的概念。兩者立場有明顯差異，卻都以「中國文學」和「中華文化」為辯證重點。在這兩個框架下的華文文學，與所謂的「中國文學」或是「中國性」有什麼關係？而這些產生於不同歷史社會脈絡的華文文學，是否具有某種「中華性」？「中華性」與「中國性」有何關係？或有何不同？這些問題，是「世界華文文學」與「華語語系文學」的核心課題。[1] 顯然，兩者都以「中國文學」或「中國性」為「中心」，試圖加以烘托或是批判。相較之下，「作為世界文學的漢語文學」研究的「中心」，顯然不是「中國中心」，而是「西方中心」。由於有如此「中心」與「邊陲」的轉移，「世界文學」研究方向以及關切的核心課題，當然與前兩者大不相同。[2] 「世界文學」研究關切文學的旅行相關課題，也就是作品如何超越國界而引起國際共鳴。翻譯研究裡的文本比較分析和文學跨界的接收與回響這些較屬文學社會學的問題、或是如何以數位人文閱讀大數據的遠距閱讀（distant reading）取代傳統文本細讀來掌握世界文學的影響、流通、文學潮流的趨勢與興衰等等，都是「世界文學」研究裡近年來熱門的研究課題。這些課題顯然與「世界華文文學」與「華語語系文學」的關切和研究方法有明顯差異。

世界華文文學：範圍、研究方法、議題

　　三個框架中，「世界華文文學」於 1980 年代初由中國學界提出的「臺港文學」演化而來。1980 年代中國在鄧小平的開放政策之下，臺港澳文學進入中國學界視野，成為中國大陸文學研究之外的新興學科。由最初的「臺港文學」（1982-1986），歷經「臺港澳暨海外華文文學」（1986-1993），到 1993 年的「世界華文文學」，這個概念所涵蓋的文學

---

1 「中華性」與「中國性」有何關係，又有何不同，可參考黃錦樹《馬華文學與中國性》（臺北：元尊文化，1998）裡諸多章節細膩的辯證。

2 本書以「漢語文學」涵蓋包括中文和華文文學，中國文學亦為「作為世界文學的漢語文學」的一部分。

範圍，三十年來明顯有所變化。早期的「臺港文學」只包括臺灣與香港文學，「臺港澳暨海外華文文學」則包括中國大陸以外的華文文學，而「世界華文文學」這個概念到底是否應把中國大陸文學也包括在內，仍無定論。[3] 劉登翰與劉小新認為「世界華文文學」的概念包含兩大區塊：一者為「發生在中國本土的中國文學（兩位學者把臺灣歸為「中國本土」文學）」，二者是「發生在中國本土以外散居世界各地的華人（以及少數非華人）以華文創作的文學」（劉登翰、劉小新 2004c：72）。周寧主張「世界華文文學，指包括中國大陸在內的所有用漢語寫作的文學」（周寧 2004：155）。劉俊的《世界華文文學整體觀》視「世界性的華文文學」包括了「中國大陸文學以及臺灣、香港、東南亞、北美等不同區域的文學」（劉俊 2007：4）。相較於這些學者，古遠清（2012）指出三點：第一、在中國大陸的語境裡，「世界華文文學」並不包括中國大陸文學；第二、中國世界華文文學學會的刊物和研討會，並未納入中國大陸文學的研究；第三、中國文學研究也不在中國國務院學位委員會所設定的「世界文學專業」範圍之內。不過，無論中國大陸文學是否包括在世華文學的範圍，在文學研究實踐上，世華文學的討論多以中國大陸之外的作家作品為主，這是因為中國大陸文學作為一個學科，已有研究群和研究方法，世華文學研究的關注因此仍在於中國大陸之外的文學。

　　無論究竟中國大陸文學是否被視為「世界華文文學」的研究範疇，「世界華文文學」興起的一個重要意義乃是挑戰了傳統中國文學研究獨尊大陸文學的學科位階。劉登翰與劉小新主張必須將華文文學「從目前對於中國現當代文學依附性的學術狀態中解脫出來」，確立其獨立的學

3 可參考以下文獻：周寧。2004。〈走向一體化的的世界華文文學〉。《東南學術》2004 年第 2 期。155-156；劉俊。2007。《世界華文文學整體觀》。北京：人民文學出版社；古遠清。2012。《從陸臺港到世界華文文學》。臺北：新銳文創；王金城。2015。〈命名、中心與邊緣——對世界華文文學的幾點思考〉。《世界華文文學論壇》2015 年第 3 期。5-9。

術價值、學科身分、和理論詮釋體系（劉登翰與劉小新 2004c：70）。世界華文文學作為一個 1980 年代之後新興的學科，「改變了以往現當代文學以大陸文學為唯一模式的研究定式」（劉登翰、劉小新 2004a：17），此乃因為中國領土之外的華文文學有其生長的社會背景，有其「本土性」和獨特性，無法視為「中國文學」來理解（劉登翰、劉小新 2004a）。古遠清同樣批判中國文學研究的本位主義：「海外華文文學」這個命名，無疑從中國本位出發，而這樣的稱呼也預設了不僅僅是地理的，也是價值觀念的「中心 vs. 邊陲」的對立：「作為海外的『他者』，永遠是綠葉，是中國文學這朵大紅花的陪襯」（古遠清 2012：258）。從 1980 年代末期開始，「華文文學」這個概念在東南亞出身的王潤華、張錦忠、黃錦樹的推動下，逐漸引起注意，1993 年中國大陸學者正式推出「世界華文文學」的概念，並承認東南亞學者所提出的「多元文學中心論」（王金城 2015；古遠清 2012）。朱崇科認為，「華文文學」的發展挑戰了長期以來大陸學界的偏見：「一流學者做古代，二流學者現當代，三流學者做海外」（朱崇科 2004：96）。這樣的批判思維可視為「世界華文文學」作為一個新興學科的意義。

　　就研究方法而言，周寧認為「世界華文文學，指包括中國大陸在內的所有用漢語寫作的文學」，這些作品「形成一個精神共同體，使用同一的語言，源於共同文學傳統的審美價值，擁有共同的作者群、讀者群、媒介、共同的文化價值觀念」（周寧 2004：155）。這個說法強調世界華文文學的「同」。如果周寧的「共同詩學」（或曰「大同詩學」）以「普遍主義」來詮釋華文文學中的「中華性」，強調華文文學共有的「中華人文精神」、「中國美學特色」（劉小新 2016），劉登翰與劉小新主張的「華人文化詩學」則企圖把傳統中國文學研究習慣的純美學研究轉向文化政治的探討，考察在不同歷史社會情境中「華人書寫的族裔屬性建構意義及其美學呈現形式」（劉登翰、劉小新 2005：68）。

　　兩位學者的「華人文化詩學」有幾大特點：第一、「從中國視域為主導的批評範式轉向以華人為中心的『共同詩學』與『地方知識』雙重

視域的整合」。兩位學者認為：所謂的「共同詩學」即是各不同地方華文文學所流露的「中華性」，但是這個「中華性」並非固定不變的一種本質，而是「不斷建構的歷史性範疇」。而「世界華文文學」研究除了「中華性」的探討之外，亦關注「地方知識」，也就是研究「華人主體與其置身其中的複雜的社會文化網絡之間的鬥爭與協商」。他們以華裔美國文學為例，闡釋美國的華裔文學如何透過對於自身華裔身分的建構，在美國多元文化脈絡當中表現出有別於其他族裔的「華人性」，也就是關注華文文學生產的特殊的「在地性」，這是「華人文化詩學」之所以迥異於傳統華文文學批評之所在。

　　就實際闡釋策略而言，「華人文化詩學」著眼於挖掘各地華文文學建構華裔文化屬性的一些課題。兩位學者所舉的例子包括華人對於文化中國的審美想像、華人文學與所居國的文化衝突與融合、華人對於原鄉中華文化的繼承與轉化、華人文學的離散與尋根主題、馬華文學中大量的中華文化符碼如何挑戰馬來西亞「官方同質文化霸權」、菲華文學中「父與子」的主題如何呈現菲華社會的文化衝突、新加坡華文文學裡的「魚尾獅」意象的文化政治意涵、華美文學中母女世代衝突所構成的「家庭敘述」、不同世代旅臺馬華作家的「南洋敘述」等等（劉登翰、劉小新 2004c，2005）。

　　總之，「世界華文文學」作為一個研究領域與方法，有幾個重要的意義。一、挑戰獨尊「中國文學」的研究：「世界華文文學」的概念讓研究者的視野從「中國文學本身」擴充至世界其他地區的華文文學，企圖顛覆中國大陸文學研究和其他地方華文文學研究的傳統位階。二、開啟跨文化視野：這些中國之外的華文作家相較於中國作家的「他者」身分，讓中國文學研究者意識到兩者創作的差異，無法視為「母國在海外的簡單移植」，世界華文文學研究意味進行跨文化研究（古遠清 2012：262）。三、承認華文文學的在地性格，意味「世界華文文學」研究者必須探討在地歷史情境對於華文文學創作的影響。「在地性」成為一個關注重點，華文文學研究不再只強調這些文學的「共性」。四、華文文學

研究的重點不只是闡釋華文文學的普遍美學或是中國文化對於各地華文文學的影響，更挖掘美學形式背後的意識形態，意即文學生產場域的複雜權力結構。

華語語系文學：範圍、研究方法、議題

　　根據上述的討論，「世界華文文學」與「華語語系文學」的理論和研究方法，似有不少相通之處：兩者均試圖顛覆中國大陸文學在學科分類裡的中心位置、開拓中國大陸以外華文文學的研究空間、開啟跨文化的比較視野、以文學場域的權力結構之探討取代純美學的闡釋、且強調文學研究必須考察文學生產的「在地性」。但是，兩者實有不容忽視的相異之處。最關鍵的不同，乃在於兩者對中國文化與語言所採取的論述位置。就研究對象範疇而言，中國大陸文學雖然都非主要研究對象、甚或被排除在定義之外，但是，世華文學與中國大陸文學的關係和對話可謂一種「互補」關係：「世界華文文學」的興起，是因為中國開放之後，研究者意識到全球化時代，漢文作為一種世界上不同地方文學創作的一個語種，是值得重視的文學現象（劉登翰、劉小新 2004b）。而「華語語系文學」與「中國文學」的關係，根據史書美的說法，則為「對抗」而非「互補」。她所定義的「華語語系」的範圍包括「中國境內的內部殖民地」（例如：西藏）、「定居殖民地」（例如：臺灣），以及「從中國移民至各地區後形成的華語語系社群」（例如：北美華裔作家的創作）（Shih 2017: 9-23）。就史書美所提出的「華語語系作為一種研究方法和認識論」而言，「華語語系」的核心概念不僅挑戰中國大陸文學在傳統中文文學學科結構裡的唯我獨尊位置，更企圖啟動一種「去中國中心」（against China-centrism）的批判動力，全盤檢討中國境內與境外華語社群創作中所反映的中國文化霸權（Shih 2013）。

　　也因此，儘管世華文學的「華人文化詩學」和史書美的華語語系理論都強調華文創作的「在地性」，主張探討文學場域的權力結構，而非

純美學的闡釋、並且應以跨文化的比較視野來展開研究，[4]但是世華文學研究往往把中國大陸之外的華文文學視為地主國（如美國、馬來西亞、菲律賓等）的少數族裔文學來探討，文學創作的華人族性建構「是作為弱勢的外來族群為了保存自己族群的文化記憶」，對抗所居國的主流文化的一種作為（劉登翰、劉小新 2004b：153）。劉小新和朱立立認為，「海外華人文學的歷史即是一部華裔知識分子在不同的歷史語境下展開『文化抗爭』和『文化協商』的發展史」（劉小新、朱立立 2008：45）。相較之下，華語語系的概念雖然也涵蓋了華文文學作為一種弱勢族裔文學的討論（馬華文學和華美文學是兩者均偏好的案例），但卻更著眼於對於「中國中心主義」、殖民主義和帝國主義的反思。根據史書美的說法，華語語系理論試圖「復甦一個既有但卻長期被邊緣化的批判傳統，批判『中國性』（Chineseness）的霸權與同質性」（史書美 2017）。

　　從史書美採用的華語語系社群的分類，可看出華語語系研究把中國文化視為「中心」和霸權，而此框架亦有其偏好的華語語系文學社群。史書美認為華語語系社群的形成過程有三類：一、中國「大陸殖民」（Continental colonialism）式統治下的中國境內少數民族，藏華文學是重要的範例。二、定居殖民：中國移民在中國境外聚集的華語語系社群，對於當地原住民進行殖民式的統治。臺灣的原住民文學可作為代表。三、移民遷徙：華人移民成為居住國的弱勢族裔，馬華文學與華美文學最為代表。相較於「華人文化詩學」以「離散」作為一個主要的研究概念（劉小新、朱立立 2008），華語語系概念則質疑「離散」作為華語語系文學的適用性，不僅因為「離散」無法用來討論上述前兩種華語

4　在收錄於 Sinophone Studies 的第一個章節 "Against Diaspora: The Sinophone as Places of Cultural Production" 加上的序言裡，史書美特別標示華語語系研究的比較和跨國取向："Sinophone studies as a whole is therefore inherently comparative and transnational, but it is everywhere attentive to the specificity of time and place of its different objects of study." 參見 Shih, Shu-mei, 2013. "Against Diaspora: The Sinophone as Places of Cultural Production." In *Sinophone Studies: A Critical Reader*. Eds.Shu-mei Shih, Chien-hsin Tsai, and Brian Bernards. New York: Columbia University Press. 25.

語系文學，也因為華語語系理論在討論華人移民文學之時，強調「落地生根」的在地認同，而非「落葉歸根」的離散心態（史書美 2017：35-36）。Brian Bernards 討論「華語語系文學」，視馬華文學和臺灣原住民文學為兩個主要範例（Bernards 2016），展現了兩種與漢文的不同關係：前者使用漢文來強調其「華裔」的身分與認同，以對抗在地國（例如：馬來西亞）的國家主義；然而，對臺灣原住民（或是西藏作家）作家而言，使用漢文創作卻是無奈之舉，意味被迫壓抑族裔身分和喪失母語（Bernards 2016）。就華語語系的論述模式而言，即便討論馬華文學作家「華裔」身分與在地主流文化的角力，也常同時凸顯作家對於中國文化本質的批判，以及「華人」和「中國人」或是「華語」和「中國話」的不同（史書美 2017：48-51）。史書美特別指出：「華語語系文學」與「華文文學」（literature in Chinese）不同，「華語語系文學」指涉反映在地文化特色的語言的變異，其社群包括使用普通話、粵語、福建語、客家話、潮州話等等「華語語系」語言的社群；而「華文文學」則是用所謂「標準漢文」（standard Chinese）的創作（Shih 2013a）。

　　「華語語系」這個詞彙雖然根據王德威的說法，早在 1990 年代初即由陳蕙樺（陳鵬翔）提出，作為所有中文文學的通稱（包括中國大陸文學）（王德威 2013，2018），但是，直到史書美在 2007 年出版英文專書 *Visuality and Identity: Sinophone Articulations across the Pacific*（此書中文譯本《視覺與認同：跨太平洋華語語系表述、呈現》於 2013 年由聯經出版）之後，「華語語系」作為一種理論概念和研究方法，才有系統性的論述出現，並且在國際學界流傳，發揮影響力。華語語系研究在西方學界的崛起，當然與 1990 年代杜維明提出「文化中國」之後一連串有關「中華性」（Chineseness）的反思有關（王德威 2013；詹閔旭、徐國明 2015）。但是，此概念最重要的啟發與參照，則來自於史書美 UCLA 同事 Francois Lionett 在 1990 年代西方學界後殖民思潮衝擊下所

提倡的「法語語系文學」的概念。[5]「華語語系文學」之有別於「中國文學」，就如「法語語系文學」之有別於「法國文學」，兩者都以「中國」或是「法國」的文化霸權為批判對象，並試圖顛覆這些文學傳統隱含的「中心 vs. 邊陲」的階層，從傳統文學研究與教學裡的「邊陲文學」出發，逆寫反攻，挑戰了國家文學的本位主義和研究方法。

　　比較「華語語系文學」與「世界華文文學」的相關論述，大致可歸納出幾個重點：一、兩者均涉及是否包括中國大陸文學的辯論，但無論在「華語語系文學」或「世界華文文學」領域裡，「中國文學」都非主要的研究對象。二、兩者都挑戰學科內「中國文學」的霸權位置，企圖解除中國本土之外的華文文學研究依附於中國文學的狀態，透過對於「中心 vs. 邊陲」的反思來提倡中國大陸文學以外的漢文文學研究的正當性。世華文學研究者採取的策略是「互補」，凸顯「中國文學」研究之「不足」之處來開拓華文文學研究。華語語系研究者則採取「對抗」（oppositional）的姿態，以「去中國中心」為核心概念來展開相關研究。三、兩者皆以「跨文化」的文學研究取向取代「國家文學」的研究方式。「華語語系文學」和「世界華文文學」同樣都與張錦忠所說的「文學複系統」的概念有類似之處。根據張錦忠的說法：「複系統理論藉由各採樣方法研究多套文本，它通常對單一或個別文本興趣不大，除非論述該文本頗能彰顯某一模式或模式形成過程或系統關係」（張錦忠 2003：167-8）。四、兩者都採取「比較」的觀點，也強調文學作品的理解必須置之於在地歷史的情境來探討作品的「在地性」。然而，主張「華人文化詩學」的世華文學研究者認為，「大同詩學」強調華文文

5　王德威闡述「華語語系文學」如何呼應「法語語系文學」、「英語語系文學」、「西與語系文學」的概念：「史教授承襲後殖民主義和少數族裔文學說法，將中國──從清帝國到民國到共和國──也看作是廣義的帝國殖民主義的延伸，如此，她定義的 Sinophone 就與 Anglophone, Francophone, Hispanicphone 等境外文學產生互相呼應。」參見王德威。〈「根」的政治，「勢」的詩學：華語論述與中國文學〉。《中國現代文學》第 24 期。6。

學的共通性，有去歷史之嫌，世華文學研究應該重視地方知識，考察華文書寫與華人認同如何站在弱勢族裔位置來挑戰居住國的主流文化和語言霸權（劉小新 2016）。華語語系文學卻視漢文為強勢語言，華語語系社群相較於標準漢文書寫，乃是處於弱勢位置，必須挑戰漢文所代表的「中國中心」的文化與認同。第五、由於「離散」被視為一個核心概念，世華文學的研究對象往往是華人的移民與後代的華文創作，而華語語系文學則採取「反離散」的概念來進行相關論述。兩者研究對象除了馬華文學重疊之外，取材相當不同。世華文學偏好中國境外的華人創作，探討其「華裔」身分的建構；華語語系則偏好探討中國境內少數民族和臺灣原住民與漢文、漢文化的衝突矛盾，也企圖解構華人的「華族」認同。最後，相較於世華文學，華語語系更強調漢語文學的多語狀態結構，彰顯華語語系書寫文本裡在地語言與漢語之間的角力，以及其中涉及的社會文化政治意義。

最後，我們應把這兩個研究框架放回其產生的背景，兩者的出發點大不相同。「世界華文文學」的出現，呼應了二十世紀末中國崛起，試圖在新世紀全球政經結構中扮演重要角色的強烈企圖心。如果「中國文學」是一個獨立的概念，「世界華文文學」展示了全球中華文學的版圖，顯示世界各地的漢文學與中國文學傳統剪不斷理還亂的關係。而「華語語系文學」出現在二十一世紀初的西方學界，主張「去中國中心」，一方面呼應從 1990 年代以來逐漸盛行於西方學界的「英語語系」、「法語語系」、「西語語系」這些後殖民概念，壯大聲勢，一方面也開闊非中國出身的漢文學研究者在西方漢學學界的發言空間，標示他們研究視角和方法的獨特之處。華語語系理論的一大貢獻在於鬆動西方學界東亞系結構裡中國文學研究（Chinese literary studies）裡臺灣文學作為中國文學附庸和補遺的位置。作為華語語系的臺灣文學得以發展一個與中國文學平起平坐，而非臣服於「中國文學」這個概念之下的研究。不再被視為「中國文學」的臺灣文學也因而有了不同於以往的研究方法，放在「華語語系」這個概念裡與其他國家的華語語系文學產生連結

和比較的關係。

作為世界文學的漢文文學：範圍、研究方法、議題

　　相較於世華文學與華語語系文學以漢文書寫及其中涉及的認同為主要研究重點，「世界文學」關注的是文學作品的旅行，其中涉及的機制，以及作品脫離原產地而被異文化讀者閱讀時的文化協商過程。其主要文本為翻譯文本而非原創漢文原典。在世華文學與華語語系的討論裡具有「中心」指標和位置的中國文學與文化，在以西方文學為中心的世界文學空間裡，卻是邊緣文學。值得注意的是，世界文學的「世界」和世界華文文學的「世界」，意思不同。世界華文文學是「散居於世界各地華文文學合而為一」的綜合體（劉小新 2016：31），也就是只要是以華文寫作的作品即是世界華文文學。但是，「世界文學」的「世界」卻有不同的定義。世界文學這個概念在不同時代有不同定義，但目前學界大致接受 David Damrosch 所提來的定義：「世界文學並非世界各地所有文學作品的總和（那應以「文學」一詞來概括），也非一套文學作品經典，而是在其文化原產地之外有活躍生命的文學作品」（Damrosch 2003: 4）。世界文學的作品在接收地的解讀方式，以及其得以「再生」的原因，與原產地往往大不相同，世界文學是一種「流通與閱讀的模式」（a mode of circulation and of reading）（Damrosch 2003: 5）。世界文學的研究方法因而重點「不在解讀作品本身的內在邏輯（internal logic）」，而在於作品的「旅行」所涉及的跨文化交鋒與協商（Damrosch 2003: 6）。Damrosch 指出，「英文的詩人北島不是中文的北島」，當文學作品進入世界文學空間之後，它們便有了新的面貌。如果想要瞭解這個新面貌、以及作品新生命如何產生，我們就必須探討成為世界文學的作品如何在異文化的脈絡中以什麼樣的方式被呈現和理解（Damrosch 2003: 24）。這樣的定義在研究上的一個重要的意義就是讓世界文學的範疇有清楚的界定。張隆溪指出，Damrosch 這個定義「把世界上大部分祇在自身語

言文化範圍內流傳的作品排除在外，而祇有超出民族文學範圍之外，在世界上其他地方流通並獲得很多讀者的作品，纔算得是世界文學的作品」（張隆溪 2019）。而「由於要在世界上最大範圍內流通，其語言也必須是世界上廣泛使用的語言」（張隆溪 2019：219）。

　　除了 Damrosch 之外，Pascale Casanova 的 *The World Republic of Letters* [6] 及 Franco Moretti 的 *Distant Reading* 也通常被視為世界文學的代表性理論，兩者同樣關注世界文學作為一種流通與閱讀模式的問題。Casanova 以法國理論家 Pierre Bourdieu 的文化場域概念作為基礎，討論世界文學的結構以及進入其中的機制。她提出「文學化」（*littérisation*）這個概念，「也就是文學作品與作者從默默無聞到被看見的過程」，這個過程也就是一部作品進入世界文學之列的過程（2004: 136）。她認為決定作品是否可進入世界文學空間，有兩大關鍵：翻譯以及世界文學中心的認可機制。這兩個世界文學的重要議題，似乎比較不是世界華文文學與華語語系文學的研究重點。Casanova 的理論著眼於世界文學空間的不平等結構，而這個為西方中心主導的結構當然並非一成不變，而是中心認可機制不斷受到挑戰的文學鬥爭的空間（Casanova 2004）。Casanova 所示範的世界文學研究，因而關切文學作品的流通課題：作品（或作家）透過什麼樣的策略、利用什麼樣的資源，與世界文學中心的主流價值進行協商（Casanova 2004）。

　　Moretti 的世界文學研究方法，主要針對一個問題：如果世界文學是「一個」但又「不平等」的系統（world literature: one and unequal system），我們該如何研究世界文學？世界文學作品怎麼讀都讀不完，我們如何處理那些絕大多數沒被閱讀的作品（the "great unread"）？（Moretti 2013）。他主張：世界文學研究應該以「波浪」（wave，也就是傳播與流通）取代國家文學常用的樹木（tree，同源同種的分支的概念

6　原法文版於 1999 年在巴黎出版，2004 年出版英譯本，中譯本《文學世界共和國》於 2015 年由北京大學出版社出版。

（Moretti 2013）。這個概念的具體實踐，就是以大數據為基礎的「遠距閱讀」（distant reading）來取代傳統文本細讀（close reading），以呈現某種特定文學形式（例如：小說）如何從世界文學中心傳播到邊緣，干預了當地的文學發展與型態；同時，這些邊緣文學由於與中心產生關係，也被納入了世界文學的結構當中（Moretti 2013）。這樣的世界文學研究，著眼於研究方法的開發，關切的不再是單一作品，而是文類、思潮的傳播與流通。研究方法既以大數據為基礎，在實踐上必須以研究者可取得大量數據為前提，而且需要資訊領域專家的協助。由於智慧財產權的保護限制（通常以五十年為保護期），當代文學作品和相關資訊（open data）的大數據取得不易，加上人文學者與資訊科學領域合作的數位人文研究模式挑戰不小，因此目前這個相當具前瞻性的研究方法在世界文學研究領域的運用仍相當有限。但是，Moretti 著眼於世界文學該如何閱讀這個議題，卻也呼應了 Damrosch 所言世界文學是一種「閱讀方法」，閱讀世界文學的方法與閱讀一般文學的方法有所不同。

　　相較於這幾位重量級世界文學學者以空間來思考世界文學的議題，謝永平（Pheng Cheah）認為世界文學的「世界」，有別於「全球」（globe）：「世界」是一種「時間」的概念，因為世界文學的功能在於開啟世界（world making；world opening），具有教化作用，形塑普世性的人文價值，而由於教化需要時間的過程，世界文學因而必須是一種具有時間向度的概念；相對的，「全球」則基本上是一種全球化資本主義市場的思考，以文學作為商品在全球空間的移動與消費為重點議題（Cheah 2014）。這套「世界／時間 vs. 全球／空間」理論的意義在於把「文學」的淑世功能重新放回世界文學的研究範圍裡。然而，在傳統認知裡，「文學」本身就具有啟發和淑世的功能，所以，如果未把空間的移動視為世界文學的基礎要件，所有的文學作品均可視為世界文學，「世界文學」和「文學」實為同義詞，「世界」這個詞就顯得多餘累贅。

　　總而言之，如果我們同意 Damrosch 的定義，「世界文學」並非世界上所有文學的總和，或是各國文學經典的總和，而是一個特定的文學

活動模式，那麼，作品在這個世界文學空間裡如何活動，以及這個空間運作的遊戲規則與機制，乃是世界文學研究的重點。這樣的研究取向與世界華文文學、華語語系文學投注的身分認同研究，顯然有所差別。世界文學研究和前兩者一樣，都關切文學之間「中心與邊緣」的結構性問題，但是，世界文學空間裡的「中心」不再是「中國」。「西方」的認可機制（例如：瑞典的諾貝爾文學獎、英國的布克獎如何運作、甚至新興全球書商網站的讀者評鑑等等）如何運作、邊緣文學如何與這些形塑世界文學空間的主流機制協商（Casanova 2004, Siskind 2012）、文學的旅行與翻譯政治（Apter 2013, Sapiro 2014）、乃至世界文學的「文類」問題——世界文學是否包括大眾文學？或是詩作為一個不可譯的文類與世界文學的關係（Baetens 2012, Owen 2014）、世界文學的媒介——例如：新媒體、多媒體、網路與文學旅行的關係（Damrosch 2013, Beebee 2012）等等，是常受關注的研究課題。例如，本書第一章有關國際文學獎和 Goodreads.com 讀者回應對於作品國際能見度的加持，示範了認可機制這個議題的一個研究方向。有關吳明益的篇章則討論邊緣文學如何與主流機制協商和文學如何得以旅行。而文學紀錄片的篇章和維基百科的討論則回應了新媒體與多媒體對於世界文學研究的衝擊。這些篇章可作為從世界文學角度討論臺灣文學的一些研究方法示範。最後，有關研究對象，既然以「世界文學」為名，顯然這批作品與「世界華文文學」或是「華語語系文學」所界定的漢文創作有所不同。並非所有以漢文創作的文學作品都可視為世界文學作品來討論。

如同本文開頭所言，「世界文學」在西方學界的興起，有其歷史背景。第一次世界大戰之後，許多歐洲菁英移居美國，成為美國學界比較文學系所的主力。1950 年代世界文學課程在中西部公立大學興起，以英文翻譯作品為研究教學的主要材料，與美國東岸菁英大學比較文學系講求原文原典的文學教育方式有別，在學術結構上的位階也無法相比（Damrosch 2013）。反映在美國人文學科系所結構上，即是各主要大學均有比較文學系和研究所，但卻無「世界文學」系所。然而，晚近比

較文學衰微，世界文學的興起反而成為比較文學系所「文學」再生的希望所在，這當然與全球化的影響有關（D'haen 2012）。世界文學早期以西方經典為主要範疇，但是現在世界文學選集裡，非西方文學占有一定分量，反映了相關研究教學的去西方中心反省。例如：*The Routledge Companion to World Literature*（D'haen 2012）便有 "The geographical dimension" 的區塊，納入包括拉丁美洲、非洲、東亞、印度和東南亞文學的章節。Theo D'haen 在該書中的 "Mapping World Literature" 章節結尾更提出中國崛起，勢必重劃世界文學的版圖。以世界文學作為框架來探討中國文學、華語語系文學的研究也於近年開始出現（H. Liu 2015, Y. Zhang 2015, N. Wang 2016, Bachner 2016）。

　　在這樣影響力日益擴大的跨文學框架的文學研究版圖當中，臺灣文學扮演了什麼樣的角色？這三個框架的實踐，對臺灣文學研究有何影響？底下，我以臺灣文學作家楊牧為例，來探討這個問題。楊牧不僅在臺灣文壇有崇高的地位，在國際間亦是漢文學成就的代表。歐陽楨教授（Eugene Eoyang）如此讚譽楊牧：「楊牧是現代中文文學發展的一位關鍵作家，也是作為全世界最多人閱讀的語言的漢文學領域裡，最被廣泛閱讀的在世作家之一。」（Eoyang 1998）。奚密認為「楊牧作為當代華語詩壇最重要的詩人之一，無可置疑。放諸整個現代漢詩史，他也是佼佼者。逾半世紀的創作，不論是品質高度還是影響所及，鮮有出其右者」（奚密 2010：1）。楊牧在 2013 年獲頒 Newman Prize for Chinese Literature 這個國際重要華文文學獎，2016 年又獲頒瑞典的「蟬獎」（Cikada Prize），楊牧的文學地位和重要性，無庸置疑。「中西合璧」被視為楊牧文學的一大特色（Yeh 1998; Wong 2009）。詩人在 2013 年的得獎感言裡特別引用其早年〈台灣詩源流再探〉的一段話，表達其創作觀：

　　　這將近四百年的臺灣源流，孕育出我們獨異於其他文化領
　　　域的新詩，生命因為變化的環境而常新，活水不絕。它保

有一種不可磨滅的現代感（modernity），拒絕在固定的刺激
反應模式裡盤旋；它有一種肯定人性，超越國族的世界感
（cosmopolitanism），擁抱自然，嚮往抽象美的極致。我們的現
代詩不時流露出對這風濤雷霆的舊與新臺灣形象之懷想，但勇
於將傳統中國當作它重要的文化索引，承認這其中有一份持久
的戀慕，以它為文學創作的基礎，提供文字，意象，和典故，
乃至於觀察想像的嚮導。我們使用漢文字，精確地，創作臺灣
文學。（楊牧 2005：175-180, Yang 2013）

「現代感」、「世界感」、用漢文字精確地創作，可謂探討楊牧創作的三大
關鍵詞。

世界華文文學研究裡的楊牧

　　世界華文文學研究如何闡釋楊牧這位優秀的作家？我們以《世界華
文文學論壇》（1990-）這個中國大陸相當具有代表性的世華文學研究刊
物為考察對象，整理 2000 年至 2018 年間有關楊牧的研究發表，並參照
這份刊物有關其他臺灣作家的研究，發現楊牧被提及的次數有 8 次，但
是研究論文只有一篇，而且作者是出身馬來西亞的臺灣學者鍾怡雯，並
非中國大陸學者。相較之下，余光中（被提及 22 次，研究論文 13 篇，
專輯 2 輯）、白先勇（被提及 50 次，研究論文 35 篇，專輯 6 輯）、陳映
真（被提及 26 次，研究論文 19 篇，專輯 3 輯），[7] 更獲青睞。如果「共
同詩學」與「華人文化詩學」堪稱世華文學的兩大研究方法，兩者在
面對楊牧創作時，其實都遭遇運用上的困難。前者強調漢文文學「源
於共同文學傳統的審美價值」、「共同的文化價值觀念」，著眼於「中華
性」，然而，楊牧作品無法視為純粹中華文化的發揚，而是中西合璧、

---

7 研討會綜述、訪談列入「提及」次數計算，但不包含在研究論文，研究論文僅納入
　研究作家為主的篇章。

匯流了古今中外文學資源與傳統，其「世界感」超越華文「共同文學傳統的審美價值」，「共同詩學」雖可詮釋楊牧作品的古典美學，卻無法詮釋楊牧創作「世界感」的特色。以詩人著名的地誌詩〈俯視──立霧溪一九八三〉為例，此詩傳承中國抒情傳統美學（吳潛誠 1999），且挪用了屈原〈離騷〉、老子《道德經》、《易經》等中國古典文學典故（曾珍珍 2000），然而詩作以英國浪漫時期詩人 William Wordsworth 六行詩 "The Tintern Abbey" 開場，作為全詩之提綱挈領（曾珍珍 2000），展示了楊牧獨幟一格的「世界感」現代漢詩。與楊牧其他作品一樣，此詩稠密的互文性座落在超越特定時間與空間軸線的浩瀚世界文學傳統網絡之中（Chiu 2018），無法以「共同詩學」提出的「中華性的追尋」來詮釋。另一方面，世華文學的另一個主要的研究方法「華人文化詩學」往往視華文或華人作品為弱勢族裔書寫，挑戰居住國的主流文化霸權，也不適用於楊牧文學的解讀。此因在臺灣的族群與文化政治結構當中，楊牧「福佬」族的身分乃是相對的強勢族群，而漢文書寫亦是臺灣文學創作的主流，再加上楊牧作為一個「花蓮詩人」，與臺灣在地的深厚連結，和所謂的「離散華族」相去甚遠。這兩個世華文學主要研究詩學既難以施展來闡述楊牧作品，世華文學研究領域裡自然難見到楊牧的身影。

華語語系研究裡的楊牧

而就華語語系研究而言，臺灣文學雖是重要的區塊，但楊牧的研究同樣稀少。這不僅由於詩研究並非華語語系論述的強項，更因為楊牧堅持「使用精準漢語」創作，與華語語系所欲彰顯的在地語言抗爭姿態背道而馳。楊牧作為一個臺灣主流族群作家，不使用「混雜語」打亂漢語規則與思維，反而主張優雅的漢字創作、引用中國古典文學經典，在在與華語語系的信念相左。華語語系論述偏好的「混雜」這個概念主要來自 Homi Bhabha 的後殖民理論（Bhabha 1994），強調顛覆「源

本」（origin）的權威性，推崇透過「混雜」所建立的「不真實」新典範（paradigm of inauthenticity）來解構中心。史書美認為這個以混雜來解構「中心主義」──無論是西方中心或是中國中心──的做法，形塑了臺灣文化的特色（Shih 2003），而這也是她華語語系理論的核心概念。楊牧卻認為臺灣文學創作「勇於將傳統中國當作它重要的文化索引，承認這其中有一份持久的戀慕，以它為文學創作的基礎，提供文字，意象，和典故，乃至於觀察想像的嚮導」，進而「使用漢文字，精確地，創作臺灣文學」，顯然與華語語系的假設有嚴重齟齬。而奚密也提到，在 2009 年一場以楊牧為主題的座談會上，詩人主編楊澤「回顧老師當年對他最大的啟發就是，作為一個詩人，必須重視中國古典文學」（奚密 2010：16）。楊牧難以成為華語語系論述的對象，不難理解。

　　楊牧文學與「世華文學」和「華語語系文學」的格格不入，或許恰恰突顯了楊牧以漢字寫作傳承漢文學傳統，其實指出一個重新思考漢文學含意的方向：臺灣作家視漢文學傳統為己有，不斷開展漢文字創作的面貌，與中國之地有所不同，但卻並非「亞流」或「仿冒」，若非「青出於藍，更勝於藍」，卻也以抗衡之姿展現臺灣漢文學的成就，與中國大陸作家的漢文學相比，毫不遜色（Chiu 2013）。這意味不是只有中國的文學與語言才算所謂的「正統漢文學」與「正統漢字」創作。「正統漢文學」與「正統漢字」的精髓在於作家傳承實踐過程裡所創造的新生命與活水。這樣對於「正統」的認知，與華語語系論述一樣，挑戰了「中國中心」的思維，但是卻更基進地解構「中華性」。「正統漢字」、「正統漢文學傳統」不必然只在「中國」。借用奚密談論臺灣文學的論述，這樣的漢文學實踐，化臺灣文學為漢文學創作的前沿（frontier），而非「邊陲」（margin）（Yeh 2001）。而楊牧是這樣漢文學「遊戲規則的改變者」（game-changer）（奚密 2010：26）。他精準使用漢字、傳承漢文學傳統，卻也從中挑戰了「中國中心」的漢文學傳統觀。

世界文學研究裡的楊牧

以世界文學的視角來研究楊牧的論文也不多。這與「世界文學」在臺灣文學領域的研究尚未成氣候有關。我在 2018 年發表的一篇英文論文裡提出把臺灣文學置之於世界文學脈絡的四個範式（Chiu 2018）。其中，楊牧的「跨文化」範式展現臺灣作家如何藉由與世界文學傳統的對話而進入世界文學空間。楊牧創作以詩為主，並兼及散文。然而，世界文學文類以長篇小說最為盛行，詩與散文相較之下都較非世界文學所青睞的文類。根據 Mariano Siskind 的看法，從十九世紀以來，許多西方文評家認為長篇小說是最能敘述現代世界歷史過程的一種文類（Siskind 2014）。長篇小說擅長敘事，它把世界各地異文化納入敘事當中，表達了現代文化全球化的意象（Siskind 2014）。散文的敘述力遠不如小說，而詩往往強調文字的不可譯性，與世界文學偏好翻譯的取向背道而馳。我所討論的四個作家為李昂、吳明益、楊牧與陳黎。前兩者均以長篇小說進入世界文學作家之列，而楊牧與陳黎皆為詩人，他們透過不同的途徑讓作品跨越地理疆界。

我在論文裡提出一個相對客觀的「國際辨識度指標」（international recognition index）作為評估一個作家是否可被定義為「世界文學作家」的標準，以界定「作為世界文學的臺灣文學」的範圍。我指出，名列世界文學作家不意味其創作比在地作家優秀，文學作品的旅行如何發生，必須以文學生產場域的方式來思考，也就是回到 Damrosch 所說的世界文學為在世界旅行並在其他國家的文學系統裡享有來世的作品的這個定義：“A work only has an effective life as world literature whenever, and wherever, it is actively present within a literary system beyond that of its original culture”（Damrosch 2003: 4）。我認為這個採用多重國際辨識指標的方法可客觀評估作家和作品是否在其他文學的系統裡擁有一定的活動力。如果再加上網路數位時代維基百科英文詞條和 Goodreads.com 的全球讀者接受情形，此表可修改如下：

表 2-1　國際辨識指標 International recognition indicators（IRIs）

作家名字	Yang Mu 楊牧	Li Ang 李昂	Wu Ming-yi 吳明益	Chen Li 陳黎
作品翻譯	V	V	V	V
國際文學獎項	V	V	V	
作品納入國際文學合集或網站	V	V	V	V
國外書評	V	V	V	
國外特輯報導	V	V	V	
作品有國外單位改編	V	V	V	V
國外研究或教學	V	V	V	V
國際邀請演講	V	V	V	V
有英文維基詞條	V	V	V	
Goodreads.com 讀者評論超過 10 則		V	V	

　　從以上這個表列的指標，楊牧並非大眾讀者所熟悉的作家，但是他獲得 Newman Prize for Chinese Literature 和 Cikada Prize 這兩個國際文學大獎肯定，也有相關國際評論、研究出版和文學活動邀約。臺灣學者對於楊牧的研究多著重在他詩作的解析，闡述其創作美學，也常談到他與世界文學的關係（陳芳明主編，2012）。以楊牧 70 大壽國際學術研討會後的論文集《詩人楊牧：練習曲的演奏與變奏》為例。此會議論文集收錄了 13 篇研究楊牧的論文，其中奚密的論文闡述西方浪漫主義對於楊牧創作的影響，賴芳伶的論文一再提及楊牧作品中的奇萊意象與西方浪漫主義的連結、上田哲二討論楊牧的鳥瞰詩學則屢屢以世界名著作為參照，特別是德國詩人歌德的全景視野詩學、楊照則以德國作家湯瑪斯曼作為對照來閱讀楊牧的奇萊前後書。曾珍珍的論文則討論楊牧翻譯世界文學名著，特別聚焦於莎士比亞名劇《暴風雨》、愛爾蘭詩人葉慈的詩選，來呈現楊牧英詩漢譯的藝術和訣竅。奚密的論文則討論楊牧漢詩的藝術與傳承，並及他提攜後進，挖掘臺灣詩壇新秀的影響力。基本上，這些論文旨在闡述楊牧漢文寫作的藝術，即便涉及世界文學，也意在解析楊牧如何引介、翻譯世界名著和國外作者對於楊牧創作的影響，環繞在臺灣場域裡「世界文學的輸入」與轉化的問題，而未觸及楊牧作

品外譯或是如何與國外認可機制協商、國外讀者接收等等目前世界文學研究的相關課題。即便是香港學者黃麗明（Lisa Wong）深入闡述楊牧中西合璧跨文化詩學的專著《搜尋的日光：楊牧的跨文化詩學》（英文原著 Rays of the Searching Sun: The Transcultural Poetics of Yang Mu, PIE Peter Lang 2009 年出版）也是以楊牧的漢詩為解析對象，並未涉及楊牧創作譯本的世界文學之旅。如同三位譯者詹閔旭、施竣州、曾珍珍在譯序裡提綱挈領所言，此書「一方面體認楊牧對漢語傳統文化的浸潤與質疑，另方面解析浪漫主義、存在主義、以迄當代西方解構思維對詩人的啟發」（L. Wong 2009: 9-10）。黃麗明 2007 年發表的英文論文討論楊牧和奧地利德語抒情詩人 Rainer Maria Rilke、英國作家 Stephen Spender 的連結，梳理 Rilke 對於 Spender 的影響，而 Spender 又如何對楊牧的創作帶來啟發（Wong 2007）。這樣的比較研究鋪陳世界文學領域裡某種詩學的旅行和傳播，然而楊牧在這三角關係裡依然是接受端。楊牧汲取世界文學的資源，在現代漢詩領域裡成為翹楚，但是他的創作在世界文學裡的傳播情形，相關探討仍非常少。這大致是目前國內外學界楊牧相關研究的概況。

　　以世界文學的角度來研究楊牧和臺灣作家，我們可以開發不少以往在臺灣文學研究領域裡較少觸及的課題。以楊牧為例，我們可以研究他的作品引用世界文學和與世界文學作品的對話關係。換言之，臺灣文學研究可開發臺灣文學與世界文學傳統的關係（如：影響論、臺灣作為跨國文學風潮的一環等等，如戰前與戰後臺灣現代主義風潮與西方現代主義風潮的關係）。就世界文學研究的重點議題「認可機制」而言，本書第一章已初步示範臺灣作家獲得國際文學大獎的比較研究，以及作家獲得國際大獎的推手。以楊牧為例，楊牧獲得 Newman Prize for Chinese Literature，在美國 UC-Davis 任教而長年跨足華文詩與世界文學研究的奚密（Michelle Yeh）功不可沒。她在 2013 年擔任該獎的評審，且提名楊牧擔任候選人。奚密在頒獎典禮介紹楊牧時，一再強調楊牧對於世界文學的熟稔，從希臘史詩、義大利但丁神曲、英國莎士比亞戲劇、浪

漫主義濟慈的詩作，到翻譯愛爾蘭詩人葉慈的作品與國際現代主義，楊牧漢詩的跨文化視野如何成就楊牧創作的特色（Yeh 2013）。而瑞典皇家學院院士、國際知名漢學家馬悅然（Göran David Malmqvist）同樣在重要國際文學獎裡力薦楊牧，認為楊牧應被提名諾貝爾獎。兩位國際學者不僅多次翻譯楊牧的作品，而且在重要國際文學獎裡力薦楊牧。他們在楊牧成就其世界文學作家的過程裡所扮演的角色，以及他們在翻譯時如何與西方的文學認可機制協商，將是重要的研究議題，可用來參照 Jinquan Yu 和 Wenqian Zhang 有關葛浩文如何打造莫言的國際文學聲譽，促成莫言成功獲得諾貝爾獎的論文（Yu and Zhang 2021），了解小文學作家的世界文學之旅。另外，由於翻譯是作家進入世界文學作家之列的重要管道，而在翻譯版的國際行銷過程涉及官方與非官方運作（如書商和經紀人、譯者的推銷手法或翻譯策略、國際書展參展、翻譯補助等等）等等，這方面的研究也是目前臺灣文學研究與作品解讀相當欠缺的，也是值得開發的研究方向。我將在本書第四章回到這個問題。

　　由於「作為世界文學的臺灣文學」與「臺灣文學」的範圍重疊有限，世界文學作為一個研究框架，當然也有其侷限，無法適用於所有臺灣文學作品的研究，只能算是「世華文學」、「華語語系文學」這兩個研究框架之外的另一個跨文化研究框架，讓臺灣文學研究得以開展臺灣文學與非漢語文學的對話，超越以「中華性」、「中國中心」作為主要辯論重點的論述方法。

小結

　　從臺灣文學研究的角度出發，我們發現這三個論述框架的偏好不同，世華文學裡對於余光中、陳映真的關注，透露了以「離散」作為核心概念的漢語文學研究取向，而華語語系文學偏好的臺灣原住民研究則與史書美所倡導的華語語系理論的弱勢族裔論述觀點息息相關。由於作為世界文學的臺灣文學的研究方興未艾，加上臺灣文學在世界文學空間

裡的邊陲位置，臺灣文學的相關研究也相對稀少。值得注意的是，這三個著眼於跨國觀點的研究框架，都鮮少提到在 1990 年代臺灣學院裡逐漸發展成形的臺灣文學研究傳統裡的重點作家。以被尊稱為臺灣新文學之父的日治時期作家賴和為例。賴和所提倡的臺灣話文，揉合了漢文、日文和臺灣在地語言，其實是華語語系創作語文的最佳示範，但是由於臺灣話文出現的殖民地臺灣歷史情境，其主要目標並非對抗中國的文化和語言，與華語語系理論去中國中心的主張相去甚遠，這位深具代表性的臺灣作家並未在華語語系的相關研究裡出現。而世華文學的研究，在面對日治時期以日文寫作的臺籍作家龍瑛宗、王昶雄等人時，顯然力有未逮之處（Lin & Li 2023）。以世界文學的角度來探討臺灣文學的相關課題，則仍在拓荒時期，我將在第三章裡進一步探討這個方法可能開闢的臺灣文學空間。我認為後殖民在 1990 年代對於臺灣文學的定義、傳統建立、經典之塑造，貢獻甚大。這個理論恐怕也是最能用來解析臺灣文學的方法，但是，新的框架和方法自然開拓新的臺灣文學研究空間，有助於我們與臺灣之外的學術社群對話和連結。我認為了解不同的臺灣文學研究方法和框架，無須執著於其一，而應視所要研究的作家創作特色、課題、和論文寫作對話對象，來選擇適當的框架與研究方法。每個研究方法和理論框架，都有助於我們對於臺灣文學的探索，以及連結不同的學術社群。步入二十一世紀，把文學放在超越國家文學和地理疆界的視野來研究與推展，乃重要課題。本章節對於目前三個重要的跨文學理論與框架的梳理，希望有助於臺灣文學研究者探討「把臺灣放回世界」的研究方法與做法。

第三章
新世紀臺灣文學的世界感

臺灣文學的世界感

　　臺灣文學研究學者范銘如在 2008 年出版的《文學地理：台灣小說的空間閱讀》提出一個詞彙：「後鄉土小說」，標示 2000 年後臺灣文學創作的新興敘事類型，後來我在協助臺灣文學館虛擬博物館的臺灣文學史建置時，亦用來作為 1990 年代後殖民時期之後，二十一世紀第一個時期臺灣文學的斷代標示。范銘如認為後鄉土小說有幾大特色（范銘如 2008）：第一，具強烈地方意象與區域特性，放在文學創作生產的脈絡，這個特點反映了地方文學獎的效應：主流報紙副刊式微，副刊版面縮減之後，地方文學獎取而代之，在當今臺灣文學作家晉階過程中扮演重要角色，投稿文學獎的作品當然必須符合地方文學獎設立的宗旨，強調地方書寫。第二，提倡多元文化與生態意識，反映了當前臺灣主流論述價值：「兩性平權、族群平權、生態保育與臺灣優先」（范銘如 2008：284）。第三，就書寫風格而言，「寫實性的模糊」，奇異幻魅元素取代七〇年代鄉土小說的寫實傾向，就其源，或與馬奎斯魔幻寫實風格的影響，或與種種「後學」（包括後現代、後結構等等）對現代性的反思有關。范銘如認為後鄉土小說的隱憂在於這幾個特徵有其矛盾之處，是否將彼此抵消其激進性，有待觀察：「既然寫實如此不可靠，地方與民族

誌的可信度如何成立？」（范銘如 2008：284）。另外，范銘如也認為相較於傳統鄉土文學，後鄉土的批判性是臺灣當代社會「政治正確」的主導文化的產物，與鄉土文學自發性的批判性不同。

　　時經十幾年，站在二十一世紀第一個二十年的關口，我們有更多的資料可以重新回顧范銘如的「後鄉土文學」說。我認為基本上「後鄉土」論點可作為探討臺灣新敘事模式的重要參照，但是其意義和脈絡或可從其他的角度來加以理解。我們另外參考兩位學者對於 2000 年後臺灣文學創作的說法，來研究新世代創作的特色以及臺灣文學史斷代問題。對臺灣文學研究貢獻良多的學者張誦聖在為黃崇凱的小說集《文藝春秋》作序時以「千禧作家」來稱呼出生於 1980 年代，在 2000 年之後活躍於臺灣文壇的新世代作家，認為由於全球化文化產品的流通，其專業養成的環境比前輩作家更為優越（張誦聖 2017）。同時她也提出一個看法：《文藝春秋》中許多作品以臺灣作家生平為主要材料，透過虛實交織的手法，進行文學「外傳」或是「補遺」，追問文學本質、創作媒介和未來藝術形式。而學者詹閔旭回應張誦聖對於千禧世代作家創作的看法，提出兩個特別值得注意之處：一者為臺灣歷史在千禧世代作家創作裡的分量，一者為這一世代作家筆下所透露的歷史想像乃由各類媒介共構而成，凸顯諸如漫畫、電影、流行歌等大眾媒體對於歷史想像形構的重要角色（詹閔旭 2020）。他認為注意媒介對於歷史想像形構的重要性，讓我們開展「有別於傳統史觀強調在地視野，媒介記憶讓臺灣的過往縫合到全球媒介共構的記憶景觀」（詹閔旭 2020：106）。而正因為透過此類媒介所觸發的個人情感來感受歷史、想像歷史，歷史與私人感官經驗連結，因此虛實交織。

　　本章節的討論坐落在這個學術研究脈絡中，或引申或回應這幾位學者對於 2000 年後臺灣文學新敘事模式的論點，特別就三位學者論述中觸及，但似未充分展開的新世紀臺灣文學的世界感（cosmopolitanism）進行補充與闡述。如前章所言，「臺灣文學」這個概念在 1990 年代才逐漸成形。臺灣文學的發展拜解嚴後本土化潮流之賜，眾所周知。無論是

文學的生產或是推廣流通，都因有體制化基礎結構的支持和資源挹注而展開。在文學生產端，有各縣市政府的地方文學獎、國藝會的寫作補助等等政府資源作為推手，在文學接收流通端，臺灣文學系所開設的相關課程、演講活動、研討會等等則為主力。從宏觀的角度來看，這些機構組成了一種所謂「體制化的記憶技術結構」（institutionalized mnemonic structure），持續進行臺灣文學的保存、詮釋、重製、推廣，延續解嚴之後臺灣歷史記憶重整所反映的「檔案熱」（archive fever）──以德希達的話語來說，即是一種企圖改變社會的記憶運作結構的慾望，轉向被遺忘和壓抑的臺灣歷史記憶（ Derrida and Prenowitz 1995）。在臺灣文學場域，戒嚴時期不能言說的日治時期文學複雜面向的探討，特別是挖掘所謂「皇民文學」作家如龍瑛宗、王昶雄、乃至日籍作家西川滿，反映了此波「檔案熱」試圖改變臺灣文學記憶和結構的企圖。

　　臺灣電影自《悲情城市》（1987） 至魏德聖的《海角七號》（2008）、馬志翔的《Kano》（2014），紀錄片從《跳舞時代》（2003）到《灣生回家》（2015），也都從不同主題回應這波檔案熱。「檔案熱」之所以如此熱烈展開，與臺灣社會解嚴後建構臺灣主體性的訴求有密切關係。國外學者 Margaret Hillenbrand 觀察本土化潮流和具強烈召喚臺灣歷史記憶企圖的臺灣文學創作現象，認為尋求臺灣主體性為九〇年代臺灣文學的主要訴求（Hillenbrand 2006）。國內的臺灣文學研究者也大致如此主張。劉亮雅的《遲來的後殖民：再論解嚴以來台灣小說》（2014）堪稱代表。

　　由於臺灣文學強烈的本土性格以及對於認同辯證、臺灣歷史敘述的投入，臺灣文學這個概念的相關論述與研究往往也強調其「在地性」，以作為與中國文學的區分。在華語語系文學研究的脈絡裡，「本土」的歷史、文化、語言等等所代表的抗拒性尤其被彰顯，成為標示臺灣文學的一大特徵。臺灣的華語語系文學與中國文學不同，因為臺灣文學有其特殊的在地性，與中國文學的在地性（中國性）有別（Shih 2013）。范銘如、張誦聖和詹閎旭三位學者對於 2000 年之後臺灣文學的論點，

都觸及臺灣文學的形塑除了在地的歷史、地理與社會特質之外，亦有其世界性格，也就是對於全球文化潮流的興趣和挪用。對范銘如而言，這是作家挪用種種外來「後學」的隱憂，張誦聖則注意到作家汲取全球化文化潮流產生的創作資源，而詹閔旭則強調媒介的流動，讓作家筆下的歷史記憶不獨是臺灣特有的歷史記憶，也是跨越種族和地理國界的全球文化記憶。換句話說，三位學者都指出臺灣文學的世界感（cosmopolitanism）。

　　何謂世界感？一般而言，世界感意味以整體世界為關注重點而非聚焦於特定的地區或群體，同時世界感也意味處於多樣文化中怡然自得（"Cosmopolitanism means focusing on the world as a whole rather than on a particular locality or group within it. It also means being at home with diversity"）（Calhoun 2008: 428）。在政治學領域，世界主義強調世界公民（world citizens）的權利與責任，以及來自不同社會的人互動而產生的新型態權利問題，諸如國際法、移民相關問題等（Fine 2007）。自然書寫作家對於全球環境議題的關懷，主張地球公民對於排碳、氣候變遷、自然生態保育不分國界的責任，堪稱前者最佳代表。劉克襄的《永遠的信天翁》（2008）以鳥類信天翁的生存為主題，吳明益〈恆久受孕的雌性〉（2019）以海水溫度上升環境中藍鰭鮪瀕臨甚或絕種的議題為主題，堪稱臺灣文學中此類世界感文學創作的佳例。而不同社會人口接觸與互動的新形態權利議題，則在移民／移工書寫裡最見發揮。移民／移工文學的代表，從楊逵的〈送報伕〉歷經白先勇的《紐約客》、張系國的〈香蕉船〉到詹閔旭所分析的連明偉《藍莓夜的告白》裡處在所謂「全球南方」位置而與其他南方世界人民弱勢者情感相通的「臺勞」（詹閔旭 2021），在臺灣文學裡有其傳統，但這些文學裡的「我」通常為身處異國受到歧視與剝削的臺灣移民／移工，以非臺灣人的移民他者為關懷對象，探討其權利問題的作品仍是少數，值得有志者進行系統性梳理。

　　世界觀（cosmopolitan outlook）則是世界感的主觀表現，一種對他

者、外界的開放態度（world openness）（Delanty 2006）。在不同的脈絡下，世界感有不同的意涵：世界感可以是一種對整體人類、地球生物道德責任的回應，有時意味接納不同文化的開放態度，甚或只是喜好全球流行文化的個人生活品味（Calhoun 2008）。

　　根據我的觀察，在臺灣文學的場域裡，以地球公民為導向，以關懷不同文化的弱勢他者為主題的世界感作品相較不多，但是對於外來文化的積極引進卻是日治以來臺灣文學的傳統。這與臺灣歷史上在與不同文化相逢時的位置有關。我在 2021 年 1 月應張誦聖教授之邀，為 University of Texas—Austin 發行的 *TaiwanLit* 所撰寫的文章 "Millennial Writers and the Taiwanese Literary Tradition" 裡即提到，向外國文學取經是臺灣文學一個悠久的傳統，這是小文學的一個特色（Chiu 2021）。其他學者的研究可找到不少支撐這樣看法的證據。葉石濤在首部臺灣文學史著作《台灣文學史綱》裡提到：臺灣新文學運動的起步階段，受到中國五四運動的影響（葉石濤 1987）。Pei-yin Lin & Wen-chi Li 在他們主編的 *Taiwanese Literature as World Literature* 導論裡（2023）指出，二十世紀初臺灣作家如魏清德發表於 1918 的〈齒痕〉其實改編自法國作家 Maurice Leblanc 的 "The Teeth of the Tiger"；賴和廣為人知的〈一桿「稱仔」〉（1926）乃受到法國作家 Anatole France 的作品 *L'Affaire Crainquebille* 的啟發（Lin and Li 2023）。1930 年代臺灣文藝刊物諸如《伍人報》、《明日》顯示臺灣普羅文藝運動與日本 NAP「全日本無產者藝術聯盟」有密切關係（施淑 1997）、同時風車詩社楊熾昌等人透過日本轉譯西方超寫實主義（陳允元 2016）、戰後 1960 年代前後紀弦發起的現代詩革命以及王文興等人的臺灣現代派小說以西方現代主義為師、1980 年代魔幻寫實對臺灣作家的深遠影響（陳正芳 2007）或是西方自然寫作對於臺灣自然書寫的啟蒙（吳明益 2011a）、1990 年代後殖民思潮的引進與作家的對話等等。臺灣文學創作一路走來，充滿世界感。即便是鄉土文學的代表作家王禎和，其創作手法借鏡西方現代主義是眾所周知的事實，而宋澤萊也因魔幻寫實的影響，產出了《血色蝙蝠降臨的

城市》（1996）、《熱帶魔界》（2001）等作品。

　　就世界文學研究的角度而言，臺灣文學的世界感其實反映了它在世界文學空間裡「小文學」（small literature）的位置：這種世界感是單向的；臺灣文學作家對世界其他文學開放，積極求經，往往引進世界文學來創造文學革命，但是世界文學的作家並不認識臺灣文學及其作家。也就是說，如果誠如詹閔旭所言，臺灣文學展現了全球文化記憶，須注意的是臺灣文學及文化記憶鮮少被世界文學作家和研究者視為全球文化或文學記憶的一部分來探討。這個不對等的關係是小文學的特徵。

　　我在本書第一章裡提到，Pascale Casanova 在她已成世界文學研究經典的《文字世界共和國》（*The World Republic of Letters*）裡提出世界文學空間的概念，並清楚闡述了「小文學」的特色：世界文學空間並非一個想像中各作家或各類文學平起平坐的文學共和國，而是個競相爭取能見度與認可的權力結構空間，具有越優渥文學資本的作家越容易脫穎而出，在此空間建立文學聲望與地位（Casanova 2004）。一個作家或是國家文學的文學資本是貧是富，取決於幾個要素：文學是否以主要語言發表（如英文、法文）、是否有悠久的傳統、有多少流通各國而被視為「文學經典」（classics）的作品量或是作家（Casanova 2004）。Casanova 指出，世界文學的中心（巴黎、倫敦、紐約）具有定義何謂摩登（modern）、何謂流行（fashionable）的位置與權力。而「摩登」或是「流行」的概念乃是衡量一部作品是否具有文學價值的重要指標。不跟上潮流，未掌握對於當前文學趨勢的知識和技巧，意味不摩登、落伍陳舊。相較於主流文學，小文學通常以非主流語言寫作，其作品在世界各國流通而引起回響的數量非常少。即便具有幾千年文學傳統的中國文學放在世界文學空間裡，也只被歸類為小文學而已，因為其語言不被視為國際流通的文學語言，而堪稱世界文學的作家或作品的數量也少（Casanova 2004）。小文學的一個特點便是作家經常自國外引進文學風潮和技巧，進行國內的文學改革（Casanova 2004）。我認為從日治時期的臺灣新文學運動至今，臺灣文學的演進和推展一再反映了這樣的小文

學特徵。

　　臺灣文學的世界感因而有其複雜的意涵與面向。一方面，它顯示
臺灣文學的海洋性格，強調不受限於國界的流動。後殖民觀強調抗拒外
來文化霸權，以此為去殖民化的基本態度，世界感則是迎向外來文化霸
權，試圖與之謀合來增加自己在內部或外部文學競爭中的資本，創造利
基。那麼，二十一世紀初的臺灣文學，如何展現世界感？新世代作家的
世界感與其前輩作家在二十世紀創作的世界感有何差異？有何獨特之
處？所創造的利基在哪裡？本章節以一群可歸類為千禧世代作家的創
作者為分析對象來探討臺灣新世紀文學的世界感，並以瓦歷斯・諾幹
新世紀寫作的轉向對照，觀察 1990 年代後殖民「在地書寫」的趨向如
何轉向世界感的探索。主要的分析文本為楊双子的「花開時節」系列小
說（2015-2017）、何敬堯（1985-）邀請楊双子、陳又津（1986-）、瀟湘
神（1982-）和盛浩偉（1988-）五位同世代作家以接龍方式合著的《華
麗島軼聞：鍵》（2017）、李時雍主編的《百年降生：1900-2000 臺灣文
學故事》（2018）。章節的結尾聚焦於 1980 年代出道的原運世代作家瓦
歷斯・諾幹，以他的《戰爭殘酷》（2014）、《七日讀》（2016）、《字字珠
璣》（2009）和《字頭子》（2013）作為參照，比較這些作品與作家前一
段作品的不同，進一步探討臺灣新世紀文學的世界感的複雜面向。在臺
灣文學的場域，原住民文學通常被視為「在地性」論述的典範。探討新
世紀臺灣文學的世界感，原住民文學必須放入視界中來比較。

　　1990 年代以來的臺灣文學研究由於強調「在地性的生產」，通常以
「抵抗」（resistance）作為論述的統攝概念，並以之為方法。對於臺灣文
學世界感的認知，將影響我們臺灣文學的研究方法和理解模式。如詹閔
旭（2020）所言，千禧作家文學的世界感，來自於他們成長環境中特殊
的媒介交流，日本席捲亞洲的動漫和全球為之風靡的好萊塢電影對他們
的潛移默化，有不可忽視的影響。在本章首先討論的楊双子花開系列作
品以及何敬堯等五位作家接龍完成的《華麗島軼聞：鍵》裡，我們看到
日本文化對千禧世代作家的深刻影響。我認為與其說這是二十世紀初臺

灣受到日本殖民的餘緒，不如說反映了日本跨國流行文化對這個世代作家的魅力。在千禧世代作家成長的過程裡，日本從早期手塚治蟲的《原子小金剛》以來蓬勃發展的動漫產業，席捲亞洲各國，在臺灣和亞洲其他地方盛行，從 1980 年代的《原子小金剛》到 1990 年代的《美少女戰士》、《神奇寶貝》，乃至 2000 年之後的《死亡筆記本》和近期的《鬼滅之刃》，都是臺灣青少年同儕圈耳熟能詳，「不知就不潮」的年輕世代「圈內人」迷文化的代表。[1] 這些動漫以類型的姿態出現，我推想應該也是千禧世代作家創作之所以偏好類型小說的一個潛在原因。這個對於日本跨國文化的迷戀，以及晚近韓國偶像劇在臺灣創造的風潮，反映了本章開場張誦聖、詹閔旭兩位學者指出的千禧世代作家的媒介環境的巨大影響力。巴代、乜寇兩位作家也都曾提及（參考本書附錄巴代創作〈襲用或巧合？——巴代小說的奇幻物語〉）他們創作時如何汲取好萊塢電影的元素來呈現原住民文化。本章也同時透過瓦歷斯・諾幹這個原運作家 2000 年之後的作品，來看看前輩作家的做法。臺灣千禧文學的世界感，乃是本章的主題。

千禧作家的世界感

「花開時節」系列小說、《華麗島軼聞：鍵》、《百年降生：1900-2000 臺灣文學故事》這幾部作品有幾個共同的特色。第一，作者均為 1980 年代出生。第二，都以臺灣文學和人物為題材，彰顯臺灣文學的傳統，營造臺灣文學互文性。第三，均以召喚臺灣文學記憶為訴求，展現重塑臺灣文學史的企圖。我在先前一篇期刊論文裡即以這幾個重點來論述這些千禧作家創作的特點：整體而言，這群作家的創作繼承了 1990 年代以來臺灣文學對於臺灣主體性的建構工程，「臺灣文學」與「臺灣

1　以我親身經歷，身為母親的我，1990 年代的晚餐時間都是隨著兒子看日本動漫《幽遊白書》、《中華一番！》中度過。

歷史想像」是關鍵詞,「在地性」濃厚(邱貴芬 2021)。楊双子多次提到,她的〈花開時節〉系列創作以楊千鶴 1942 年的同名小說為致敬的對象(楊双子 2018)。《華麗島軼聞:鍵》這個寫作計畫的發起人何敬堯在〈序:華麗時代的圓桌會〉裡點明「此部小說開篇以西川滿作為取材的對象」,而且把西川滿稱呼臺灣的「華麗島」一詞鑲入書名。書的副標題「鍵」一詞在日文中指稱鑰匙,來自於一則作家呂赫若的軼事:呂赫若因二二八事件被政府列入緝捕的黑名單,在逃亡前把一串鑰匙交給郭松棻的父親——知名膠彩畫家郭雪湖(何敬堯 2017)。此書中的五篇故事各以臺灣文學的作家為主角,虛實交織。《百年降生:1900-2000 臺灣文學故事》為十二位作者之合著,從 1900 年至 2000 年,每年挑選一個與臺灣文學相關的主題人物、事件、風潮或是文學相關活動,訴說二十世紀一百年過程當中,每一年所發生的臺灣文學的故事,召喚臺灣文學的記憶。

　　這幾部作品相繼在 2017-2018 年出版,頗有千禧世代文學集體行動的意涵,寫作的位置鮮明:透過召喚臺灣文學記憶為傳承臺灣文學,創造臺灣文學的來世,凸顯臺灣文學的傳統。德希達對於「傳承」的闡述,可作為我們理解這些新世代作家以傳承臺灣文學為己志的意涵(Derrida & Roudinesco 2004: 3)。「傳承」,與「再生」相連。由於傳承,文化記憶得以更新其生命,傳遞給後代而繼續存活。為達此目的,傳承必須採取 "relaunching it otherwise"(以別種方式重新帶動它)的方式來進行。因此,重新詮釋、批判(critique)、置換(displacement),也就是積極的介入(active intervention),乃傳承的重要動作,某種轉變(transformation)或得以產生,而某個歷史、某個事件、也就是不可預見的將一來(unforeseeable future-to-come)得有發生的機會。Samir Haddad 討論這個概念時,在原英文版譯者使用的 "relaunching" 之後特別括號標註 "relancer",強調「轉化」(transformation)的含意。法文 relancer 可翻譯成英文的 recast, relaunch, revive, resume 等等,relancer 一詞亦可連結到 renvoyer(to send back, to send away)的意涵:傳送意

味傳給他人、傳給後代（Haddad 2005）。

　　由於傳承涉及傳承者與被傳承者時空的差異，傳承本身隱含無法抹滅的異質性（alterity），傳承者的傳承行動不可能是全盤複製，而必須有其積極的再創造的層面，這意味傳承者的實踐可能與被傳承者形成一種比武、尬場、競賽（competitive）的張力（Haddad 2005）。換言之，傳承不必然是一種上下位階的權力關係。如果傳承也是一種傳遞，傳承如何賦予被傳承的遺產來世（afterlife），那便是傳承最重要的課題。傳承在地文學記憶和傳統既然是作家創作的主要企圖，那麼，世界感又何以見得？

「花開時節」與跨國迷文化

　　楊双子以「花開時節」系列小說成名，被視為「臺灣歷史百合小說」的開創者（陳沛淇 2017），作品題名取自日治時期楊千鶴 1942 年以日文發表的短篇小說〈花開時節〉。這可視為一種創意的改編，大幅度改寫原作來彰顯原作裡潛在但未發揮的面向。在目前文學圈的用詞裡，臺灣稱之為轉譯，國外則放在改編這個理論範疇裡多有討論。目前臺灣文學圈流行的「轉譯」一詞意指使用同一媒介（文字）來展開具有高度互文性的以親民為導向的寫作，改編則是以不同的媒介（如從文字到影像）來改編原作。[2]「轉譯」這個詞彙，應該是 translation 的中譯，借用了在生物、醫學等自然領域已使用多年的「轉譯」概念，取其基因和適者生存的概念來代表因應環境變化的互文性創作與改寫行為，以與「翻譯」區隔，專指同一媒介的文本演譯。學者張俐璇引申轉譯醫學（translational medicine）一詞的含意，認為重點在於尋找一個合適的方式把困難的知識轉譯出來（張俐璇 2021），她對「轉譯」這個概念的詮釋顯然也視其為親民化的實踐。她以英文 "reculturation"（張俐

2　感謝作家盛浩偉說明轉譯和改編這兩個詞彙目前在臺灣文藝圈的用法。

璇 2021：189）一詞來指涉臺灣文學的轉譯，並引用了盛浩偉的說法來
做為討論基礎：轉譯乃是「將這些因為漫長歷史隔閡而今人所不懂的
部分，轉化為能懂得內容，使歷史與當下產生連結」（盛浩偉 2018）。這
大概是目前臺灣文壇與學界通行的看法。較之下，在國外學界研究裡，
無論是使用同一媒介或是不同媒介，都放在改編（adaptation）研究裡
來探討。晚近改編研究把改編視為一種因應時代不同的環境而透過重
新詮釋來進行重新創造的一種「過程」：「改編亦即調整、改變、使之適
合」（"To adapt is to adjust, to alter, to make suitable"）（Hutcheon 2006:
7-8）。改編研究早期主要集中在幾大課題，包括忠實／創意（fidelity/
infidelity）、媒介特性（medium specificity），晚近的理論趨勢則與本書
第五章的「跨媒介敘事」潮流異曲同工，強調挪用、混搭、戲仿的創意
（Hutcheon 2006, Corrigan 2017, Voigts 2017, Elliott 2020），且多涉及不
同媒介的表現形式，與臺灣的認知有所不同。

　　楊双子的「花開時節」系列改寫、竄改、擴充楊千鶴原作〈花開時
節〉，可以放在這個改編流行裡來解讀。改編研究認為改編具有一種肯
定前人作品，提升其地位的效果（Sanders 2006）。楊双子的改寫顯然也
有強化楊千鶴的文學地位，透過對話而增加楊千鶴原作在當代臺灣文學
場域裡的能見度。小說描繪三位臺籍高中女生對於畢業之後人生道路的
徬徨：除了步入婚姻，女性的故事是否有其他的可能？三人之間的女性
友誼是否會受到婚姻愛情的衝擊？小說劇情的發展主要環繞這兩個問
題。楊双子的同名短篇小說以楊千鶴原作裡的三位女主角為原型，同樣
描寫三位日治昭和時期的少女對於畢業之後人生的徬徨，但是卻挖掘原
作潛伏於臺面下的幾條故事軸線。第一，原作中三位女主角皆為臺籍女
性，楊双子的改寫凸顯種族和階級對於女性故事的影響：描寫家庭經濟
狀況拮据的日籍高中生初子窺視日籍貴族後代早季子和臺籍富裕地主之
女雪子的親密關係。其次，透過初子局外人的觀點來鋪陳早季子和雪子
的女性情誼，讓原先楊千鶴小說裡女性主角的「友誼」轉化成更為曖昧
的女性情誼。2017 年的後續長篇小說之作《花開時節》安排一個 2016

年畢業於中興大學的女學生被同學推入校園中興湖，醒來之時卻發現自己成為日治時期臺中州地主富家千金楊雪泥，日文名雪子。雪子帶著「預知」日本政府將戰敗，地主家庭將經歷改朝換代所帶來的種種劇變的歷史觀點，展開她的昭和時代少女人生。劇情大致在前作短篇小說透露的情節框架裡來發展，但是以雪子為主要敘述觀點來展示「穿越」這個類型書寫可能為臺灣歷史小說開創的空間。

　　這一系列「花開」作品相當符合范銘如的「後鄉土小說」定義。小說以臺中大肚和臺中城為主要場域，地方感鮮明。另外，早季子和雪子的百合親密關係跨越日治殖民結構裡的種族藩籬。有「女校何以沒有女校長」這樣昭和時期前衛新女性意識的雪子最後招贅，無法與早季子共赴日本內地留學，反而留在臺灣擔起時代動亂當中大家族生存的沉重責任，文字間流露的作家的價值觀也呼應范銘如所言臺灣社會目前「兩性平權、族群平權、生態保育與臺灣優先」的臺灣價值。另外，透過時空穿越打亂寫實格局，也是范銘如「後鄉土小說」的特徵。這一系列的書寫，反映了作家成長世代的跨國文化影響，印證張誦聖與詹閔旭的觀察。其中，「百合」（yuri）、同人誌、時空穿越言情小說這三種透過不同媒介而在亞洲國家流動的跨國文化，對於楊双子獨特的臺灣歷史百合小說風格，尤其重要。作家成功調度這三種大眾迷文化的資源，來創造她在臺灣文學生產場域的利基。

　　「百合」源於日本，與「女同性戀」密切相關，而對照男同性戀的「薔薇」（楊若暉 2012），乃當代 ACG（animations, comics and games）動漫遊迷文化的一種（楊若暉 2012），「廣義可指涉女性之間的任何情誼，狹義則可限於未達戀情的女性情誼」（楊若暉 2012：25）此風於1990 年代之後透過網路和網路流通之 ACG 商品盛行於華文圈，逐漸發展成與女同性戀有微妙差異的一種迷文化（楊若暉 2012）。而穿越言情小說，則是楊双子碩士論文的主題。根據她的研究，穿越小說在 1993年之後開始在臺灣發展，盛行以出租書店為通路的日本漫畫（楊若慈 2015）。作為大眾類型小說的一種次文類，穿越小說有其基本公式：「穿

越時空的主體，因原有時空背景所取得的優勢，可以扭轉與改變抵達之時空的遊戲規則，迎來人生的圓滿結局」（楊若慈 2015：85）。

在《花開時節》這部長篇小說中，楊双子挪用穿越小說來「重新啟動」楊千鶴的〈花開時節〉，但同時也竄改了臺灣言情穿越小說的類型公式：回到的過去不再是古代中國而是日治臺灣，以百合情誼取代男女戀愛關係來突破穿越小說無形的異性戀機制，而結局也背離了穿越小說「圓滿結局」的公式。至於「同人誌」，也同樣源於日本，原流行於日本明治時期，「一群同好合資自費出版自己的作品」，「誌」原指紙本，現在同人文化則有多種媒體呈現，包括動漫、影音、遊戲、公仔等等（李衣雲 2016）。「二創」為同人文化的主流，意指「未受原作者授權，逕自挪用既有作品中的各式元素來進行改編創作」的創作模式（Kimball 2016）。楊双子的「花開」系列基本上採取「同人誌」二創模式來進行，以同一個文本一再改寫、改編。

「花開」作品以召喚臺灣歷史與文學記憶為主要訴求，其在地書寫和本土性格相當鮮明。但我們卻也需注意到這個臺灣在地性的生產，必須放在跨國迷文化流動中來理解。百合、穿越小說和同人誌都源於日本，在亞洲國家的迷文化網絡中流行。對作家而言，這些迷文化不僅象徵一種時代感、也賦予她的創作一種摩登感，讓她不僅藉之與跨國文化潮流連結，也成為她的文學資本來開創臺灣歷史小說的格局。如同詹閔旭所言，千禧世代的作家不僅有在地想像，更與全球化媒介強力傳播的文化記憶接軌。然而，這個世界感其實早在文字主導的時代即已存在，也主導了臺灣過去一百年以來的文學的流變，並非在二十一世紀多媒介（new media）和新媒介（multi-media）的衝擊下才產生的臺灣文學現象。與前輩作家不一樣的是，新世紀作家所挪用並藉以創造自己文學資本的不限於世界文學風潮（如西方超寫實主義之於 1930 年代風車詩社詩人、存在主義之於 1960 年代的現代派小說家、魔幻寫實之於 1980年代以來的臺灣文壇），更納入大眾迷文化，受日本流行文化的影響甚多。作家視迷文化為親民化路線，在何敬堯邀請其他四位千禧作家參與

的接龍小說之作《華麗島軼聞：鍵》也相當明顯，我們下節探討。

《華麗島軼聞：鍵》與跨國大眾類型小說的展演

　　《華麗島軼聞：鍵》由五篇短篇小說組成，由五位千禧世代作家以小說接龍的方式合作完成，聚焦於日治時期，以「時代小說」為核心概念。每篇故事均以日治時期為背景，五位作者各自選取日治時期的歷史人物作為主角。何敬堯的〈天狗迷亂〉以推理形式展開一則環繞著「天狗」傳奇的妖怪故事，以日治時期活躍於臺灣文壇的西川滿在故事中扮演解謎之人。楊双子的〈庭院深深〉接續〈天狗迷亂〉裡鑰匙帶來詛咒的傳說，以臺中太平女漢詩人吳燕生作為她亂倫「百合」故事的主角。陳又津的〈河清海晏〉想像日治時期的畫家和美術老師村上英夫師生BL 的三角關係。瀟湘神的〈潮靈夜話〉以日治時期的人類學家金關丈夫為重要角色，改編〈天狗迷亂〉和〈河清海晏〉的故事情節，以偵探推理開場，尋找謀殺案的兇手，結尾卻帶入奇幻元素，讓臺灣民俗傳說中的水鬼、王爺現身，化推理小說為妖異小說。最後結尾的盛浩偉〈鏡裡繁花〉則以純文學的後設寫法讓本書的五位作者成為故事的主角，重現他們討論集體創作計畫的聚會，並敘述作者杜撰的一則呂赫若和辜嚴碧霞之間以鑰匙為信物的愛情故事，最後透過故事中「作家盛浩偉」寫作過程反思「記憶」與「傳說」的意義收尾。

　　就書寫形式而言，《華麗島軼聞：鍵》堪稱臺灣當代類型小說的展場。除了盛浩偉的小說屬純文學之外，其他四篇小說展示了大眾文學的各種類型小說：妖怪小說、推理小說、百合小說、BL 小說、妖異小說等等。此書顯然與楊双子「花開」系列有類似的理念：「我們這些 1980 年代出生的文學世代，普遍認為大眾文學與嚴肅文學沒有「本質」上的差異，而是「類型」上的差異。」（楊双子 2019）《華麗島軼聞：鍵》把臺灣文學作家寫入故事中，並取材作家軼事來加以改編，作為傳承臺灣文學的方式，顯然和楊双子「花開」系列強調文本之間的互文性有所不

同，但是兩個創作卻也有不少明顯的共同點，昭示新世代作家之間的新潮流：一、凸顯「臺灣文學傳統」，訴說臺灣文學作家或作品的故事來彰顯臺灣文學作為後輩作家文學資產的重要性。二、在這個純文學的傳統脈絡裡，帶入當代大眾文學的元素和書寫模式，試圖取消純文學與大眾文學的傳統位階。三、強調故事的娛樂性和可讀性，反映千禧作家面對文學環境變遷的挑戰，尋求文學的生存之道。[3]

新世代作家這樣的創作趨勢，似乎可溯源至由瀟湘神等臺大和政大奇幻社學生社團成員所設立的「臺北地方異聞工作室」的「城市還魂」計畫。根據臺北地方異聞工作室網站上的〈話談工作室〉，工作室成立的目的在於「透過書寫娛樂性的故事，將現代人與失落的臺灣過去聯繫在一起」，「經由說故事的方式，使「城市」還魂」。工作室在 2010 年12 月推出第一個實境遊戲「他／她是殺人鬼 K 嗎？」，之後持續推出以日治時代為背景的故事，且主要以同人誌的創作模式來展開，強調「集體性」、「互相影響」的強烈「互文性」，歷史資料與虛構想像交揉。以「新日嵯峨子」這個共同筆名出版的《臺北城裡妖魔跋扈》（2015）相當具體地呈現這些理念。這些概念與特色，也見於《華麗島軼聞：鍵》和楊双子的作品，透露以「集體性」、「互文性」、虛實夾雜、偏好「類型小說」的臺灣文學寫作趨勢。作家往往大量調度臺灣文學的資源：日治時期作家西川滿、佐藤春夫、張文環出現在《臺北城裡妖魔跋扈》，而臺灣文學作家與歷史人物也化身為《華麗島軼聞：鍵》故事中的主角。

《華麗島軼聞：鍵》明顯呼應「臺北地方異聞工作室」所提出的「城市還魂」概念：透過說故事來重建臺灣歷史記憶，在地性相當強

---

3 試圖以大眾文學為手段來回應文學市場萎縮的期待，當然與書市事實經常有相當的落差。換言之，大眾文學不等於暢銷書的同義詞，而是一種有套式的寫法，與傳統嚴肅文學強調創新的路數有所不同。陳國偉在其戰後臺灣大眾文學的著作裡提出這樣的看法：「大眾文學雖然以『大眾』為名，但終究是走向『分眾』」，他認為大眾文學發展出不同的類型小說，召喚的讀者有所不同（2013: 23）。他在該書中採用孟樊的分類，把臺灣戰後大眾文學分為「愛情」、「武俠」、「恐怖」、「科幻」、「推理」五個類型。

烈，鄉土意味濃厚。五位作家合著的這部小說合集鬼影幢幢，不僅讓臺灣文學作家和相關人物「還魂」，以小說角色的身分重新登上舞臺，而且五篇小說四篇都涉及鬼魅之謎：何敬堯小說裡的天狗、楊双子和陳又津小說裡陰魂不散的鬼魅、瀟湘神小說裡的王爺。「城市還魂」的小說創作意在透過歷史鬼魅來召喚臺灣的過去，不僅凸顯了文學作為一種記憶術（mnemonic），更強調奇幻文學特別具有召喚被壓抑、被排除的歷史、文化記憶的功能（Lachmann 1997）。[4]所謂「還魂」，意味追尋歷史的鬼魅，回應不散陰魂。而小說創作是這個追尋歷史鬼魅的實踐，因為透過說故事來「傳說」臺灣文學，演繹記憶，是體現「過去」的一種形式、不斷重返的鬼魅。在這部小說合集裡，傳說臺灣文學的種種，是為了傳承和打造臺灣文學的文化記憶，文化記憶必須是集體的，而非個人私密的記憶，需要不斷被傳說，才可能持續存在。我們看到了 Astrid Erll and Ann Rigney（2006）所說的文學生產文化記憶的功能：作家不僅把臺灣文學前輩作家和作品作為記憶的對象，也同時把創作視為記憶的載體，訴說過去的故事。廖炳惠曾提出「神祕現代」的概念，認為重新召喚臺灣庶民文化裡民俗信仰的鬼魅，乃是一種對於現代性的反思（廖炳惠 2006）。

　　此書的接龍模式和類型小說展演開創了臺灣歷史小說的新敘事模式。然而，無論作家所採用的各類大眾類型文學模式（包括推理、妖怪、百合、BL、奇幻等等），或是整體創作計畫，都深受日本文學的影響。何敬堯在序的開場點明，這個構想受到日本漫畫《文豪野犬》的啟發，該作品以中島敦、芥川龍之介、謝野晶子等日本知名作家與其作品為取材對象，讓這些作家成為具有超能力的角色在漫畫中粉墨登場，甚或開發小說、動畫等連動創作，為日本文學增添趣味性，吸引年輕讀者，甚至帶動觀光（何敬堯 2017：9）。《華麗島軼聞：鍵》以日本

4　西方新古典主義崇尚理性，浪漫主義卻主張把被新古典主義排除的民間奇幻傳統帶入文學創作中，這是一個最明顯的例子（Lachmann 1997: 306-307）。

時代小說超脫史實的故事創作為範本，來探討臺灣以歷史為舞臺的時代小說的可能（何敬堯 2017）。至於小說的接龍作法，則由作者之一的瀟湘神提出，靈感同樣來自日本，2004 年日本雜誌《浮士德》的四期小說即是多位作家接龍之作（何敬堯 2017）。換言之，《華麗島軼聞：鍵》的構想與寫作模式取經日本文學與文創做法，雖然其強烈的臺灣文學互文性展現了臺灣本土特色，但是卻試圖模仿日本文學改編做法，展現了此書五位作者創作取經外國文學的世界感。文學「親民化」、「娛樂化」，卻依然帶有嚴肅的文學再生和文化記憶打造的命題。這種大眾文化入侵傳統嚴肅文學領域的現象並非臺灣獨有，而是二十一世紀的潮流。世界文學研究領域裡逐漸受到重視的科幻小說文類（Chau 2018, Song 2022）、兒童繪本（Wu 2022），以及諾貝爾文學獎得主石黑一雄（Kazuo Ishiguro）和全球知名重量科幻小說家 Ursula Le Guin 在 2015 年有關文學小說和科幻小說位階之論（Cain 2015）顯示大眾文學類型小說與嚴肅文學已不再如以往壁壘分明（Chiu and Zhang 2022）。

《百年降生：臺灣文學故事 1900-2000》的世界文學養分

　　由李時雍主編，邀請其他十一位作者共同撰述的《百年降生：臺灣文學故事 1900-2000》獲選第 43 屆金鼎獎文學圖書類推薦名單。此書和上述兩部作品一樣，與臺灣文學有強烈的互文性，傳承臺灣文學的姿態相當明顯，但是取經的對象則為世界文學經典大師葛拉斯（Gunter Grass），而非日本大眾文化。《百年降生》出版社臉書專有平臺清楚說明：「《百年降生》有三個關鍵詞，分別是『20 世紀』、『臺灣文學』、『故事』，由一群創作、研究臺灣文學的作家，以『臺灣文學』為敘事主體，用故事的敘述形式，形塑『20 世紀』臺灣文學風貌。」一百零一則故事一一呈現臺灣文學發展軌跡當中作者視為重要的人物（作家）、事件（文學風潮、文學事件、文類的形成與發展）、物品（作品）等等。

　　這部書呈現臺灣文學百年來的軌跡，基本上可視為一部臺灣文學

史。它具有幾大特色，就新時代的文學史寫作方法而言，別具意義：一、以複數作者取代單一作者來進行臺灣文學史的寫作，暗示以眾人的集體記憶取代單一個人史家記憶的「作為集體記憶的臺灣文學史」概念。二、許多篇章以小說筆法來訴說該年的故事，虛實交織的歷史書寫方式，呼應當代臺灣文藝圈「轉譯」的趨勢，並具體實踐「歷史的虛構性」的史家自覺，揚棄傳統「歷史＝真實」的史論方式。三、編年史的結構，不強調傳統歷史「斷代」敘述模式所隱含的傳承、流變連結，每一年度的故事由不同作者來訴說，自成一個獨立的故事。

　　這樣的歷史敘事方式，來自於諾貝爾獎得主德國作家葛拉斯的《我的世紀》（*My Century: A Novel*）的啟發。《我的世紀》（1999）是一部小說，呈現 1900 至 1999 的各年度，每一年都只有短短幾頁，由一個虛構的敘述者從其觀點呈現，這些敘述者的性別、階級和背景都不同，從這些碎裂的、分散的、私人的觀點勾畫出二十世紀的歷史，而非如一般歷史著作一樣採用一個特定的觀點來統一敘述。《百年降生：臺灣文學故事 1900-2000》基本上也採用這樣的架構，但是由十二位作者而非同一位作者來撰述，更貼近 My Century 強調碎裂的、分散的、私人觀點的歷史呈現。如果〈花開時節〉和《華麗島軼聞：鍵》的作者師法日本大眾文學和東亞文化圈的迷文來開發他們這一代獨特的文學創作模式，《百年降生：臺灣文學故事 1900-2000》則取經西方，無論是引進大眾文學元素來進行文學革命，或是透過以編年史和虛實交織的模式來勾勒臺灣文學歷史的軌跡，這些千禧世代作家的種種文學革命必須放在全球文化潮流趨勢裡來理解其意義。

　　採用如此的歷史寫作自覺和選擇，可能也與此書十二位作者的學術訓練背景有關。《百年降生》的作者包括李時雍、何敬堯、林妏霜、馬翊航、陳允元、盛浩偉、楊傑銘、詹閔旭、鄭芳婷、蔡林縉、蕭鈞毅、顏訥等人，這個作者群的共同點是他們同屬千禧世代，都有深厚的臺灣文學訓練，其中九位有臺文所的學歷，另三位雖非出身臺文系所，卻也在臺文所任教或從事臺灣文學研究。臺灣文學系所的訓練與特色在這群

作者的撰述當中，顯露無遺，不僅彰顯了臺灣文學作為一個學科訓練對於臺灣文化記憶的保存、詮釋、傳播和傳承，所扮演的重要角色，也反映了臺灣文學這個學院的學術訓練對於世界文學、思想潮流的敏銳度，也因此西方新歷史主義對於歷史敘述的種種反思，成為這群作家從事歷史寫作實的基礎養分。

　　就歷史內容的挑選和結構而言，《百年降生》和《華麗島軼聞：鍵》基本上近似在臺灣學院廣為流傳的傅柯的「考古學」（archaeology），而非傳統的歷史敘述方法。傅柯（Michel Foucault）的《知識考古學》（1972）開宗明義即提出對於歷史敘事的挑戰，質疑發展（development）、演變（evolution）這些作為歷史敘事組織架構的核心概念，不再執迷於這些概念所暗示的「連續」（continuity），轉而挖掘那些未在傳承的歷史敘述裡被看到和被聽到的各式各樣且不連貫的歷史痕跡（Foucault 1972），探討他們以「檔案」狀態存在的可能和意義（Foucault 1972）。對這些作者而言，傳承臺灣文學不是挖掘、蒐集目前臺灣史著裡被遺忘、被邊緣化的作家、作品、事件，再把他們統合到臺灣文學的敘述裡，而是透過這些檔案暴露臺灣文學史敘述的漏洞和侷限，以及一個超越任何臺灣文學史著的「臺灣文學集體記憶」的空間。根據媒介理論大師 Wolfgang Ernst 的說法：傅柯的考古學注意不連貫、空隙、缺席、沉默與斷裂，而歷史論述則強調連續的概念，以便確認主體的可能性（Lovink 2013）。Ernst 認為檔案（archive）和歷史學（historiography）不同，後者建立於敘述發展和串聯一切的結束（narrative closure），而檔案卻是彼此斷裂的，以一種不具因果關係，網絡狀態的存在（Lovink 2013）。這正是我們在《百年降生》裡看到的歷史想像和寫作方式。

　　《百年降生》採編年史形式，各年之間的故事獨立存在，並沒有因果關係，也沒有敘述的發展。每一年的故事都是斷裂的，以類似檔案的姿態出現。101 個故事重新挖掘和喚醒無數個有關臺灣文學的歷史檔案。編年凸顯的正是書寫歷史者取材、篩選的偏好和疏漏（Lovink

2013）。這個自我反省的書寫姿態，是以往臺灣文學史著裡看不到的。例如：1901 年由具有日文系專業訓練的作家盛浩偉執筆，主要主角為日籍作家中村櫻溪和他的同事橋本武、渥美銳太郎，主要故事為中村櫻溪遊訪觀音山以及他兩次登臺灣觀音山的經驗所留下來的〈登觀音山記〉（李時雍等 2018：20-22）。1902 年由臺灣文學學者楊傑銘撰述，則以誕生於 1902 年的臺灣作家謝春木為主題人物，訴說他日後的代表作品〈她要往何處去〉如何探討傳統婚姻制度下臺灣女性故事，以及作家社會改革的理想。1903 年的故事，作者為擅長妖怪文學的何敬堯，介紹臺灣作家朱點人的作品。1904 年再由盛浩偉負責，呈現日籍漢學家籾山衣洲的故事以及傳統漢學與日本殖民統治的關係。而接棒的臺灣文學研究者陳允元所負責的 1905 年，則以「灣生」日籍畫家立石鐵臣為主角，呈現灣生身分對於他創作的影響。

　　一反傳統臺灣文學史的寫作方式，這五年的故事各自獨立，並不連貫，主要透過時間順序來串連。由 101 個故事組成這部臺灣文學史，以斷裂取代發展、歷史檔案取代歷史論述，展現另一種臺灣文學史組織方式。包括中村櫻溪、籾山衣洲、關口隆正、久保天隨、灣生畫家立石鐵臣等這些以往臺灣文學史裡不見記載的日籍作家，以及未在目前臺灣文學史裡占有一席之地的大眾文學（如臺灣偵探、推理、妖怪小說、民俗學等等），都因不同作者的偏愛而登場。這些不連貫的故事不僅改變了臺灣文學史隱含的「文學」的定義和「臺灣文學」的範疇，也以「集體記憶」取代起、承、轉、合的連續發展性歷史敘述，開創了臺灣文學史敘事的模式。

　　本書的另外一個特色是特意模糊歷史寫作與小說創作之間的界線，凸顯歷史想像的虛構性。例如，顏訥〈一九八五　冬天的眼睛〉以陳映真為主題人物，但是卻以涉入《人間》雜誌甚深的曾淑美的觀點來敘述：「這天，電話鈴在深夜炸出裂口。曾淑美接起，話筒那端沒有聲響。這已經不是她第一次接到無聲電話，有時候，電話一接就斷，連續幾通，自她的名字見刊後就開始。曾淑美明白這些無聲的警告來自國

家，那一晚，她忽然有了與之周旋的興致，話筒擱在耳邊靜靜聽，像一場沉默的角力」（顏訥 2018：328）。這樣的歷史「小說化」的敘述方式是傳統文學史所未見的。詹閔旭〈一九九九　火焰蟲照路〉以二十世紀末最後一年的九二一地震和文學、電影事件為背景，書寫一個正在準備大學考試的高中生對臺灣文學的知與不知：「年少尚未覺醒的他並不思索這些關於文學、臺灣、土地的問題，就像島嶼上的大多數人一樣。大地震隔日，他踩著單車，繞行這一座客家庄山城巷弄。時光悠悠，小鎮幽靜，彷彿什麼災害也不曾發生過。」此篇故事以校園傳來學生朗誦的一首客家詩結尾：「火焰蟲唧唧蟲／夜夜點燈籠／燈籠光吊四方／四方暗……」（詹閔旭 2018：381）。基本上這些故事都奠基於某些歷史文獻，但是並不構成改編關係，而類似一種「重新觀看／想像」（re-vision）和挪用（appropriation）的寫作模式，來與臺灣文學前輩、檔案對話，進而實踐傳承的企圖。「重新觀看／想像」意指以嶄新的眼光回顧，從一個新的角度進入一個舊的文獻而開發它在現時環境裡的作用（Sanders 2006）。這應該比「轉譯」更是適合來理解《百年降生》寫作風法和意義的概念。

　　在以上討論的這些千禧世代作家的作品裡，「傳承臺灣文學」是一個普遍的創作姿態，我們看到「臺灣文學」這個概念透過不同的寫作策略和形式，成為作家傳承與對話的一個重要文學傳統，這是二十世紀的臺灣文學作品極少見的，當時即使偶有類似作品產出，也未蔚為風潮。二十一世紀初的臺灣文壇則不然。我們發現這個世代的作家刻意地、集體地以說故事的方式召喚臺灣文學記憶，攜手合作進行一個以「臺灣文學」為主角的臺灣文化記憶工程。在這之前，臺灣文學創作鮮少與前輩作家對話，臺灣文學有各式各樣與其他文學的互文性，唯獨難見臺灣文學本身不同作家或是不同作品的對話。在千禧世代的寫作裡，「臺灣文學」卻是一個不可忽視的存在。這個趨勢影響所及，甚至連文學史的撰述都有了不一樣的方法。但是，作家以這樣的本土傳承和強烈臺灣主體性主張的新世紀文學革命工程，卻是透過汲取世界文學的資源來進行。

如同張誦聖和詹閔旭所言，千禧世代作家成長於全球資訊流通，資源極其豐富的環境裡，他們的創作所展現的世界感，是探討千禧世代作家寫作不可忽視的面向。

然而，千禧世代作家的世界感其實傳承了臺灣文學二十世紀以來所形塑的傳統，其來有自。臺灣文學的世界感乃是臺灣文學特色，必須放在世界文學空間裡臺灣文學之為小文學的脈絡來理解，而由於這樣小文學的文學資本匱乏，臺灣作家挪用外來文學與文化思潮創造自己的競爭力，標示創新的摩登感，以在臺灣文壇提升能見度，掙得一席之地，這是臺灣新文學自二十世紀初登場之後，百年來形塑的傳統。我認為他們的世界感與前輩作家最大的不同在於對於大眾文化的接收度。另外，如果二十世紀末的臺灣文學對外國文化霸權的有強烈批判，我們在新世紀臺灣文學創作裡看到作家有更多與外來文化霸權「謀和」的嘗試。

新世紀原住民寫作裡的世界感：
巴代、乜寇・索克魯曼、瓦歷斯・諾幹

那麼，自 1980 年代以來在臺灣文壇逐漸發展成軍，被視為臺灣場域的文學生產最代表「在地性」典範的原住民文學又如何？ 原住民作家學者孫大川在 1992 年發表的一篇目前已成原住民文學研究必讀的論著裡這麼說：「思考臺灣後殖民時期或所謂『本土化』的種種問題時，若不將原住民考慮進去，不但會造成嚴重的盲點，而且有將使我們的反省停留在意識形態、歷史詮釋權之爭奪，以及政治鬥爭的層次上，始終無法探入到問題的本質，而失去了它應有的深度」（孫大川 2003：17）。同樣的，在我們討論新世紀臺灣文學世界感的同時，若未將臺灣原住民文學的近期發展納入視野，將侷限了論文探討的深度與廣度。原住民文學有類似范銘如所言的「後鄉土」趨勢，因而在內容與形式上與二十世紀末原運作家的後殖民創作有別嗎？ 張誦聖所提到的全球化文化流動或是詹閔旭的媒介記憶，也反映在新世紀原住民文學創作嗎？

　　我們先回顧二十世紀末以後殖民辯證展現力道的原住民文學。「回歸族群經驗」（孫大川 2003：39-40）、「在抗爭中尋求定位」（浦忠成 2003：111-112）、「藉著文學書寫來控訴被壓迫、被殖民的歷史經驗，因而表現出別於漢人書寫者的『集體記憶』姿態，同時也表現出不同於漢人書寫者的山林海河的人文經驗」（瓦歷斯・諾幹 2003：133），這大致是 1980 年代原住民文學興起之初延續到 1990 年代末的原住民文學基調。瓦歷斯・諾幹 1998 年所發表的原住民文學評論〈台灣原住民文學的去殖民──台灣原住民文學與社會的初步觀察〉鏗鏘有力，主題以去殖民為關鍵概念來討論原住民文學的特色和目標，清楚標示後殖民辯證為理解 1990 年代原住民文學的基礎方法。

　　無論是原住民學者或是漢人研究者的相關研究，多沿此線進行，強調作家的部落書寫，標榜作者對於原住民文化的認同與掌握。董恕明評論當代原住民書寫，認為「不論是達卡鬧、孫大川、霍斯陸曼・伐伐、撒可努、夏本・奇伯愛雅和夏曼・藍波安這些作家，他們都試圖在自己生活的記憶中，寫出部落中人踐履的習俗、制度、規範和祭儀，並藉此重塑部落的文化傳統在現今生活中的價值與意義」（董恕明 2010：140）。長期研究原住民文學的魏貽君認為，從 1980 年代初期到 1990 年代中期，許多原住民作家參與原住民族文化復振運動，可稱為「原運世代作家」，他們「或者透過部落踏查的神話故事採集，或者經由文學想像的書寫創作、歷史反思及社會批判的文化論述，展開自我族群文化主體的敘事策略，企圖尋求族群認同的再發現、文化身分的再建構、歷史記憶的重新編整，進而掀起並帶動不同的各族原住民以漢文、族語或以混語方式參與文學書寫的浪潮」（魏貽君 2013：271-272）。楊翠的研究則凸顯原住民女性文學的特色：「原住民女性書寫的確具有相當鮮明的色彩與訴求，他們一方面以原住民的族群觀點，批判漢人主流社會的文化詮釋權；一方面更以原住民女性的觀點，探討漢人父權文化的性別控制」（楊翠 2018：7）。陳芷凡以學位論文為研究對象，發現 1980-2017 之間共有 177 篇碩博士論文以原住民議題為主題，也多以「邊緣發聲」

的角度，探討原住民族主體與文化復振的課題（陳芷凡 2019）。

　　原住民文學的另一個特色，即是標示原住民文化異質不可譯性的漢語書寫模式。原住民作家常在漢文書寫裡置入具有原住民文化異質的詞彙，或是諸如以「太陽被黑雲趕跑的那一天」替換漢語中慣用的「陰天」等等（瓦歷斯‧諾幹 2003：143）。自 1980 年代初以來，這已被視為原住民文學語言的一大特徵。長期研究原住民文學的 John Balcom 曾翻譯原住民文學作品，由哥倫比亞大學於 2005 年出版。這是截至目前為止最重要的一本臺灣原住民文學的譯介。他在序裡指出原住民文學的幾個特點：內容上往往以身分認同為關切重點，同時也表達對原住民原有文化逐漸消失的憂心（Balcom 2005）。他特別指出原住民作家的漢語往往受到原住民表達的干擾而增添不少閱讀和翻譯的困難度。有些作家的創作甚至漢文的字面意思和作者想表達的意思恰恰相反，到底這些不符漢文文法的表現是一種有意識的顛覆，或其實是一種語言的重組（"One wonders to what extent the violations of Chinese grammar are a conscious subversion or in fact a remaking of the language"）（Balcom 2005: xxi）難以判斷。陳芷凡則以奧威尼和巴代的混語書寫為例，指出原住民作家的世代差異，對於奧威尼而言，創作無疑是個腦譯的過程，而巴代的創作則展現流利的漢語邏輯（陳芷凡 2014）。

　　換言之，二十世紀最後二十年異軍突起的原住民文學，具有高度後殖民思維，強調重返部落，透過書寫搶救原住民文化，對於漢人文化和語言強加於原住民的象徵性暴力，表達強烈的批判。相較之下，二十一世紀的原住民文學對於外來文化的態度似乎有了微妙的轉變，原住民文學似不再強調原汁原味的書寫，而本文所說的世界感也透過不同的形式出現。黃心雅以跨文化的角度研究夏曼‧藍波安的作品，認為此位原住民作家的書寫應該放在一個太平洋原住民文化的「海洋詩學」來解讀（H. Huang 2014）。她認為二十一世紀的原住民文學往往展現一個全球和跨文化的視野，因為作家書寫的主題也包含了生態和現代化、全球化等議題（H. Huang 2013）。與夏曼‧藍波安寫實主義取向的創作相較，

布農族乜寇・索克魯曼的《東谷沙飛傳奇》（2008）、卑南族作家巴代的《巫旅》（2014）以另一種形式展現新世紀原住民文學的世界感。《東谷沙飛傳奇》裡充滿魔法、精靈、妖魔鬼魅的原住民傳說世界，以及《巫旅》的時空穿越和樹靈大會，與原運世代作家的作品所展現的原住民文化氛圍明顯不同。乜寇・索克魯曼在《東谷沙飛傳奇》的序裡提到，風靡全球的奇幻電影《魔戒》對他的寫作有相當大的影響，《東谷沙飛傳奇》的立意即在書寫一部以布農族神話傳說為主要題材的《魔戒》。

　　巴代在本書附錄〈襲用或巧合？——巴代小說的奇幻物語〉這篇創作自述裡提到，他的巫幻小說除了以大巴六九部落巫覡文化為底，並融入臺灣民間神靈信仰的元素之外，也受到電影《哈利波特》、《魔戒》的啟發，更特別指出小說《巫旅》裡「一群樹精或樹魂開會或打架，則是採用電影與小說《魔戒》的效果」。[5] 除此之外，時空穿越固然是卑南巫族文化的一種能力，但是他在小說寫作時「參考日本動畫《犬夜叉》的構想，設定一個穿越點，讓主角進出。」相較於二十世紀出道的原住民作家，巴代、乜寇的世界感更展現挪用大眾文化元素、取經全球流行文學或文化之後的形式技巧實驗，他們訴說原住民文化的方式，和本章上節所討論的千禧作家創作可互相參照。這是否意味原住民文學對於外來文化，不再視為強勢入侵的壓迫，反可能是可以挪用來開闢原住民文學再生之道的資本？

　　我以瓦歷斯・諾幹 2000 年之後的寫作為例，以另一個角度來探討這個問題。這位原住民作家本身為原運世代之代表，創作歷經數十年，而且其整體作品無論質、量均為臺灣原住民作家之翹楚。我們看到作家創作的轉變所涉及的幾個原住民文學研究複雜的議題。我聚焦於底下幾個文本：2014 年的小說結集《戰爭殘酷》、2016 年的散文集《七日讀》、以及兩本看似漢字教材的《字字珠璣》（2009）、《字頭子（上下）》

5　非常感謝作家巴代同意授權把此篇創作自述納為本專書之附錄。巴代這篇創作自述為研究當代原住民文學的重要文獻。

（2013）。就原住民文學發展和作家本人的創作歷程而言，《戰爭殘酷》和《七日讀》最重要的意義應該是從部落書寫到跨國視野的展開。而就原住民創作的特色而言，瓦歷斯・諾幹透過《字字珠璣》和《字頭子（上下）》的撰述，不僅展現他對於漢文學傳統的掌握，也提出「溫柔的漢文」說法，重新探討原住民文學語言的問題。這個語言姿態，與作家原運時期把漢文字視為文化霸權，強調其象徵性暴力背道而馳。除了以統獨議題來詮釋作家對於漢文態度的轉變，是否其中有更值得探討的了解臺灣原住民文學的方法？

　　《七日讀》基本上依然以部落為主要場域，但是作家的視角透過閱讀從本族的種種課題延伸到不同時空裡其他弱勢社群的苦難。開場文章〈七日讀〉敘述作家透過閱讀美國作者狄布朗的《魂斷傷膝澗》、《明尼蘇達歷史》、福克納小說、定居美國的澳洲作家彼得凱瑞《雪梨三十天》等書，看到不同國家原住民所遭受的欺壓與迫害。最後一篇文章〈周而復始〉同樣以七日作為結構，呈現加薩走廊難民生命如螻蟻的情境。災難周而復始，在不同的時空裡出現，如何終止人類災難的循環？這是此書的議題。同樣的跨國視野帶出以人權為主要思考的世界感，也貫穿《戰爭殘酷》。瓦歷斯・諾幹二十世紀的創作以詩和散文為主，這兩個文類（特別是散文）通常以作者的觀點，呼應當時原住民文學強調透過自傳的「我」奪回原住民主體，也暗示原住民作家筆下原住民苦難的真實性（孫大川 2013）。《戰爭殘酷》以小說形式展開一篇篇戰爭的故事，不僅訴說泰雅族的家族史，也想像車臣獨立、赤棉統治、賴比瑞亞內戰、寮國生化武器等等殺戮戰場的災難與苦難。

　　陳芷凡論原住民文學，指出「我是誰」的叩問乃原住民文學的核心問題，也是瓦歷斯・諾幹《想念族人》和《戰爭殘酷》反覆所辯證的問題（陳芷凡 2018：170-171）。但是，我認為在《戰爭殘酷》中作家採用小說的形式，著眼的與其說是「我族」的主體性建構和發聲課題，更以超越時空地理的視野，看見世界其他各處「他者」的苦難。小說的形式讓「想像他者」的倫理行為得以進行。〈老人波博〉這篇小說以在紅色

高棉大屠殺和柬浦寨近代史裡扮演重要角色的波博為主角，透過老人波博的觀點，敘述小時候這位膽小溫順見到家裡殺雞就躲得遠遠的小男孩如何成為共產主義信仰者和殘酷的統治者、屠殺者，造成柬埔寨歷史上最不堪回首的傷痛記憶。〈黃雨〉則是以散文體內夾一個來到臺灣參加亞洲原住民族權利論壇的寮國少數民族松查布拉曼所說的故事，呈現寮國許多老百姓如何遭受莫斯科噴灑一種形如黃雨的致命化學武器，導致全身蛻皮而死，以及說故事的松查布拉曼如何試圖蒐證，解開黃雨的祕密，逼迫聯合國原住民事務委員會進行相關調查。故事後面不僅附有寮國簡史，另有一則聯合國大會於 1971 年通過的《禁止生物武器公約》。〈小綠人〉則透過一個 BBC 白人女記者之口，見證賴比瑞亞游擊隊和政府軍內戰中產生的一種特殊軍種——年齡在六到十五歲之間，殺人不眨眼，把砍下來的敵人頭當作足球來嬉戲的娃娃兵。《戰爭殘酷》裡的十八篇故事敘述世界各地不同時間和空間裡進行的戰爭的殘酷。瓦歷斯・諾幹的這些近作呈現的世界感，並非試圖與全球文學思潮接軌，而是貼近一種世界公民倫理責任的角度，探討人類災難的蔓延與循環。原住民作家不再以「我」與「我族」為唯一專注的主題，而在書寫中浮現其他苦難的他者的身影。

　　瓦歷斯・諾幹這個視角的轉折，或可放在魏貽君在其專書《戰後台灣原住民族文學形成的探索》裡提到的「第四世界文學」這個概念底下來探討。把原住民文學放在「第四世界文學」這個較大脈絡裡來界定，最先由巴蘇亞・博依哲奴（浦忠成）提出，他引用加拿大原住民族領袖 George Manuel 在 1974 年提出的看法，「第四世界」乃是「各國境內被剝奪了原有土地與財富的原住民後代，涵蓋了包括北美洲和南美洲的印地安人、伊紐特人、沙米人、和澳洲籍非洲、亞洲和大洋洲的原住民等」（Manuel 2007: 466）。魏貽君則認為，由於「第四世界」的原住民作者使用的語言不同，溝通不可能使用自己的語言，而如企圖以「流暢的國際語言」作為連結，向世界發聲的管道，涉及的挑戰不僅是能否做到的問題，也極可能複製漢語對原住民語的象徵性暴力（魏貽君

2013：70-71）。[6]全球原住民和「第四世界文學」作家如何溝通的語言問題，如魏貽君所言，問題重重，但是，從瓦歷斯・諾幹近期作品的跨國思考所展露的世界感而看，這個「第四世界文學」的概念確實能讓原住民作家以不同於以往的思考模式來探討我族的問題，以及「我族」與他者的連結。只是雖有這樣的眼界，原住民作家的這些想法如何輸出，如何能在「第四世界」裡產生回響，確是難解的挑戰。

　　除了在內容思考架構上從後殖民式的抗拒轉向跨國連結之外，瓦歷斯・諾幹對於漢語的態度的轉變特別值得注意。《戰爭殘酷》和《七日讀》的漢文非常精緻流暢，原運時代混語的姿態大為減低。舞鶴注意到巴代的漢文流暢，乃是以漢文思考的創作，原運世代作家瓦歷斯・諾幹近期寫作更特意展現他的漢文功力。且引一段《七日讀》裡〈世界正萎縮成一顆橘子〉描述他和夏曼・藍波安到日本與日本文學界交流的情形為例：

> 我們以為我們帶去的臺灣原住民文學的圖像正在穿透地域、種族與國家的硬石板，但是當各種詰問像一支支歷史的箭緩慢逼近被殖者的靈魂時，我們知道我們正是以一頁一頁殖民想像的面貌被檢查著，彷彿原住民文學就必須是人類學殿堂收藏、整理、歸類、編檔的「那種」百年圖像才是「真實」的原住民文學，因而海洋民族的文學就「必要是」航行海洋文化，因而山林民族的文學就「必要是」刻鏤大山文化，因為除此之外就無以「彰顯」、「確認」、「標定」原住民文學。原住民文學一方面因為「原住民」的特質而備受矚目，卻也因為「原住民」的人類學式檔案而限定了可能飛向寬闊天空的欲望。因為大家看到、看重、想看的就僅僅是傳說中的原住民，而不是文學。

6　魏貽君這個對於臺灣原住民文學作為「第四世界文學」的看法一針見血，指出此類小文學聯盟無可迴避的問題。他的看法切中問題所在，回應了本書第六章所提黃錦樹「南方世界華文文學」主張的小文學結盟芻議。

（頁 209-210）

　　此處漢文字之流利優美，與作家在其原運時代主張原住民文學以混語書寫打亂漢文敘述邏輯，大不相同。

　　展現瓦歷斯‧諾幹掌握精準漢字能力以及對於漢文學傳統經典熟稔度的莫過於《字字珠璣》和《字頭子》。我認為這兩部著作應該放在原住民文學漢文使用的相關辯論以及作家本身創作的歷程裡來探討其意義，而非只視為兩部辭典或是語文課程的教材。《字字珠璣》針對報紙社論專欄副刊文章、乃至知名作家作品裡的錯別字一一勘誤：根深柢固不該寫成根深蒂固、強詞奪理而非強辭奪理，乃至日常生活的雨過天青非雨過天晴，滷肉飯不是魯肉飯。瓦歷斯‧諾幹在《字字珠璣》展演他的漢文字的駕馭能力遠超過許多以文字為生的專家作者，而《字頭子》則從現行字典的 214 個部首出發，引經據典，詳細解說漢字的源流及意義，進一步「證明」他的漢文功力。《字字珠璣》請國語日報社董事長黃啟方作序（2009：3-4），《字頭子》則由知名中國古典詞曲專家曾永義（2013：6-9）和臺大中文系教授兼語文中心主任徐富昌（2013：10-12）所撰述的兩篇序文開場，三位中文界大家的序文皆肯定這位原住民作者對於漢文的用心和精準掌握，隱然扮演了「驗證」的角色。瓦歷斯‧諾幹在《字字珠璣》的〈前言——文字的眼神〉裡以一句話收尾，希望這本書可以為讀者帶來「每一個文字散放的溫柔的眼神」（瓦歷斯‧諾幹 2009：4），耐人尋味。

　　從原運時期視漢字為暴力的壓迫，到二十一世紀看到漢文字溫柔的眼神，這個語言態度的改變，值得再三推敲。我認為「溫柔的漢文字」之說，顯示原住民作家瓦歷斯‧諾幹不再以對抗的姿態看待漢文字，而選擇精準使用漢文字，藉此暗示原住民作家的漢文書寫之所以不符漢文邏輯，並非不能，而是不為。不僅如此。看到漢文字的溫柔而非暴力，並致力於其鑽研、勘誤和傳播，是否意味對於漢字的認同，把它視為作家創作的語言？作家在引經據典，強調文字「歷久彌新」、「文字也提供

了神祕的召喚」的前言裡，透露了對於漢文字的孺慕之情。這個轉折似乎呼應楊牧在〈台灣詩源流再探〉所主張的視漢文字為己有的態度。楊牧認為臺灣現代詩「有一種肯定人性、超越國族的世界感」，之後筆鋒一轉，強調臺灣文學創作應「勇於將傳統中國當作它重要的文化索引，承認這其中有一份持舊的戀慕，以它為文學創作的基礎，提供文字、意象，漢典故，乃至於觀察想像的嚮導。我們使用漢文字，精準地，創作台灣文學」（楊牧 2005：180）。

　　我也認為瓦歷斯・諾幹近期著作漢語使用的轉折，應與本文所引的〈世界正萎縮成一顆橘子〉裡他所表達的看法參照來思考其意。在那段描繪原住民作家與當代日本讀者相逢的場景裡，作家意識到原住民文學落入刻板的、人類學式的禁錮；原住民文學應有一個特定的寫法，必須彰顯、確認、標定某一種「原住民」的特質。他提醒：「你要看的是『原住民』文學還是原住民『文學』？同樣的，我族也要思考我們要呈現的是『原住民』文學還是原住民『文學』？」（瓦歷斯・諾幹 2016：210）依照作家的看法，「『原住民』的人類學式檔案」限定了原住民文學「飛向寬闊天空的慾望」（瓦歷斯・諾幹 2016：210），顯然他希望的「穿透地域、種族與國家」的具有世界感的原住民「文學」，必須打破逐漸形成的原住民文學刻板套式和窠臼。而文學語言的使用，既是一般讀者辨識、認知原住民文學的方式，那麼，具有世界感的原住民「文學」應該重新思考原住民與漢文的關係。

　　林芳玫研究巴代的歷史小說，認為在語言的使用上，巴代「擱置了族語的呈現，以更加流暢的主流和與書寫，呈現駁雜的原住民歷史與文化」，而在敘述觀點的使用上，打破原住民文學以單一的「我」為發言位置，而創造了多重觀看視角來呈現原住民、日本人、和人在歷史情境中的相逢，探問「人與人之間的了解如何可能？」（林芳玫 2021：31）。從這個觀點來詮釋上述瓦歷斯・諾幹新世紀以來寫作上的一些轉向，顯然原住民作家對於何謂原住民文學，無論在寫作內容或是語言形式美學上，都反映了深刻的我與他族關係的探問。

小結

　　探討新世紀的臺灣文學創作，有兩個研究課題值得繼續觀察：一者為當臺灣文學作家和原住民作家充滿在地文化特質的在地書寫，其實透露了臺灣文學創作傳統裡一個較少討論的議題：臺灣文學的世界感。分析創作裡的世界感的複雜意義和臺灣文學作為世界文學空間裡的小文學所涉及的課題，是新世紀臺灣文學研究的一個重要課題。另外一個議題則是臺灣文學與其他文學（包括世界文學、漢文學傳統）的關係：當臺灣作家面對強勢文學／文化時，以謀合取代對抗，究竟是一種收編，或是開發了臺灣文學的空間？本章的討論初步示範這兩個課題如何帶出不同於以往的臺灣文學思路與視角，下一章繼續深入探討。

第四章
臺灣作家的世界文學之路

"How to explain why the happy few make it while the rest, albethey no less esteemed at home, do not?" —— Johan Heilbron

小文學作家的世界之路

如同前面幾章所言，世界文學並非世界上所有文學的總和，因此並非所有的臺灣文學作品皆為世界文學，我們認為好的臺灣文學作品不見得可成為世界文學作品，而有翻譯的臺灣文學作品也並不必然是世界文學作品。這個認知非常重要，因為唯有清楚定義何謂世界文學的臺灣文學，我們的研究議題才能設定，也才能在清楚共識的前提下進行討論。容我不厭其煩再重申本書採用的 David Damrosch 對於「世界文學」的定義：世界上所有文學的總和統稱為「文學」而非「世界文學」，「世界文學」一詞特指可以超越國界，在世界各地旅行並且在其他國家的文學系統裡有所活動，能夠吸引其他文化的讀者閱讀的作品。

對於不以世界文學領域裡主流文學語言寫作的作者而言，翻譯是成為世界文學作家的必要條件，但是有翻譯並不表示有讀者，也不表示即可晉身世界文學作家之列。根據 Gisele Sapiro 對於全球書市的研究，世界文學的主要語言為英文、法文、德文（Sapiro 2014）。在 2014 年

他發表論文時，1990 年代全球翻譯書的版圖裡，原文英文書的外譯出版約占所有翻譯書的 60%，法文原文的外譯約 10%，德文原文的外譯占約 9%，俄文、義大利文、西班牙文各有約 2.5-2.9% 左右的比例，其他語種的外譯加起來則占 14%（Sapiro 2014）。Johan Heilbron 2020 年的研究論文則指出，2000 年以來書籍的翻譯大約有 60% 原文為英文，德文和法文則各約 10%，其他的語言都各不到 1%（Heilbron 2020）。兩位學者的研究相隔約 10 年，但所呈現的語種翻譯結構改變不多，原文英文、法文、德文的書籍被翻譯成其他語文的比例遠超過其他語種，這三種語言堪稱國際語言。兩位學者論文中具體的統計數據也支撐 Casanova 在她重要的世界文學理論裡的看法：世界文學是個結構不對等的空間，即使全球使用華文的人口相當多，華文在世界文學領域裡依然非主流語言，必須透過翻譯才能進入世界文學空間，且所占比例甚低，華文文學也因此不算主流文學，而是以小文學的姿態來與其他文學競爭（Casanova 2004）。在 Casanova 所說的世界文學空間裡，小文學作家要獲得國際注意力和打造文學品牌特別辛苦，因為他們的文學資本遠不如使用主流語言的作家。中國作家姜戎在中國境內暢銷超過四百萬本的《狼圖騰》外譯引起的回響卻遠不如預期，便是一個顯著的例子（McDougall 2014）。

　　如同本書第一章裡所提到的，吳明益是臺灣當代極少數在華文文學圈之外獲得國際讀者注意的作者，也是唯一獲得深具威望的 International Booker Prize 提名的臺灣作家。在世界文學空間裡，連中國文學都位居小文學的位置，臺灣文學則是超小文學，邊緣的邊緣。臺灣作家的世界文學之路，何其遙遠而辛苦。吳明益的例子，是否可以給所有有志於放大讀者群，走出臺灣文學圈而與國際讀者對話的作家，以及研究相關議題的臺灣文學研究者一些啟發？這是本章主要的研究課題。

　　在第一章裡，我們提到小文學作家有四個障礙必須克服：文學資本匱乏、落後、遙遠、能見度低。我們或許不服氣，但是從世界文學中心主流觀點來看，臺灣文學卻相當符合這四個小文學的特色。所謂的文

學資本是甚麼？根據 Casanova 的說法，文學資本就是作家在文學競賽時，都希望擁有而用以創造本身利基的籌碼（Casanova 2004: 17）。文學語言是最重要的文學資本，因為語言的使用和展演關乎作品的「文學性」（literariness），而一種語言是否被視為具有文學性，與此語言背後的文學傳統有密切關係（Casanova 2004）。掌握世界文學認可機制的文學中心有一些對於文學性的指標，包括文學的年紀、文學作品的多寡，有多少作品受到國際肯定、有多少作品被翻譯為其他語種而在其他國家裡擁有讀者群等等（Casanova 2004）。臺灣作家在國際場域與其他國家的作家角逐國際讀者和文學獎評審的注意力時，文學資本相對匱乏，因為我們使用的華文並非世界文學的主流語言，而臺灣文學也相對年輕，翻譯成外文且廣受注意的臺灣文學作品也少。所謂的「落後」，包括作品的內容與美學技巧的呈現是否符合文學中心所定義的「摩登」，而摩登其實就是作品是否呼應文學中心流行的文學時尚（Casanova 2004）。

小文學作家在世界文學空間裡參與國際競爭時，必然感覺到他與中心時尚的距離和壓力。不同文學系統有不同美學標準、品味和運作機制，華文文學在世界文學的小文學位置，從張愛玲在兩個文學系統裡位置的懸殊，可見一斑。眾所周知，張愛玲在華文小說界享有盛譽，學者張英進甚至以「超經典」來形容她在華文文學裡的地位（Zhang 2011）。但是即便張愛玲透過種種努力，希望晉身世界文學作家之列，卻挫折連連，始終未能如願。她用英文創作了六本英文作品，本身具有英文能力，不需翻譯，加上她在華文文學界的人脈與聲望，資本相較於其他華文作家堪稱優渥，然而她的種種努力依然落空，未獲英文讀者和書評家青睞，世界文學界對她的作品反應冷淡（Hoyan 2019）。學者 Julia Lovell 認為張愛玲終身無法圓其世界文學之夢，是個值得注意的案例（notable failure）。想要在華文文學界之外建立文學聲望，一個關鍵在於作品是否可因應國外新的文化環境和本國的差異（Lovell 2010）。在華文文學界鼎鼎大名，備受推崇，也有能力以主流英文寫作出版其作品的張愛玲尚且遭遇如此挫折，可見中國文學／華文文學作家在世界文

學領域裡的小文學位置，也清楚顯示小文學作家世界文學之路的艱困。

　　Casanova 以 1990 年獲得諾貝爾獎的墨西哥作家 Octavio Paz 的獲獎感言為例，說明小文學作家透過文學中心觀點來看自己時，所感受的落後、遙遠的壓力：身在墨西哥小鎮的 6 歲的他，突然發現自己心滿意足且自得其樂的世界，原來距離紐約、巴黎、倫敦的文學世界那麼遙遠，原來那些西方都會才是世界的中心，那裡所發生的一切才是世界的「現在式」，而位於墨西哥的他，他的位置多麼不利（因為遙遠），多麼「落後」（因為所有的標準由那些都會中心來定義），他必須設法縮短、取消與中心的距離，甚至超越其所設定的標準，才能進入世界文學的「現在」（Casanova 2004）。只有當他克服這些問題時，他才有可能被看見。小文學在世界文學空間裡能見度甚低。我們常說臺灣文學與世界的對話，其實多數時候「對話」是不存在的，只有單向的世界文學輸入，世界文學作家和讀者鮮少看到臺灣文學或是臺灣作家。

　　Johan Heilbron 認為小文學作家的世界文學之路通常有三個階段，很少作家成功抵達第三個階段而成就其世界文學之名。第一個階段，作家通常在政府所贊助的國際文化活動裡以該國文學代表的身分出現。在這一階段，引介作家的要角通常是和該國關係密切的人。臺灣政府長期資助的臺灣文學外譯計畫、臺灣文化部或是外交部在國外舉辦和資助的種種臺灣文學活動、在國際書展（如法蘭克福國際書展）推薦特定臺灣作家，以及王德威教授與齊邦媛教授共同策劃而由蔣經國基金會出資的哥倫比亞大學書系 *Modern Chinese Literature from Taiwan* 可說是這一個階段的代表。在第二個階段，主要的守門人為國外不熟悉作家本身文化的人，包括出版社、編輯、書評家，這些人掌握作家國際聲譽和形象打造的大權。例如，李昂的英譯版《殺夫》在 1983 年出版時，當時西方女性主義反省白人中心的思潮正熱，以《紫色姐妹花》獲得美國普立茲獎且積極介入女性主義論述的非裔美國作家 Alice Walker 為《殺夫》撰

寫推薦語，提升了李昂這篇作品的國際文學聲譽（Chiu 2018）。[1] 著名的科幻小說家 Ursula Le Guin 為吳明益的《複眼人》背書，則是另一個明顯的案例。此外，如國際知名出版社購買作家版權或是如我下文將討論的，作品在國際書市受到好評，都是作家在這一階段是否可以通過關卡的重要指標。這個關卡也是作家在國際建立其名號，跨越本身國家地理疆界而引起國際注意的重要關卡（Heilbron 2020）。第三個階段作家功成名就，獲得重要國際文學獎項而奠定其國際間文學地位。這是世界文學的殿堂。基本上這是小文學作家世界之路的歷程。能夠過三關而成功抵達最後一個階段的作家少之又少，對小文學作家而言尤其困難。以國際文學獎而言，華文教學與研究有個全球的網絡，和 Heilbran 所研究的作為小文學的荷蘭文學作家的例子或有些不同。荷蘭文學和許多小文學一樣，應該沒有以荷蘭文為寫作語言的國際性文學獎項，但是華文文學界則有紅樓夢獎、Newman Prize for Chinese Literature 等國際獎項，成為各國華文作家角逐超越本國文學圈認可的場域。但是，由於評審多為漢學研究者，這樣的華文文學獎究竟該屬於 Heilbron 所提的三階段認證的第一階段或是第二階段，則難以決定。

　　吳明益的世界文學之路之所以特別值得研究，乃因通過這三關，而且超越國際漢學領域而獲得全球讀者注意的臺灣作家極為稀少。本章從幾個面向來探討這個課題。一、國際讀者接收情形：有翻譯不見得有讀者，何以確定吳明益的作品受到國際矚目，有可觀的國外讀者？除了 International Booker Prize 這個文學獎的意義之外，我以國際讀者平臺 Goodreads.com 來探討讀者對於吳明益作品的接收與評價。二、作家本身的創作究竟有何特質，得以創造他在國際文學場域裡競爭的利基？

1　Alice Walker 為《殺夫》撰述推薦語如下：*"The Butcher's Wife* offers not a single evasion or pretense about the reality and pervasiveness of sexual oppression. Li Ang has written this book with the dedication of a daughter and the responsibility of a woman." https://www.cheng-tsui.com/browse/literature/the-butchers-wife-and-other-stories/the-butchers-wife-and-other-stories?id=19127。

我就主題內容和美學技巧這兩個層面來探討這個問題。我認為吳明益的環境關懷和魔幻寫實形式是關鍵。三、除了作家作品本身，作品的國際行銷推廣也是重點。一個世界文學作家的打造，並非單靠作者本身或是作品的優秀即可完成。作家的世界文學之路需要許多人相助，包括出版社、文學經紀人、翻譯者、書評者等等。這些活躍於國際文壇的人協助作家爭取資本、形塑作家的國際文學形象（Goldblatt 2004, Yan & Du 2020, McMartin 2020, Sapiro 2014, Sapiro 2016, Heilbron 2020）。Gisele Sapiro（2016）特別指出這個問題需要納入考量的四大面向：政治、經濟、文化與社會因素。一個國家的文學外譯和文化行銷政策、國際書市的商業機制、文化產品超越政治與經濟的特殊因素（美學與文類，我們將在下文闡述）、以及社會因素。我將於下文探討 Sapiro 所提到的這些面向。本章以 Johan Heilbran 提出的關鍵問題作為最主要的課題：「我們到底該如何解釋這群少數的作家何以成功，而其他在作家國內同樣受到肯定和看重的作家何以不能？」

世界文學作家吳明益

　　Kenneth S. H. Liu 在一篇討論臺灣文學英譯的論文裡提到，臺灣文學英譯通常都是由大學出版社或是小商業出版社出版。透過王德威的影響力，由蔣經國基金會贊助在哥倫比亞大學設立的 *Modern Chinese Literature from Taiwan Series* 是前者的代表，李昂的《殺夫》由 Howard Goldblatt 促成，由舊金山的獨立出版社 North Point Press 在 1983 年出版則是後者的代表。大學出版社的出版，主編者常從作品具有多少臺灣文化代表性的觀點出發，但這些作品不見得可獲得國外讀者的共鳴。哥倫比亞大學出版社書系中挑選了蕭麗紅的《千江有水千江月》，但這本書的英譯本送審後，審查者表示看不懂，無法理解小說主角的世界觀或是她的愛情。然而，此書系主編之一的齊邦媛教授堅持出版：因為這本書有其文化代表性（K. Liu 2006）。被視為臺灣文學重量級的

著作的《寒夜》也遭遇同樣的問題，出版幾乎停擺。國際知名漢學家 John Balcom 後來銜命為此書撰述了一篇非常長的導論，介紹臺灣的歷史和族群文化（K. Liu 2006）。Pei-yin Lin 討論此書的英譯，指出《寒夜》英譯版大幅濃縮原文的篇幅，大約只翻了原文的三分之一，而李喬以中文夾雜日語、福佬語、客語和原住民語來標示臺灣特色的混語也未在英文裡呈現，以降低此書對國外讀者的難度，讓「可讀性」高一點（P. Lin 2019）。設立臺灣書籍國際櫥窗 Books from Taiwan 的譚光磊在 2017 年接受訪問時指出，英文的書市是最難打入的市場，美國一年的出書中只有 3% 是翻譯的書，可見翻譯書在美國市場的比例之低（Chen 2017）。

　　由於臺灣文學外譯長期在國際讀者市場裡如此的困境，吳明益的《複眼人》2011 年在法蘭克福國際書展中成功售出版權，由知名國際商業出版集團 Penguin Random House 底下的 Harvill Secker 出版，別具意義，並被視為臺灣文學外譯的里程碑（Chiu 2018, P. Lin 2019）。如我一再重申，有翻譯不見得有讀者。作品的流通問題乃是世界文學一個核心課題。以往的研究很難得知作家的作品到底國際讀者反應如何，我們通常只能透過書本的銷售量來揣測。近年來，由於網路的興起，數位平臺紛紛設立供讀者按讚和作品評分的機制，開闢了新的研究方法。這屬於數位人文的研究方式，以數據（data）取代傳統文學批評以作品細讀為主的詮釋。我們採用全球讀者數位平臺 Goodreads.com 上所提供的數據，比較全球讀者對於吳明益和其他華文作家作品的回應，來了解一位作家所得到的國際回響，這應該是相對客觀的研究方法。但是此研究方法必須注意數位人文研究結果具有不穩定性，此因數位記錄的數據會因時間的推演而變化。以下的討論以 2021 年 12 月 2 日所擷取的數據為本：

圖 4-1　吳明益作品的國際回響情形

圖 4-2　吳明益作品的國際回響情形（接續上圖）

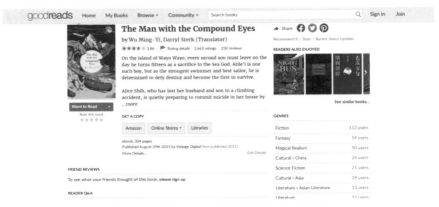

圖 4-3　複眼人的國際讀者評分和留言

　　在前面兩 Goodreads.com 有關吳明益作品讀者評分的截圖裡，我們可看到 The Man with the Compound Eyes（《複眼人》英譯版）所獲得的國際讀者回響居冠，有 1663 個讀者評分，超過吳明益獲得布克獎提名的 The Stolen Bicycle（《單車失竊記》）（1166 個讀者評分），而有英譯版的這兩部小說又遠超過中文原版的《天橋上的魔術師》（292 個讀者評分）、《苦雨之地》（119 個評分）、《浮光》（32 個評分）、《睡眠的航道》（37 個評分）、《家離水邊那麼近》（11 個評分）、《蝶道》（14 個評分）。

　　研究這些數據，我們得到幾個重要訊息：第一、有英譯的作品遠較中文原版獲得更多全球讀者的注意。第二、有日譯的《天橋上的魔術師》（2015 年日文版出版，獲 2016 年日本本屋大賞翻譯小說第 3 名）回響不多，顯示世界文學領域裡英文當道，遠較其他語言更能吸引全球讀者對作品的注意力，提升作者的國際知名度。第三、吳明益最為國際讀者青睞的兩本英譯本均為長篇小說，也顯示這個文類在世界文學裡最受歡迎，也最有旅行力。但是，這些數據的意義，還有進一步詮釋的空間。The Man with the Compound Eyes 有 1663 個讀者評分，230 筆讀者留言評論，究竟是多是少？

　　我們在第一章裡曾以其他華文文學國際獎項裡的獲獎作家諾貝爾獎得主莫言、以及獲得紅樓夢獎首獎、Newman Prize for Chinese Literature 和入圍 International Booker Prize 的王安憶、閻連科作為參照回答這個問題。莫言有諾貝爾的光環，他的《紅高粱》國際回響情形有超過 6000 個讀者評分和 770 筆左右的讀者留言，超過吳明益的讀者評分與留言。但是，我們必須注意到莫言的國際聲望，除了諾貝爾獎的加持之外，張藝謀改編的《紅高粱》在 1988 年獲得世界三大影展之一的柏林國際電影節「最佳劇情片」首獎，為莫言的國際文學之路鋪路，也是不可忽視的原因。有關文學跨媒介的連結對於文學傳播的影響，我們將在接下來的章節裡進一步討論，此處暫且不深入闡述。相較於有張藝謀國際影展大獎電影、眾多國際漢學家豐沛人脈與資源，以及諾貝爾獎

光環加持的莫言，吳明益獲得的國際讀者注意力當然比不上莫言，但是 *The Man with the Compound Eyes* 國際讀者回響情形，卻勝過曾獲得華人文學獎紅樓夢獎首獎、Newman Prize for Chinese Literature、並入圍 International Booker Prize 的兩位中國作家：王安憶和閻連科。這些數據的意義特別值得探討。

在國際競爭裡，中國作家相較於其他華文文學作家有更多的優勢，因為在國際漢學領域裡，中國文學為主要研究教學對象，中國作家有這些國際漢學界學者所構成的優渥國際網絡資源來協助推廣，臺灣作家則沒有。我在第一章裡提到，*MCLC* 作為一個國際華文文學學術研究平臺，其規劃的影像演講中中國文學有 50 篇，而臺灣的篇章只有 7 篇，顯示國際漢學界裡中國文學研究者眾多且觸及的中國作家也多，從晚清以來以迄當代文學，有非常完整的論述。而國外臺灣文學的研究者則非常少，從 2000 年來 *MCLC* 上所刊登的臺灣文學相關研究文章篇數來看，也印證這個觀察。在作家的國際引介過程中，專家的介紹和背書相當重要。Goodreads.com 所呈現的幾位作家的數據，必須放在這樣的脈絡下來了解其意義和吳明益的成就。除了 International Booker Prize 入圍的肯定，Goodreads.com 上的具體數據證明吳明益的作品有廣泛國際回響，他的作品毫無疑問是旅行到各地的世界文學。

障礙一：文學資本匱乏

那麼，吳明益是如何克服 Casanova 所說的小文學的四大障礙，而成功進入世界文學作家之列？他如何回應小文學作家文學資本貧瘠的問題？我認為吳明益作品的一大特色，便是在創作中與世界文學名著形成稠密的互文性，這是他克服臺灣文學作家資本匱乏的一個成功的策略。所謂的文學性，除了作家對於文字的掌握，另外一個凸顯作家本身作品「文學性」的方法，則是作品與文學傳統、經典的對話。這是文學作品「用典」的功能：展現作家的文學專業知識——也就是作家對於文學

傳統的熟稔度，這是作家被同儕視為圈內人、創造其文學資本的有效路徑。

　　臺灣作家以世界文學為資本的做法，與臺灣特殊的政治地理文化環境有關。吳明益生於 1971 年，他成長在臺灣戒嚴的年代，許多臺灣文學以及中國作家的作品都因政府對於出版和媒體的嚴格管制而不在市面上流通，國外的文學反而成為他精神的糧食。他在 2019 年一次訪談中提到：「當我大量透過閱讀來精進我的文學之道時，影響我最深的是當時志文出版社和桂冠出版社的世界文學名著系列。中文文學對我反而影響甚少」（Wu 2019，筆者中譯）。換言之，由於臺灣戒嚴的特殊文學環境，世界文學成為吳明益的取經對象，這反而造就了他創作的世界感：在他的作品裡，我們看到作家旁徵博引，不僅展現他作為一個自然書寫和環境文學的作家對於自然科學環境知識所下的工夫，也讓讀者看到他廣讀群籍，遊藝於世界文學殿堂的寫作姿態。我們在第三章討論臺灣文學的世界性格時即指出，這是臺灣文學的一大特色，背後其實深烙著小文學的印記。

　　吳明益雖然早期有些短篇小說創作，但是真正讓他在臺灣文學圈樹立其獨特標誌的卻是他的自然寫作，2000 年的《迷蝶誌》和 2003 年的《蝶道》堪稱其自然書寫的代表。他的博士論文《以書寫解放自然：臺灣現代自然書寫的探索》在 2004 年出版，這些創作與研究很快地就奠定他作為臺灣自然寫作作家的地位。如同 1960 年代的現代主義、1980 年代初的後現代主義和魔幻寫實，自然寫作源於西方，在 1980 年代初引進臺灣，早期的實踐者不少，包括劉克襄、陳冠學、心岱、孟東籬、陳列、陳玉峰、洪素麗、王家祥等等。吳明益主編的《臺灣自然寫作選》收入這些作家的作品，呈現臺灣自然寫作的樣貌，他在前言裡提到，「西方經典的自然寫作作品開始從七〇後半段開始被引入臺灣，成為早期自然寫作者崇奉的典範」（吳明益 2003a：16）。[2] 他對這個特殊文

2　吳明益指稱的七〇年代乃是民國七〇年，亦即西元 1980 年代。

類提出清楚定義：「『現代自然寫作』即是面對工業革命，加入生物學、生態學、環境倫理學的交疊激盪，結合出一種揉和自然科學、倫理學、美感與抒情性，成為一種貌似傳統自然文學，但內質卻已發生變化的書寫模式」（吳明益 2003a：12）。《臺灣自然寫作選》的最後一篇文章為吳明益的〈忘川〉，選自作家的《迷蝶誌》。比較這篇文章和選集裡其他自然寫作作家的作品，「文學味」明顯豐潤許多。其他的作者（如徐仁修、劉克襄）文字間展露的環境保護意識、生態觀察工夫和田野經驗，較之吳明益毫不遜色，或有過之而無不及。但是，吳明益自然書寫的一大標誌，如同他本人在《臺灣自然寫作選》評介裡引用廖啟宏的分析所指出的，展現一種「百科全書式的閱讀網絡」，除了自然科學知識、作者田野調查、西方環境倫理學之外，吳明益更引經據典，中外神話與古今文學貫穿全文（吳明益 2003b：293）。希臘神話忘川河（Lethe）的故事是〈忘川〉的骨架，凸顯了此篇文章與世界文學的互文性。我認為這樣的互文性，讓吳明益得以在眾多臺灣自然寫作作家當中脫穎而出，成為世界文學作家的一員。以世界文學經典為文學資本，透過與世界文學的連結來形塑作品的文學性，是對抗小文學作家文學資本匱乏的一個利器。換言之，作家的文學資本不僅只挪用他的國家文學傳統所象徵的資本，更以全球世界文學讀者所熟悉的文學經典作為資本，藉此架構了可與國外讀者對話的基礎。

　　多數研究者聚焦於吳明益作品的環境生態意識和關懷全球環境議題的視野，認為這是他的作品何以能超越國界，引起國際讀者共鳴的重要原因（Andres 2013, Aw 2013, Bloom 2013a, Bloom 2013b, Chou 2013, Parsons 2013, Byrnes 2014, Chou 2014, Sterk 2016, Holgate 2019）。由於環境議題乃是全球人類面對的挑戰和共同關懷，吳明益的作品產生 Damrosch 所說文學旅行必須具備的「雙重折射」（Damrosch 2003: 283）似乎理所當然。Damrosch 所謂的「雙重折射」，就是作品不僅反映作家本身的文化，也能與國外的異文化有所連結，回應國外讀者的需求。「雙重折射」是作品在原有文化和異文化之間折衝，讓作品得以產生旅

行的動能。如同前文所提到的，張愛玲的世界文學之路之所以挫敗，非關她作品的好壞，因為她的文學表現早已在華文文學界獲得高度肯定。顯然問題在於她未成功創造「雙重折射」這個世界文學的必備條件。相較於許多臺灣作家專注於臺灣性或中國性的問題，吳明益環境關懷超越在地議題，因此更能吸引國外讀者注意。另外，他加入奇幻元素的寫作模式也在「雙重折射」的創造過程中扮演了不可忽視的角色。

　　另一個有利「雙重折射」的方法，則是挪用世界文學名著作為本身資本的寫作模式。就文學資本的創造而言，以外國文學為師、引用世界文學來擴充本身的資本，是許多國家的作家進可攻，退可守，在本國和世界文學空間裡競爭時經常採用的寫作方式。對作為小文學的臺灣文學圈而言，歐美國家的文學意味文學潮流的前沿，引進外國文學可以讓作家超越本國文學圈無形的寫作規矩，進行文學改革，即便對於國外主流文學中心而言，他們的文學改革其實並非創新而只是跟隨潮流而已（Casanova 2004: 99）。1960 年代臺灣現代派作家引用歐美現代主義的技巧撼動當時流行的反共懷鄉文藝文學，是最明顯的例子，國外類似的例子更比比皆是。拉丁美洲魔幻寫實之父 Alejo Carpentier 於 1920 年代居住在法國巴黎，深受當時歐洲超寫實主義的啟發，回到古巴之後，他以魔幻寫實（marvelous realism）這個詞來形容拉丁美洲國家揉合西方與在地文化的一種特殊拉丁美洲的體驗（Bowers 2004）。而 Casanova 在她的世界文學理論裡也提到，十九世紀的許多德國浪漫主義作家、二十世紀初的美國作家 Gertrude Stein，乃至愛爾蘭作家 James Joyce 都是求經外國來開發自己寫作的空間（Casanova 2004）。這樣的作法，在中國文學和華文文學界也頗常見。最著名的例子，就是魯迅以 Nikolai Gogol 和 Anthony Chekov 為師，他著名的小說〈狂人日記〉甚至與 Gogol 的小說 "The Diary of a Madman" 同名。兩位諾貝爾獎得主高行健和莫言，也深受世界文學影響，前者與荒謬劇場連結，後者受到美國作家 William Faulkner 的啟發。

　　把吳明益創作的世界性格放在這樣的小文學脈絡來理解，可以讓我

們對於他作品的世界感的意義有多一層了解。吳明益通常被譽為一位具有「生態世界感」（ecocomopolitanism）的作家（Chou 2014）。根據國際知名生態文學批評學者 Ursula Heise 的定義，「生態世界感」最重要的特徵便是把個人或群體視為人類與非人類所組成的星球的想像的共同體（Chou 2008）。許多學者認為吳明益的創作流露出對於我們世紀環境災害的深切關懷（Wang 2013, Bloom 2013a, Parsons 2013, Sterk 2016, Holgate 2019）。然而，類似的「生態世界感」也是臺灣許多自然寫作者的創作特色：劉克襄、王家祥、以及其他作品被收錄於《臺灣自然寫作選》的作家都具有超越臺灣局部地區，連結全球環境變遷的生態環境視野。但是，吳明益卻是唯一獲得國際文學大獎的作家。我認為吳明益的作品與這些前輩和同輩作家最大的不同，應該就是他的創作裡引用世界文學經典的高密度創造了一種別具風格的世界文學視野，讓他的創作超越時空侷限而與世界文學傳統對話、連結。這是在其他自然寫作的臺灣作家作品裡較少見的。

　　我認為吳明益的世界感，不僅是生態主題的，也是與世界文學連結所形成的一種世界文學讀者認同的「文學性」（literariness），讓吳明益脫穎而出，成為 Ursula Heise 所說的「環境世界文學」（ "environmental world literature"）的一員（Heise 2012）。我們以吳明益《苦雨之地》為例，整理該書所展現的知識系譜，一窺吳明益挪用世界文學為資本的創作特徵（參考本章附錄）。此書所引用的世界文學從聖經、希臘文化到法國的巴爾札克、英國的吳爾芙。而《苦雨之地》書名本身即是借用了美國自然作家 Mary Austin 的書名 The Land of Little Rain 。這樣的知識系譜展現作家以世界文學為資本的創作姿態，提升了他在世界文學空間裡的競爭力，也擴大了他與國外讀者的交集、對話。

　　由於臺灣作家吳明益承繼的不僅是本國或華文文學的傳統，而是世界文學空間裡主流文學由各國作家共同築構的世界文學傳統，他使用的乃是其他國家作家共有的文學語言，因而得以參與環境世界文學的形塑和對話。換言之，他傳承、引用、且經由本身創作所傳遞的，乃是世界

文學的資本。資本有流通，才有價值。挪用的文學資本不同，往往決定了作家在某個文學圈裡的位置，以及他是否可跨越該文學圈的疆界，被其他文學圈接納。張愛玲的例子提醒我們：在華文文學圈被視為有利的文學資本（例如：對於中國文學傳統或是作家在地文化傳統的知識、語言的使用、敘述的模式等等）到了世界文學的場域，不一定依然還是有利的資本。

障礙二：落後

弔詭的是，作家試圖跟上主流文學中心的文學風尚，暗示本身在文學時間上落後於主流文學作家，必須迎頭趕上，縮小本國文學圈與國際文學圈寫作上的差距，以進入主流中心定義的文學的「現在」（Casanova 2004）。「落後」是小文學作家除了文學資本匱乏之外的另一個挑戰。如何賦予作品本身的創作一種現代感，消解主流文學中心先入為主的偏見——小文學作家來自邊緣，必然趕不上可以靈活操作主流語言而活躍於文學中心場域的作家？面對這個問題，吳明益透過他對於生態知識和環境議題的了解，證明他與同領域其他國際知名作家相比毫不遜色，甚至有過之而無不及。這樣的做法必須放在自然寫作和環境文學這個文類傳統講求的跨領域寫作來理解。

無論是自然寫作或是環境文學都屬於 Patrick Murphy 所說的「以自然為導向的文學」（nature-oriented literature）。這類創作與其他創作最大的不同就是以非人類的自然為重點，或是反省人類與非人類的互動模式（Murphy 2000）。自然寫作和環境文學是「以自然為導向的文學」底下的兩種次文類，前者通常採取第一人稱散文體的非虛構寫作形式，主要呈現作者第一手的田野經驗或是對於自然史的反思（Murphy 2000），後者則是作家呈現他所處時代的人與環境互動情境的文學作品，包括虛構文類（Murphy 2000）。就目前的發展而言，作家從事這些以自然為導向的文學創作時，對於生態知識和環境議題的掌握是必備的條件（Buell

1996，Murphy 2000，Heise 2006，Garrard 2012）。除了一般文學創作講求的美學技巧之外，此類創作尤其要求作者對現代科學有相當的涉獵，也了解生態、環境的議題。吳明益以非虛構自然寫作起家，講求「注視、觀察、紀錄、探界與發現等『非虛構』的經驗——實際的田野體驗是作者創作過程中的必要歷程」（吳明益 2004：20）、「自然知識符碼的運用，與客觀上的知性理解成為行文的肌理」（吳明益 2004：22）、「發展以文學揉和史學、生物科學、生態學、倫理學、民族學、民俗學的獨特文類」（吳明益 2004：23）。相較於其他創作文類，此類創作的科學性尤其突出。我認為作家展現高度的科學知識素養，賦予他的作品一種超越其他作家的「現代感」，有效地擺脫了小文學作家的「落後」標籤。

《苦雨之地》裡的短篇小說〈恆久受孕的雌性〉是個有趣的例子。此篇小說敘述幾個來自不同地方的主角，踏上海上之旅，尋找瀕臨絕種的藍鰭鮪。小說開場，一位主角沙勒沙參加一場文學作品的演講，講者的主題為美國環境文學知名作家琳達‧霍根（Linda Hogan）的小說 *People of the Whale*。小說描述捕鯨維生的部落阿契卡族獵人在用魚槍插中鯨魚之後，會躍入海中快速縫合鯨嘴，讓空氣存留在鯨體內，以免受傷的鯨魚沉入海底。吳明益如此描述沙勒沙的反應：

> 沙勒沙對這段描述印象深刻，在水底縫上鯨嘴以防鯨身下沉很有文學魅力，可能也會有文學評論家努力解讀這個象徵，但實際卻是錯的。鯨的嘴並沒有通向肺，是噴氣口才通向肺。除非把噴氣口也縫補起來，否則留在鯨體內的氣體仍會散逸（吳明益 2019：171）。

吳明益在這段敘述裡指出琳達‧霍根（Linda Hogan）的小說描繪捕鯨有誤。如果作家進行此類創作的一個要件為對於科學生態知識的涉獵，吳明益的這段安排似乎暗示自己作為一個環境文學作家的基礎功較國外的知名作家有過之而無不及。既然他們傳承的都是以自然為導向的文學的傳統，使用的語言也是此文類揉雜科學知識而特色鮮明的語言，

那麼吳明益作為一個具備高度科學知識素養的作家，與行家相比毫不遜色，「落後」的標籤當然也無法貼在這位小文學作家身上。

圖 4-4　吳明益 2010 年版《迷蝶誌》「手繪蝴蝶展翅圖」封面

從這個「文學現代感」的角度來詮釋吳明益的創作，可發現他作品的圖文交織特色別具意義。早期自然寫作代表作《迷蝶誌》即已有圖像出現，文字敘述之外，不時附上作家在各地拍攝到的各類蝴蝶照片，也有不少手繪圖，包括各種蝴蝶和蝴蝶慣於停棲的植物或食草，如含笑、垂楊柳、爬森藤、血桐等等。我手邊 2010 年夏日出版社的版本書末還有一個非常精緻的吳明益「手繪蝴蝶展翅圖」夾本。之後吳明益的每一本書幾乎都附有照片與手繪圖。這些插圖或相片並非只是賞心悅目的插圖而已，而是「見證」了作家深厚實地踏查、田野功夫與經驗。呂樾認為吳明益圖文互動的書寫特色，並不傳達觀察主體／作者透過對於客體／自然的詳盡記錄來展現掌握客體的權力，反而是藉由這些重複而無法精準測量的紀錄暗示自然超越人類的掌握，這是一個頗堪玩味的詮釋（呂樾 2018）。吳明益在《迷蝶誌》的〈後記〉裡則指出，攝影與手繪乃是取代買賣、蒐藏與研究這些模式所暗示的人與蝴蝶的關係，一種以「朋友的姿態」表達對於蝴蝶生命內在價值獨特性的肯定（吳明益 2010：203）。

吳明益在《以書寫解放自然：臺灣自然書寫的探索》中有一個章節特別討論影像文本於自然書寫的意義。他指出：「與自然有關的著作

以圖像配合表現，則是一種東西方皆然的傳統，這種書寫模式為自然科學論著採用的模式，也為文學性的自然書寫所傳承」（吳明益 2004：218）。自然書寫必須建基於實際踏查經驗，乃是一種「地誌」的書寫，而「完整的地誌常需文字描述、圖像語言與地方知識三方的互補圓成」（吳明益 2004：222）。他認為自然書寫裡的照片和手繪有其複雜的環境倫理意涵。就照片而言，攝影機取代狩獵的槍，是一種較尊重自然的模式，表達環境倫理的意識。第二，照片不僅呈現了「現場」，也是一種「在場的證據」。第三，攝影透過機器的輔助，捕捉了人眼觀察不到的自然細節，也展現自然之美。第四，因此照片往往傳達了「讓這些美的生命活下去吧」的重要訊息（吳明益 2004：224）。而手繪則可以補充照片不足的地方，清楚呈現被繪者的一些特徵。另外，手繪建基於與被繪者的互動，也是作者創造一種感性空間的途徑（吳明益 2004：232-241）。吳明益作品圖文交織的特色，除了是一種傳承自然書寫的姿態，表達作家對此傳統和其背後環境倫理思維的深度了解之外，也是一種展現作家田野工夫和與被繪者深度互動的經驗。無論是攝影或手繪，成敗繫於作家的科學知識及對其背後傳統的理解。與現代自然科學的連結是創作這種圖文交織作品的必要條件。透過這些種種隱喻現代感的創作特色，吳明益擺脫了小文學作家「落後」的刻板印象，因為他的現代科學知識標示他站在時代的前沿。

障礙三：遙遠

對文學中心和許多世界文學的讀者而言，小文學作家的作品陌生而遙遠，因為作品通常取材自作家本身所處社會的文化歷史事件，小文學生產的地方往往位在世界政經結構的邊陲，而非文學中心的都會。吳明益的自然寫作強調在地田野踏查，他的小說也都與臺灣文化歷史有密切關係，「遙遠」似乎是難以克服的障礙。瀏覽 Goodreads.com 上讀者的評論可發現，許多讀者認為吳明益的小說不好懂，主要因為他採取了多

線敘述，結構上常常從一個主題跳到另一個主題，像是許多短篇故事串聯而成，而非讀者期待的一般環環相扣的長篇小說發展劇情的方式。加上許多角色的中文名字對不懂華文的讀者而言太難記，更增加不少了解劇情的障礙。[3] 不少讀者認同作家的環境關懷，但是卻無法消化他說故事的方式。我曾在 2018 年以英文發表的論文裡提出一個觀點：吳明益長篇小說的結構特色應該是因為他以自然寫作起家，而散文書寫通常善於經營片段（vignettes），而非步步為營的劇情發展。由於場景設在讀者不熟悉的臺灣，角色名字有如天書，不容易拉近距離。

　　然而，這兩部作品也有許多讀者欣賞。除了全球普遍的生態環境關懷拉近讀者與作家的距離之外，吳明益採用的魔幻寫實形式和書所附手繪圖產生的美感，是讀者反應裡常提到的兩個因素。*The Man with the Compound Eyes* 出版時，有兩位國際知名小說家為其背書：科幻小說大師 Ursula Le Guin 為此書撰寫推薦語，兩度獲布克獎提名而在當代英文小說界享有相當名氣的作家 Tash Aw 在英國大報 The Guardian 撰寫書評。這兩位國際知名作家的引介，協助讀者在閱讀此書時有所方向。Ursula Le Guin 的推薦語如下：

> 我們未曾讀過類似這樣的小說。未曾！
>
> 南美洲給我們魔幻寫實，臺灣給我們甚麼呢？一個嶄新的訴說我們新的現實的方式，如此美麗、有趣、令人害怕、荒謬，卻又真實。毫不感傷，也不粗暴。吳明益以無比的溫柔對待人類和這個世界的脆弱。
>
> *We haven't read anything like this novel. Ever.*
> *South America gave us magical realism – what is Taiwan giving*

3　瀏覽 Goodreads.com 上讀者的留言：https://www.goodreads.com/book/show/17614822-the-man-with-the-compound-eyes?from_search=true&from_srp=true&qid=9QiBvyIKKm&rank=1。

us? A new way of telling our new reality, beautiful, entertaining,
frightening, preposterous, true. Completely unsentimental but
never brutal, Wu Ming-Yi treats human vulnerability and the
world's vulnerability with fearless tenderness.

　　而出生於馬來西亞，多次獲得布克獎提名的知名小說家 Tash Aw 則指出這篇長篇小說的奇幻色彩，類似國際知名作家 David Mitchell、村上春樹的作品（2013）。在 Goodreads.com 讀者留言版裡，我們看到不少讀者把此小說放在「魔幻寫實」的分類裡。根據知名世界文學和比較文學學者 Mariano Siskind 的研究，魔幻寫實乃全球風行的一個文類，而且被視為第三世界文學的一個特色，這個特殊的美學表現形式創造了一個獨特的空間，讓後殖民社會得以超越地方而放在全球的脈絡裡來理解，乃全球讀者一個投射欲望的對象（Siskind 2012, 2014）。

　　這是甚麼意思呢？ Ben Holgate 在他 2019 年出版的專書 *Climate and Crises: Magical Realism as Environmental* Discourse 裡提到，過去數十年來，有九位諾貝爾得主都是魔幻寫實作家，這反映的不僅是這個特殊小說美學形式受歡迎的程度，其實更表示這是世界文學中心認可且鼓勵的創作形式（Holgate 2019）。他的專書特闢一個章節單獨討論 *The Man with the Compound Eyes*，把這本小說放在魔幻寫實的脈絡裡來加以解析。Siskind 認為，魔幻寫實之所以成為一個風靡全球的文學美學風潮，實因在全球世界文學生產的場域裡，這種形式滿足了讀者對於邊陲文學在地風土的欲求（Siskind 2014）。這是一個最能表達邊緣國家歷史與文化的美學形式（Siskind 2014）。雖然魔幻寫實在 1940 年代即開始在拉丁美洲逐漸風行，在 1960 年代即有一番繁花勝景，有四位拉丁美洲作家獲得諾貝爾獎（陳正芳 2007，Siskind 2014），但是，魔幻寫實、後殖民主義、世界文學三者合一則在 1990 年代之後才逐漸發成形，在那之前，魔幻寫實仍被視為一個拉丁美洲文學的特色（Siskind 2014）。從 1990 年代開始，有些比較文學學者開始提出一個論述：魔幻

寫實是後殖民文學的一個表徵（emblem），從此，它轉化成一個全球性的文學風潮，從拉丁美洲、北美、非洲，乃至亞州的印度和中國等等，許多不同地區、國家作家的作品都被視為具有魔幻寫實色彩（Bowers 2004, Siskind 2014）。

魔幻寫實這個概念最早出現於 1920 年代的歐洲，當時為一種美學技巧，但在拉丁美洲和後殖民場域，魔幻寫實表達的正是當地傳統社會超乎現代性想像的文化內涵與經驗，而非美學形式（Siskind 2014），因此它是「寫實」的，表現在地現實而非虛構。放在臺灣的脈絡，雖然如陳正芳所言，魔幻寫實在 1980 年初因馬奎斯獲得諾貝爾獎而引介到臺灣，當時作家（如張大春、林耀德）的魔幻寫實與後現代結合，較接近一種美學技巧（陳正芳 2007），但是對宋澤萊而言，只有魔幻寫實才能表現他宗教體驗的世界，而對原住民作家巴代而言，魔幻則是卑南族女巫文化的內涵。吳明益的魔幻寫實傳承的是 1980 年代以來魔幻寫實在臺灣的傳統，但同時也契合了魔幻寫實、世界文學、後殖民主義三合一的文學時尚。我認為對世界文學的讀者而言，這是橋接陌生的臺灣文化與他們對於非西方文化想像的一種有效方式，讓小文學的遙遠不再是作家的負債。

歸納以上討論，我認為魔幻寫實的書寫模式加上全球讀者熟悉的環境議題是消解吳明益小說「遙遠」的兩個重要因素。但作家的手繪所創造的美感或許也是讓讀者得以親近此書的一個原因。在 Goodreads.com 的讀者留言中，許多讀者提到他們之所以挑選 *The Stolen Bicycle* 閱讀，乃因此書獲得國際布克獎提名，雖然吳明益多線進行，不依循傳統說故事方式的敘述風格讓他們頗感挫折，但是此書實體卻很有吸引力，令人愛不釋手。一位名為 Hugh 的讀者說：「這本書的實體有一種讓人喜歡的形體和感覺」（The physical book has a very satisfying look and feel），另一位讀者 Neil 說：「光是看到此實體書就讓人愛上它」（Simply seeing the physical book makes you want to love it）。

障礙四：能見度低

最後，由於來自世界文學不對等結構的邊緣，小文學作家如何提升作品能見度，來打造作家個人的品牌和文學聲譽？這往往需要團隊合作，精心規劃行銷策略，彙整各方人脈、資源等等來介入全球文學的產業機制，並非作家個人可獨立完成。作品本身的品質和特色固然重要，但也靠翻譯者、文學經紀人、出版社和書評家發揮文化協商的角色來引介作家。有關翻譯的問題甚為複雜，細節超乎本章篇幅，讀者可參考吳明益作品的幾個翻譯者討論他們如何翻譯其作品的文章或演講，特別是《複眼人》英譯者 Darryl Sterk 在 "Writing Taiwan, Translating Taiwan: Wu Ming-yi" 的 發 言（https://www.youtube.com/watch?v= DYZpYsmNKEg, 59:00-1:01）以及 Sterk 有些討論他如何翻譯吳明益作品的文章（Sterk 2013）。我想在此特別討論臺灣政府的翻譯補助、吳明益經紀人譚光磊和出版社在這過程中幾個值得注意的行銷策略。首先，文學翻譯所費不貲，沒有政府的補助，作家的作品難有翻譯，也難以進入國際書市，臺灣政府的臺灣文學外譯補助因此格外重要。對於一個國家而言，文學若能成功輸出而獲得國際重視，意味國際對其國家文化的認可（Sapiro 2016）。世界上所有的國家無不致力於其文化產品的輸出，文學乃其中重要的一類。對文學而言，翻譯是文學作品走出其國家領土最基本的門檻，作品翻成主流語言才可能有國際能見度，才可能在世界文學空間裡具有競爭力（Casanova 2004）。

政府的角色，除了補助文學翻譯之外，文化部和外交部在國外贊助的各種書展和文學活動，讓臺灣作家有曝光機會，也是提升作家能見度的重要策略。對於華文文學國際行銷有豐富經驗的 Penguin China 公司的經理 Jo Lusby 提到，歐美和澳洲文學季（literary festivals）是新進作家曝光的一個重要舞臺（Lusby 2015）。與英語世界的作家相比，非英語國家的作家因有語言的障礙，參與全球文學活動的機會相對限縮很多（Lusby 2015）。政府的協助因而格外重要。在 *The Man with the*

Compound Eyes 出版後，吳明益應邀在許多臺灣政府贊助的國際文學活動裡發言，或與國際知名作家同灣演出。Sean Hsu 在 2016 的一篇文章 "Finding Wonderland: Selling Taiwanese Rights Abroad I" 裡提到，華文作品成功推到國際的案例極為稀少，並非全靠出版社的行銷策略即可達成，而需要政府單位協助規劃和贊助國際文學活動（Hsu 2016）。而除政府之外，文學經紀人是另一個重要的角色。吳明益的世界文學之路，經紀人譚光磊扮演了重要的角色。他先出資翻譯《複眼人》的樣本章節，打破以往臺灣文學外譯與大學出版社或小出版社合作的慣例（Liu 2006: 213, Sterk 2014, P. Lin 2019），堅持與商業出版社合作，並如願把版權賣給知名國際出版社 Penguin Random 旗下的 Harvill Secker 。

　　最後，我們來看看國際出版社的策略。國際出版社有其人脈和行銷的機制。觀察 *The Man with the Compound Eyes* 的宣傳，可發現出版社善於調度世界文學的資本來消除國際讀者對此書的陌生感。首先，出版社成功獲得國際知名科幻作家 Ursula Le Guin 首肯，為吳明益的小說撰寫推薦語，由於 Ursula Le Guin 有不少粉絲，她的背書對於吳明益的國際知名度有不少助益。Casanova 討論世界文學空間裡作家爭取國際能見度常見的一個做法，便是透過具名望的國際知名作家引介新進作家。她舉了不少例子，包括在西方文壇深具影響力的法國作家 Andre Gide 翻譯泰戈爾的詩集並大力推崇，讓此位來自英屬印度的作家成為舉世聞名的世界文學作家，並在 1913 年獲得諾貝爾獎，成為第一位亞洲的諾貝爾文學得主（Casanova 2004）。吳明益的文學經紀人譚光磊的公司網站 The Grayhawk Agency 在 2013 年 7 月 6 日發出這麼一則消息：「Grayhawk 團隊裡所有人都非常高興收到一個極其稀罕的為吳明益即將出版的 *The Man with the Compound Eyes* 的推薦語，推薦人非他人，乃鼎鼎大名的科幻文學大師 Ursula K. Le Guin」（"everyone on the team was very excited to receive a rare blurb from none other than SF giant Ursula K. Le Guin for Wu Ming-Yi's upcoming novel."）。Le Guin 的背書不僅大大提昇來自臺灣的作家吳明益的國際形象，也把吳明益的作品置

放在全球讀者所熟悉的魔幻寫實文學脈絡裡來理解，提供國際讀者認識這位新進亞洲作家的一個捷徑。

另外，商業出版社和大學出版社或獨立小出版社的運作模式不同，知名國際出版商出版的作品具有比較高的能見度，也可促成作品被其他語言的出版社翻譯出版。學者 Sapiro 指出，一個歷史悠久且有口碑的出版社有如一個品牌，旗下往往有知名作家，諸如諾貝爾獎得主等等，擁有獨特的象徵資本（Sapiro 2016），它的購書書單往往被其他語言的出版社視為有指標性的意義，受其青睞買下版權的作品，常常引起其他語言出版社較高的興趣。這是因為出版社的出版選擇有其潛在的「模仿」傾向：被大型知名國際出版社挑上的作品較能降低作品出版行銷上的不確定性，出版社通常比較喜歡追隨大型出版社的挑書，信任他們的眼光和出版專業評估後所作的專業決定（Sapiro 2016）。*The Man with the Compound Eyes* 在 Harvill Secker 出版之後，很快就翻譯成其他語言在法國、土耳其、日本、韓國、捷克等等不同國家出版，見證了此一國際書市運作上的潛規則。

除了善用出版社本身的象徵資本助力之外，出版社也常用「作品類比」（comparison titles）作為行銷策略，也就是在引介新進作家的作品時，把它類比為某些國際知名的作品，以讓國外編輯或是讀者迅速定位，縮短隔閡感（Hsu 2016）。*The Man with the Compound Eyes* 的出版社 Harvill Secker 在為這部作品宣傳時，提到此書類似李安電影改編而舉世聞名的《少年 Pi 的奇幻漂流》、獲得 2011 年 Man Asian Literary Prize 國際文學大獎的韓國暢銷小說 *Please Look after Mom*、以及國際知名的加拿大籍作家 Margaret Atwood 的 *The Year of the Flood*（F. Wang 2013）。為此書在英國大報 *The Guardian* 上撰寫書評的 Tash Aw 提到出版社的宣傳把此書與西方讀者熟悉的日本作家村上春樹和屢獲布克獎提名的知名作家 David Mitchell 的作品相比（Aw 2013）。學者 Ben Holgate 在討論此書時，認為此書和《少年 Pi 的奇幻漂流》都有海洋垃圾的場景，而且都採取魔幻寫實的手法（Holgates 2019）。這些「作品

類比」讓吳明益的作品與世界文學讀者熟悉的作品產生連結，是國際出版社常見的行銷策略。

如何成為世界文學作家

　　本章透過吳明益的成功案例來研究臺灣作家成為世界文學作家的過程中面臨的挑戰，以及可能的回應之道。世界文學之所以重要，乃因與異文化的交流可擴大國民的眼界，避免一個國家的文學因在同一個文學圈裡長期互相影響模仿，不自覺落於類似的寫作模式而失去其活力與創新，並且也可藉此讓不同國家了解彼此，學習容納異文化的胸襟（Goethe 2012）。然而，所謂的「世界文學」並非全然開放的空間，而是一個競爭激烈、充滿挑戰的場域，並非所有的作家都可成為世界文學作家。但是縮小來看，這種競爭和不對等也是所有文學系統的運作規則。如果我們參考臺灣本身文學圈作家建立其文學地位的機制，其實不難理解這個道理。幾乎所有的作家必然都有所體驗，建立一個作家文學地位的過程中，文學獎是鯉魚躍龍門的重要門檻。獲得全國性文學獎，往往讓獲獎者迅速提升知名度，獲得臺灣文學圈的注意力。但是，具名的文學獎選薦，如國家文藝基金會的文藝獎、聯合文學大獎、臺灣文學金典文學獎等具指標性的臺灣文學大獎，中南部作家競賽的資本無形中屈居弱勢：不居住在主流文學中心都會，遠離主掌認可機制的網絡，難以參加主流文學圈所舉辦的各種活動來增加曝光機會，無法以主流習慣的語言風格來和掌權的評審、出版社、雜誌社主編交流，無法搭建豐沛的人脈，這些都是中南部作家所面臨的挑戰。這種南北地理差距涉及的種種美學、觀點、語言和人脈的差異所造成的南部作家的困境，放大在世界文學領域，就是小文學的縮影。

　　可想而知，臺灣作家通往世界文學之路充滿挑戰，沒有歷經一番披荊斬棘，很難在世界文學空間揚名立萬。世界文學研究大家 Pascale Casanova 指出小文學作家試圖成為世界文學作家面臨四個挑戰。面對

文學資本相對匱乏的問題，吳明益以淵博的生態自然知識與同領域知名國際環境文學同業較勁，暗示在自然寫作和環境文學的創作領域，他與時俱進，毫不落後。同時他大量引用世界文學名著的寫作特色，讓他的作品與世界文學作品構成強烈的互文性，不僅挪用世界文學的資本來解脫小文學作家文學資本匱乏的困境，也為他的作品注入「文學性」。這個與國際文學圈接軌的世界性格，也反映在他的美學風格。吳明益在從事自然寫作時，採用寫實寫法，遵循自然寫作的傳統，展現他對於這個文類規矩和傳統的熟稔。但是在採用小說創作時，他帶進了奇幻的元素，這和世界文學讀者熟悉且視為第三世界文學代表的魔幻寫實文學有類似之處，無形中消解了他的創作世界與世界文學中心的遙遠距離。就能見度而言，本章特別指出，世界文學作家的打造，需要團隊合作而無法單靠作家個人的努力。除了作家本身創作的特質之外，還需各方資源彙整，包括翻譯者如何翻譯、翻譯經費的來源、文學經紀人的眼光和版權銷售規劃、政府對於文學輸出的各類贊助、出版社的品牌和如何調度它出版網絡裡的各類資源、以及善用種種行之有年而往往奏效的行銷策略，包括爭取知名作家背書、運用「作品類比」等等。

小結

　　本章探討一個臺灣文學界長久以來關切的課題：臺灣作家的世界文學之路。臺灣文學如何走出臺灣？如何被世界閱讀？吳明益提供了一個很好的案例，讓我們了解小文學的臺灣文學面對的問題，以及可能的回應之道。能在世界旅行的作品，意味文學在另一個系統裡再生、擴大讀者和市場，也意味臺灣軟實力的展現。然而，臺灣文學作家的世界文學之路千辛萬苦，也並非好的作品就理所當然可以獲得國外讀者的回響。張愛玲的例子提醒我們，華文文學和世界文學是兩個有明顯差異的文學系統，解讀方法不同，期待、偏好、關切的議題也明顯有所不同，如何從一個文學系統跨越到另一個文學系統，除了作家本身的條件，還需要有眾多國際仲介者彙整資源，協助作品進行文化協商。

附錄：《苦雨之地》知識系譜（本表格由呂樾製作）

章節	編號	知識來源	頁數
書名	I.	出自美國作家瑪麗‧亨特‧奧斯汀（Mary Hunter Austin）作品 *The Land of Little Rain*	
第一章： 黑夜、黑土與黑色的山	1	歐諾黑‧德‧巴爾札克（Honoré de Balzac）	7
	2	查爾斯‧路特維奇‧道奇森（Charles Lutwidge Dodgson）《愛麗絲夢遊仙境》（*Alice's Adventures in Wonderland*）	15
	3	希臘神話	20
	4	柴可夫斯基（Pyotr Tchaikovsky）《水妖》（*Undine*）	20
	5	動物學研究所暨博物館（Zoologisches Institut und Zoologisches Museum）	24
	6	達爾文晚年以蚯蚓為其研究主軸，並認為蚯蚓對於地球助益甚大，包括消滅植物致病菌，翻動泥土，改造森林……等。 延伸閱讀：了不起的地下工作者：蚯蚓的故事	24
	7	愛德華‧伯恩－瓊斯完成的最後一項主要畫作，獻給了他的摯友詩人斯溫伯恩（Algernon Swinburne）。愛神引導朝聖者尋求靈感的想法來自中世紀詩人喬叟（Geoffrey Chaucer）的《玫瑰的羅曼特》	28
	8	《史氏人類畸形辨識模式》	33
	9	1. 梭德（Hans Sauter） 2. 麥可森（W. Michaelsen）	34
	10	聖經	36

第二章： 人如何學習語言	1	短篇小說標題出自 Michael A. Arbib, How the *Brain Got Language: The Mirror System Hypothesis*（Oxford University Press）	39
	2	約翰・詹姆斯・奧杜邦（John James Audubon），美國畫家、博物學家，法裔美國人，他繪製的鳥類圖鑑《美國鳥類》被稱作「美國國寶」。	40
	3	希臘神話裡特伊西亞斯 Tiresias	41
	4	王爾德《夜鶯與玫瑰》	47
	5	顫音：顫音可以是一種樂器演奏技法或歌唱技法，以達致樂聲呈波浪式的活動，它亦可以指一種音樂符號。顫音之間通常相距半度或者一度。	48
	6	1. 桑德思（Aretas A. Saunders） 2.《鳥鳴指南》（A Guide To Bird Songs）__ 1 3.《鳥鳴指南》（A Guide To Bird Songs）__ 2	48
	7	啁啾（Chirp）是指頻率隨時間而改變（增加或減少）的信號，這種信號聽起來類似鳥鳴的啾聲。	49
	8	1. 關於鳥鳴的後天學習 （University of California, San Francisco）	49
	9	"The song of the wood pewee Myiochanes virens Linnaeus: A study of bird music" 原為華萊士・克雷格（Wallace Craig）發表在《紐約州立美術館期刊》第 334 期（New York State Museum Bulletin No. 334）的作品。	50
	10	1. 梅湘（Olivier Messiaen） 2.〈鳥兒醒來〉	52
	11	大衛・喬治・哈思克（David George Haskell）	65
	12	1. 阿爾曼魯（Rae Armantrout） 2. *Scumble* 全文	66
	13	可能指涉加拉巴哥群島（Galapagos Islands），達爾文在此地考察時發展出進化論	66
	14	亨利・大衛・梭羅（Henry David Thoreau）	66
	15	1. 約翰・亞歷克・貝克（J.A. Baker） 2. 詩文部分出自《游隼》（The Peregrine）	66
	16	出自維吉尼亞・吳爾芙（Virginia Woolf）《戴洛維夫人》（*Mrs. Dalloway*）	71

第三章： 冰盾之森	1	1.《舊約全書》 2.《白鯨記》 3. 阿蒙森（Roald Engelbregt Gravning Amundsen）	80
	2	《無界之地》	86
	3	希臘神話的女妖	90
	4	出自《舊約全書》〈約伯記 38〉	91
第四章： 雲在兩千米	1	真實事件	128
	2	1. 史溫侯（Robert Swinhoe） 2. *On the Mammals of the Island of Formosa*	129
	3	魯凱族傳說	129
	4	羅彬歐維茲博士（Dr. Alan Rabinowitz）	136
	5	《像山那樣的思考》*Thinking like a mountain*	143
	6	Barry Lopez	153
第五章： 恆久受孕的雌性（The Eternal Mother）	1	儒勒・米什萊（Jules Michelet） 《海洋》（La Mer）	167
	2	一部電影，但版本不確定 The Eternal Mother	169
	3	靠鯨生活的人	170
	4	Umberto Pelizzari	179
	5	1. 儒勒・米什萊（Jules Michelet） 2.《海洋》（La Mer）	201
	6	Michael S. Triantafyllou	203
第六章： 灰面鵟鷹、孟加拉虎以及七個少年	1	希臘神話女神 Thalassa 沙勒沙（塔拉薩）	230

第五章
跨媒介敘述的臺灣文學世界想像

改寫、改編、跨媒介敘事與世界文學

　　如前面章節所述，世界文學是一種閱讀和流通的模式。在早期以文字為主的時代，書本為閱讀和傳播世界文學的管道，世界文學透過文字的翻譯來流通，而世界文學的閱讀也透過文字進行。在討論吳明益的章節裡，我們看到世界文學跨越時空，在不同時代和地點繁衍其生命的重要方式：被世界各地作家一再引用、挪用、重述。吳明益在其中文著作裡挪用美國作家 Mary Hunter Austin 的書名、指涉 Linda Hogan 的小說，與他們的作品展開對話，都讓這兩位美國作家的跨國流通更進一步，提升其國際聲譽。西方這樣的例子不計其數，眾所周知，愛爾蘭現代主義大師 James Joyce 的意識流經典 *Ulysses* 改寫希臘荷馬的同名史詩，這是文字時代世界文學經典不斷再生，獲得來世的著名案例。重述和改寫堪稱世界文學一種重要的閱讀與流通模式。不過，早期紙本時代的傳播，媒介其實不限於文字翻譯，繪畫也是另一種紙本的重要媒介。作為世界文學經典的聖經，其故事透過繪本、繪畫、插畫廣傳世界各地，是一個顯著的例子。

　　1895 年電影誕生之後，文學作品的傳播媒介不再限於紙本文字、繪畫，多媒體的電影、電視劇改編，乃至新媒體的遊戲、互動式社群

媒體，更創造了新的閱讀和流通模式。Linda Hutcheon 在其 2006 年出版的改編研究經典著作 *A Theory of Adaptation* 裡以數據具體呈現影視改編的潮流：根據 1992 年的統計，有 85% 獲得奧斯卡最佳影片的電影都是改編之作，獲得艾美獎的 TV movies of the week 裡有 70% 也都是改編（Hutcheon 2006）。互聯網誕生更推波助瀾，晚近的改編趨勢更從文字、電影電視劇，擴展到電玩和各類粉絲、玩家的拼裝、組編、混搭（Voigts 2017），甚或「品牌打造」（branding）（Scolari 2009）。《哈利波特》見證了這個趨勢，有興趣的讀者可參考賴玉釵 2018 年的相關論文（賴玉釵 2018）。從改編（adaptation）到跨媒介敘事（transmedia storytelling），科技時代世界文學研究的「流通」和文學作品的再生，無可迴避媒介進展所帶來的新課題（Damrosch 2013）。

　　本章節將以黃亞歷導演 2016 年發表的影片《日曜日式散步者》及其衍生的多種敘事活動為主要對象，來探討文學跨媒介所涉及的臺灣與世界文學的課題。此部片訴說日治時期風車詩社的故事，這個詩社由曾留學東京的楊熾昌和李張瑞等臺、日籍共六位作家所組成，於 1934 年成立刊物《風車》，呼應當時席捲全球的超寫實主義風潮（surrealism），在臺灣推動臺灣現代詩實驗美學風格。影片呈現風車詩社詩人透過東京文壇感受到「來自世界的電波」的文化氛圍與衝擊，以及他們的實驗創作。風車詩社的超寫實主義實驗，反映了前面章節所言，小文學對於世界文學空間裡主流文學所象徵的「現代」的欲求。這是早期臺灣文學界的「世界想像」的最佳代表。而將近一百年之後，黃亞歷蒐集歷史斷簡殘篇（包括作家作品、書信、照片、西方超寫實主義的書籍、日本出版品、影片、唱片等等），重新編排這些透過不同媒介所遺留下來的歷史檔案來拼湊當時風車詩社的世界想像。就美學風格而言，影片本身呼應主題內容，捨棄文學紀錄片常用的旁白說明式或是臺灣新紀錄片導演偏好的互動式模式，而用凸顯導演風格美學的表演式紀

錄片來召喚這段日治記憶；[1] 就歷史想像而言，影片匯集大量不同媒介的歷史檔案，採用拼貼（collage）和蒙太奇（montage）的電影語言不僅呼應超寫實主義的精神（Birtwistle and Chiu 2020），也反映了導演的歷史觀：穿梭、撿拾如靈光乍現般的歷史檔案，歷史的「真實」充滿著不確定性，「沒有真正的會面交逢，僅止於片段記憶的閃動，錯置不斷發生」（黃亞歷 2016：204）。這部影片推出後，旋即於金馬獎、臺北電影節、臺灣國際紀錄片雙年展、南方影展等臺灣重要影展獲得各種獎項，包括臺灣首獎、最佳紀錄片、最佳音效、最佳編劇等等，且名列 2021 年臺灣影評人協會公佈「21 世紀 20 大國片」之第八名，其電影美學和文學的緊密連結備受讚譽，堪稱文學電影的成功之作。通常文學電影一詞指涉文學電影改編，但我認為文學紀錄片也應納入其範疇。

紀錄片《日曜日式散步者：風車詩社及其時代》訴說臺灣殖民地風車詩社詩人的故事，但黃亞歷及其合作團隊說故事的方式不限於影片，也透過文字出版和策展、實驗行動劇來進行：套書《日曜日式散步者：風車詩社及其時代》（2016，行人文化）一部兩冊和《共時的星叢：風車詩社與新精神的跨界域流動》（2020，臺南市政府文化局等）、實驗行動劇《立黑吞浪者》（2016）、美術館展覽「共時的星叢——「風車詩社」與跨界域藝術時代」（臺中國立美術館，2019）。除了這些多媒體和文字的敘事之外，導演黃亞歷兩度透過網路平臺為紀錄片的拍攝和博物館策展向群眾募資。簡言之，《日曜日式散步者》不僅是文學與電影之間的文字到多媒體的改編，更是多種平臺、新舊媒介互相作用所形塑的一個以風車詩社為主角的 1930 年代臺灣殖民地文學故事。本章節以跨媒介敘事（transmedia storytelling）和改編理論（adaptation theory）的相關討論作為研究方法的參考，探討黃亞歷的《日曜日式散步者》如何

---

[1] 有關紀錄片的六種模式，請參考 Bill Nichols 經典著作 *Introduction to Documentary*（2001）。中文相關論文，可參考拙著，《「看見台灣」：台灣新紀錄片研究》。臺北：臺大出版中心，2016。

呈現一個超越文字的動感臺灣文學的世界想像，也提醒我們臺灣文學的
世界想像，不只受到其他國家的文學作品啟發，科技發展的各階段不同
媒介的展現和傳播，都在這個世界想像的過程裡扮演了重要的角色。這
部紀錄片在臺灣文學界引起廣泛回響，導演黃亞歷也應邀到許多臺文系
所演講，主要議題環繞在這部片對於臺灣文學史敘事產生的衝擊（Chiu
2019；李育霖 2021）。但除了臺灣文學界所關切的文學史的議題，《日
曜日式散步者》的跨媒介敘事活動其實預示了一個媒體時代臺灣文學新
的活動空間、發展可能和研究方向。本章以「日曜日式散步者」來涵蓋
這些由紀錄片《日曜日式散步者》繁衍出來的文字和展覽敘事活動，
但因為未有機會看到實驗行動劇《立黑吞浪者》的演出，因此暫不論此
劇。

　　進入主題討論之前，應先釐清「跨媒介敘事」這個概念，作為討論
的依據。「跨媒介敘事」這個詞雖然早在 1990 年代初期就出現（Voigts
2017, Freeman and Gambarato 2019），且早在那之前即有許多相近的
詞彙——如 cross-media、hybrid media、multiple platforms、transmedia
worlds 等等（Scolari and Ibrus 2014），但一般咸以 Henry Jenkins 於
2003 年之後的一系列相關文章為理論基礎依據，強調多個平臺、串
聯新舊媒介、重視使用者參與共述故事的科技時代故事繁衍傳播模
式（Jenkins 2003, 2006, 2009）。在 *Convergence Culture: Where Old and
New Media Collide* 這本書裡，Jenkins 如此闡述跨媒介敘事的概念：「跨
媒介敘事代表一種因媒介匯流（media convergence）而產生的新美學，
這種美學強調消費者參與，仰賴知識社群的積極參與。跨媒介敘事是一
種創造世界的藝術（art of world making），消費者如要充分體驗一個虛
構的世界，必須扮演尋寶人和收集者的角色，追尋散播在各類媒界管
道的故事小片塊，在網路社群上彼此討論這些蒐集而來的故事，合作
分享，並確保每個投入的人都會獲得豐富的娛樂經驗」（Jenkins 2006:
20-21）。Carlos Alberto Scolari 則認為最基本的跨媒介敘述是一種藉不
同媒介（包括小說、漫畫、電影、電視劇、電玩等等）故事構成的敘事

結構，每種媒介所說的故事都有所不同，是一種文本在不同平臺「蔓衍」（textual dispersion）的敘事模式（Scolari 2009: 587）。賴玉釵討論這個概念，指出「故事延展」及「媒介延展」是跨媒介敘事的兩個基本要件，這些延展必須產生「故事加值」，也就是「依循原作內容而擴充主線，如『以不同角色觀點再述故事』，且統合這些蔓衍的文本，讓這些故事有所連結而形成一個故事世界」（賴玉釵 2018：140）。Jenkins 的「跨媒介敘事」的概念與之前的種種類似詞彙所不同的地方，在於他所謂的「跨媒介敘事」與數位技術和商業娛樂產業連結（Freeman and Gambarato 2019）。

　　Jenkins 一再強調，跨媒介敘事與改編不同，因為他認為改編只是透過另一種媒介重複同一個故事，是冗餘（redundancy），跨媒介敘述則必須帶進新的東西，有別於原有的故事。對他而言，跨媒介敘事並非只是在不同的平臺以不同的媒介說同一個故事而已，而必須有共創（co-creation）這個要素，讀者和觀者的貢獻相當重要（Jenkins 2010），他認為改編並無共創。然 Christy Dena 則認為 Jenkins 對於「改編＝冗餘」、沒有創意的看法乃對於改編的誤解，因為任何改編都不是重複一個故事而已，必然帶進新的東西（Dena 2019）。另外，如果跨媒介敘事只在意擴增（extension），而不在意新增的說故事如何維持（retention）與原有的故事的關係，那就另起爐灶就好，何需原典（Dena 2019）？改編研究晚近的發展，認為「改編」不僅指涉成果（product）──也就是如何透過另一種媒介、文類或是敘述觀點老調重彈（transposition），同時也是一種過程（process），需要因應新的環境和不同的讀者／觀者進行重新詮釋（reinterpretation），也因此必然涉及再創作（recreation）（Hutcheon 2006）。改編必然有創意和轉化，因為改編如同生物因應環境變化而有演化和變種一樣，是一種透過進化的生存之道（Corrigan 2017）。改編回應了我們看似衝突的兩種需求：重複熟悉的故事對我們的吸引力，以及我們對於創新的興趣（Hutcheon 2006）。

　　Jenkins 在 2017 年發表的一篇文章裡，承認跨媒介敘事研究和改編

研究的課題確實有重疊之處，彼此應有對話的空間（2017）。我認為改編應該可視為跨媒介敘述活動的一環，但是跨媒介敘述則不一定包含改編，可能只有挪用（appropriation）的關係。改編應與原作有密切而高度對話關係（extended engagement），小範圍的引用或指涉另一部作品大致可歸類為挪用（appropriation）（Hutcheon 2006）。挪用意指把一個作品的某部分擷取出來放在另一個語境裡，其意思可能有相當大的轉化（Corrigan 2017）。與改編不同的是，挪用不一定會清楚標示被改編的原作，而且挪用沒有「是否忠於原作」的問題，創意運用往往是挪用的特性（Sanders 2006）。跨媒介敘事強調創新而非重複，挪用是跨媒介敘事常見的行為。

　　Jenkins 所提的跨媒介敘事之所以蔚為風潮，基本上與文化產業的科技發展和經濟需求有關。Peter von Stackelberg 指出這個風潮背後有幾個推動的力量：1. 科技的進展，從單一媒介（如文字）到多媒介（如：電影）、新媒介（如：網路電玩），說故事的模式有更不一樣的型態。2. 媒體管道多了，觀眾卻少了。無論是書本讀者、電影或電視觀眾，都有下降的趨勢。產業界為了吸引觀眾並鞏固其向心力，逐漸發展出跨媒介敘事的模式，作為「圈粉」的手段。3. 就利用粉絲的力量來減少產品的市場風險而言，經營粉圈不僅可透過熟悉的故事確保消費者回籠的商機，且粉絲個人或是社群媒體的傳播，往往是成功的行銷不可或缺的助力（Stackelberg 2019: 237）。

　　跨媒介敘事的核心概念是建構世界（world-building）（Freeman and Gambarato 2019）。Jenkins 認為我們可把跨媒介敘事所建構的世界視為一個互文性的想像世界，以百科全書式的方式來理解這個世界裡的所有細節，其中的每一個繁衍的故事都開展出這個世界一個新的面向，其加總便構成了這個世界的樣貌（Jenkins 2017）。Mark J. P. Wolf 認為成功的世界建構也往往成為成功的品牌打造，有容易辨識的視覺、聽覺、設計符碼和故事，誘使消費者一再重訪這個世界而樂此不疲（Wolf 2019）。品牌打造，亦即賦予這個跨媒介敘事所架構出來的世界

一個意義或價值觀，讓消費者得以辨識、認同，而成為品牌的忠實粉絲（Scolari 2009）。例如：《哈利波特》的故事世界傳達友情和合作的重要（Scolari 2009），朋友有難同當，一起面對挑戰，共度難關；《冰雪奇緣》則凸顯姊妹之愛的價值。跨媒介敘事因而是一個主題式的說故事方式（themed storytelling）（Freeman and Gambarato 2019），所架構出來的故事世界（storyworld）環繞著一個特定主題或是價值觀。

消費者之所以會被跨媒介敘事吸引，「讀你千遍也不厭倦」地追尋這個世界的發展和不同枝節，主要因為跨媒介創造的故事世界通常有一個吸引觀眾的主題。Jeff Gomez 認為這通常是個具啟發性的訊息，這個主題或是主要的訊息乃是這個跨媒介敘述所築構的故事世界的主幹，而這世界裡透過不同平臺和不同媒介展開的所有故事都必須以之為精神，否則這些故事便難以架構成一個故事世界，跨媒介敘述就只能萎縮，甚或崩解（Gomez 2019）。也因此，「跨媒介敘事」這個概念雖與科技發展產生的參與文化（participatory culture）和產業商機息息相關，但是相關研究除了探討消費者的能動性和媒體產業的經濟面向之外，也探討跨媒介敘事產生的歷史和社會環境，以及敘事的種種行為和現象所涉及的社會權力關係與結構等等（Scolari and Ibrus 2014）。

「面向世界」：風車詩社的「故事世界」

嚴格來說，「日曜日式散步者」採精緻文化路線，無論是書、影片或是展覽，都呼應風車詩社實驗美學的風格，曲高和寡，與商業娛樂邏輯背道而馳，並不符合 Jenkins 提出跨媒介敘事這個概念所強調的與大眾娛樂產業結合的特色。另外，Jenkins 認為跨媒介敘事乃一種新舊媒介的匯流（而非以新媒介取代或淘汰舊媒介），重視網路文化粉絲參與的共創對於架構跨媒介故事世界的貢獻，而「日曜日式散步者」的敘事活動主要以影片、展覽、書籍出版這些並非新媒介為傳媒，沒有數位或網路平臺的互動、粉絲參與共創這些 Jenkins 所言跨

媒介敘事的重要成分（Jenkins 2009）。然而，Jenkins 提到的許多跨媒介活動的要素，包括以多種模式（multimodality）創造所謂「增加式的瞭解」（additive comprehension）、藉由不同媒介在不同平臺進行故事的延展（extensions）活動，且每一個敘事活動都添加了新的東西而非只是重述同一個故事，各自扮演建構這個故事世界的角色（Jenkins 2011）等等，這些概念基本上有助於探討「日曜日式散步者」活動的深層意涵。另外，Scolari 的理論提出跨媒介敘事無需只著眼於產業經濟效應，其產生的社會、文化意義也是跨媒介敘事的重要課題（Scolari 2009）。從這個角度來看，「日曜日式散步者」雖無粉絲參與共創，也不以網路新媒介為主要的載體，仍可視為一個難得的以臺灣文學為主要骨幹的跨媒介敘事雛形，架構了一個以風車詩社詩人為主角的故事世界（storyworld）。

這個故事呈現 1930 年代來自殖民地臺灣的作家楊熾昌、林修二等留學東京所受到的震撼，以及他們嘗試與這個想像的世界接軌的渴望。東京現代大都會穿梭於街頭的汽車、地鐵、銀座的咖啡廳、電影院、日本文壇超現實主義宣言、日本現代主義詩運動推手《詩與詩論》雜誌和法國前衛藝術家 Jean Cocteau 訪日所掀起的風潮，都讓來自殖民地的臺灣作家眼界大開，他們在 1933 年創立風車詩社，發行 Le Moulin 同人雜誌，引介源於歐陸而透過日本文藝界轉介的超現實主義，啟動臺灣第一次的現代主義運動。如同林巾力所言，「風車詩社對『現代』與『前衛』的執著是一種『面向世界』的自我意識與宣告」（林巾力 2016：195）。這個臺灣作家「面向世界」、「對於世界的欲求」，可說是「日曜日式散步者」這個故事世界裡種種敘事活動的核心概念和主要的訊息，每一個不同媒介和平臺都對這個敘事添加一些特別的東西，各有貢獻。

導演黃亞歷在書籍《發自世界的電波：思潮／時代／回想》的〈後記〉裡有這麼一段話：

在風車詩社所留下的斷簡殘篇裡，至今我們仍可見到與當代的文藝愛好者極為相似的，從世界文藝獲得的啟發與共鳴，對於藝術開展的熱望與關注，對於所處環境的抗衡或壓抑，從八十年前到當代，這些人與人之間，珍貴縝密的思慮以及情感的交流與互通，總留有這麼一處，無關乎國界，越過了時空和語言，以某種私密的形態深植在我們的心裡（黃亞歷 2016：202）。

臺灣作家從世界文藝獲得啟發，進而試圖在創作裡實踐共鳴，「與世界接軌」。「日曜日式散步者」的企圖，正是透過不同的敘事活動來捕捉風車詩人的世界想像。黃亞歷在同一篇文章裡說到：

這些根源於「超現實主義」所擴充出的各式歧異解釋與路徑，由至今所留存下來的文字來看（即使是透過中譯來理解），都仍令人不禁驚嘆 1920／30 年代的前衛性／現代性是如何劇烈地反映了文藝與世界之間的關係，而從當代的目光去訴說過往時，或應該再更深入去思索，在西方／東方、前衛／傳統的二元對立之間，**透露了什麼樣的世界觀、創作觀，又立足在什麼樣的歷史意義上？**（黃亞歷 2016：202-203，原文無黑體）

在這短短四頁文章裡，「世界」這個詞彙一再出現。我認為我用黑體標示的文字，構成了「日曜日式散步者」跨媒介敘事的動力：風車詩社的前衛創作，究竟透露了甚麼樣的世界觀和創作觀？而這樣的前衛詩運動的興起（與失敗）隱含什麼樣的歷史意義？敘事者又如何來呈現當時這些臺灣詩人想像中的世界、他們渴望對話的對象？而百年後這些二十一世紀初在臺灣發生的敘事活動本身，又有甚麼樣的意義？

中文名稱「日曜日式散步者」搭配英文名稱 *Le Moulin* 基本上即暗示了對於這個挑戰的回應，蘊含多層意思。「日曜日式散步者」是楊熾昌一首詩的題目，原以日文寫作。中譯保留日文「日曜日」而不翻成中

文慣用的週日或星期日，暗示詩人與日本文化、語言的連結。風車詩人的思維深受日本文化影響，對於世界的想像也經由日本文壇居間進行。「散步者」一詞顯然指涉法國象徵詩人 Charles Baudelaire 的 flâneur（漫遊者），那是一個現代都會街頭才可能產生的人物。影片英文版題名 *Le Moulin*，更毫不保留地表達了風車詩人試圖與法國歐陸文學接軌的姿態。風車詩人將其雜誌命名為 Le Moulin，透露了臺灣詩人對於遙遠的、世界文化中心的想像與嚮往（黃建銘 2005，Chiu 2019）。「日曜日式散步者」這個中文詞彙濃縮了一個跨國的世界文學流通路徑：法國—日本—臺灣。影片並無旁白，影片裡出現的語言為日語，主要為風車詩人作品的朗誦或是他們與其同代作家所留下來的日文文獻。影片透過後製的聲音以日語呈現，一方面固然因為風車詩人當時原本即以日文而非中文來寫作，但也凸顯了日本在他們「世界」想像中所扮演的重要角色。

　　臺灣作家透過日本看到法國的超現實主義。日本超現實主義提倡者西脇順三郎對於風車詩人的影響，在學者黃建銘的著作中有深入的探討（黃建銘 2005）。而陳允元在《暝想的火災：作品／導讀》序裡提到該書納入多篇重要日本文獻，以呈現當時歐陸思潮在日本的回響，包括平戶廉吉 1920 年的〈日本未來派宣言運動〉、1927 年日本的〈超現實主義宣言〉、1928 日本現代主義詩運動主力雜誌《詩與詩論》創刊號的後記、北川東彥 1929 年〈邁向新散文詩之道〉等（陳允元 2016）。值得特別注意的是，日本的現代主義和歐陸的現代主義關係並非單向的影響關係，而有複雜的雙向交流。日本的現代主義大約在 1910 年代開始於日本浮現，但是到了 1920 年代和 1930 年代才蔚為風潮（Thornber 2015）。然而，西方現代主義的興起，卻受到日本傳統文化（特別是浮世繪畫風）不少啟發，十九世紀末法國等地所謂的「日本主義」（japonism）盛行（Starrs 2012），影響不少印象派畫家，如 Claude Monet、Vincent Van Gogh、Henri de Toulouse-Lautrec 等等，促成了西方現代主義的興起。但是在二十世紀初，西方的繪畫和文學卻反過來啟

發了日本的現代主義，包括未來主義、立體主義、達達主義、表現主義等，都對日本現代主義有所影響（Sadami 2011），並透過日本引介到臺灣，成為風車詩人模仿的對象。「日曜日式散步者」的故事世界主要搭建在這個跨國途徑的描繪，以及風車詩人試圖連結他們想像中的「世界」的努力。

影片如何敘述風車想望的「世界」？

　　一言以蔽之，「日曜日式散步者」環繞著風車詩人對於「世界」的想像與渴慕。接下來的問題便是：那是個怎樣的世界？何以讓臺灣的詩人如此震撼？他們又以怎樣的方式來表達他們的世界想像和渴望？而「日曜日式散步者」的敘事者如何傳達百年前這些臺灣詩人的震驚和文學實踐？這是搭建「日曜日式散步者」故事世界的挑戰。以書籍文字出版的套書《日曜日式散步者》分上下兩冊。套書下冊題為《發自世界的電波：思潮／時代／回響》，以「電波」表達詩人如被電擊般的震撼與興奮。超現實主義代表了「現代」、「摩登」、「目不暇給」的「發自世界」的電波。此冊開場收錄了西方和日本藝文界當時發表的種種宣言，包括義大利詩人 Filippo Tommaso Marinetti 在 1909 年發表的〈未來派宣言書〉（葉笛譯）、塚原史日本譯本再譯為中文的達達主義先鋒法國前衛作家 Tristan Tzara 的〈安替比林氏的宣言〉（1916）、法國作家 Andre Breton 1924 年發表的第一次〈超現實主義宣言〉、平戶廉吉 1921 年發表的〈日本未來派宣言〉和筆名水蔭萍的楊熾昌所作的〈新精神和詩精神〉等，總共 8 篇評論文獻，展現當時現代主義跨國流行的熱鬧景象。接下來則呈現這些思潮理論的創作實踐，收錄了 Guillaume Apollinaire、Paul Eluard、Jean Cocteau、神原泰、荻原恭次郎、西脇順三郎、北川東彥、春生行夫等歐陸和日本當時發表的前衛詩作。
　　此冊後半段邀請不同領域學者來探討當時思潮、以及有關影片《日曜日式散步者》的評論。就圖書設計而言，《發自世界的電波：思潮／

時代／回響》編排設計感甚強，西方和日本的前衛詩作與強烈視覺感和色彩感的藝術之作互相交織，圖文並茂，並以特殊的夾頁設計來延展文字空間，呼應現代派試圖打破各種藩籬、疆界的實驗精神。套書的第一冊《瞑想的火災：作品／導讀》則以風車詩社詩人的詩作和散文評論為重點，詩人留下來的文獻見證了他們當時接觸西方與日本現代派時的震驚與讚賞，而他們的詩作則是他們轉譯實驗的具體證物。這套書以文字和紙本的視覺設計，圖文交織成一個風車詩人受到世界前衛風潮電擊，為之眩惑而引以為師的「世界」。書籍本身的形式呼應內容，充滿實驗性，訴說一個跨國潮流衝擊下的風車詩社的故事。此冊後半部則邀請學者撰稿，補充不少歷史知識，導引讀者進入風車詩社的世界。放在「日曜日式散步者」的跨媒介敘事脈絡，這部套書補充了許多有助於了解影片歷史背景脈絡的重要資料，填補了紀錄片本身實驗手法所造成的資訊斷裂和空白。書籍和影片扮演了不同的角色來建構「日曜日式散步者」的故事世界。

　　實驗美學是《日曜日式散步者》影片本身最大的特色。這部紀錄片大膽而別出心裁的影像手法在臺灣紀錄片界引起一陣騷動，也因而獲得 2016 年金馬獎最佳紀錄片，聲名大噪。導演黃亞歷透過實驗性的展演方式來對應主題人物風車詩人的實驗詩學，召喚風車詩人所感受的時代氛圍（Hioe 2016），捕捉超現實主義的藝術特色。超現實主義興起於二十世紀初，參與者為來自不同國家的作家、畫家、攝影家、電影導演和聲音藝術家等等。這是個文字、聲音、視覺和不同媒介熱鬧登場的舞臺。即使這些藝術家對於藝術與現實社會的關係看法不同，但是他們卻有類似的興趣和美學傾向，包括揚棄傳統美學、探索非理性和夢的世界、對於現代化都市和機械充滿興趣、重視詩、對於女性身體和性的著迷等等（Hopkins 2004）。

　　在風車詩人的文學作品和書信、評論中，這些超現實主義的元素和理念透過紙本文字和圖像來呈現，影片《日曜日式散步者》則「展演」（perform）這些不同藝術所帶來的感官經驗刺激和興奮。陳平浩指

出，影片「展演」，而不試圖「再現」（represent），這一方面呼應「日曜日式散步者」整個敘事活動對於歷史的理念，一方面也呼應現代主義的前衛實驗美學（陳平浩 2016）。語言實驗和對於再現的質疑，正是現代主義美學的核心概念（Ades, Richardson and Fijalkowski 2015）。「共時的星叢」展覽策展人之一巖谷國士指出，影片「引用」許多當時各種詩歌、散文、繪畫、攝影、雕刻、音樂、報紙頁面等等歷史材料，而這些材料片段突然出現，又倏忽消失，彼此之間的關係未有說明，影片形如一場沒有解說和語音導覽的「展覽」（巖谷國士 2019）。

　　陳平浩透過具體例子說明此片的關鍵概念——「展演」：《日曜日式散步者》經常以相當突兀而非寫實的鏡頭，刻意凸顯許多「手」的特寫，遙遙呼應風車詩人心儀的法國藝術家 Jean Cocteau 的藝術理念：「對『展現』（showing）的慾望，壓倒了『訴說』的慾望——『展示』抽換了『敘事』；以現代主義對於素材的『展演』（performance）取代了寫實主義以景深所建構的鏡映式『再現』（representation）」（陳平浩 2016：180）。影片凸顯「斷裂性」、「隱喻性」，孫松榮認為「蒙太奇思想是展開整部影片的關鍵所在」（孫松榮 2016：188）。英國的電影研究專家 Andy Birtwistle 則認為此片以蒙太奇和拼貼這兩個西方現代主義藝術的招牌手法來打破「真實」的幻覺；除此之外，影片人物沒有臉的特點和非同步的影音錯置，也同樣彰顯影片的「虛構性」，表達了現代主義的實驗美學理念（Birtwistle and Chiu 2020）。

圖 5-1 《日曜日式散步者》片中「手」的特寫

此片的另一大特點是以海量的歷史檔案所堆砌而成，滿溢、超多的檔案影像詰問了「真實」的可能（陳平浩 2016）。我認為影片特意置入無以計數的現代主義繪畫、影片、照片等藝術作品和汽車、火車等現代化機器紀錄影像，而產生目不暇給、無法全然掌握的感官經驗，其實也模擬了當時臺灣詩人置身現代化都會東京時所感受的衝擊與迷惘、不知所措，而大開眼界的時代氛圍。影片以如此炫目的實驗手法來訴說風車詩人在 1930 年代的日本所感受到的現代藝術風尚，以及他們隨後在臺灣進行的美學實驗，捕捉殖民地臺灣作家如何感受「來自世界的電波」以及他們熱切回應卻未能達成夢想的失敗和挫折。此部影片對於「紀錄＝真實」的質疑，其實並不算新鮮，許多紀錄片工作者早有共識。但是，此片展示了臺灣紀錄片領域裡罕見的表演式的美學手法，對於開創紀錄片的表現形式具有示範的意義。這是此片在紀錄片領域的獨到貢獻。

就影片的歷史觀而言，《日曜日式散步者》作為一部重訪、挖掘臺灣文學殖民時期歷史記憶的影片，它的歷史觀的特別之處，其實不在傳達歷史的虛構性這個概念。如同我們在本書前面章節裡所討論的，這幾

乎已是這個時代創作者的共識。許多作家和藝術家都各以不同的手法來
辯證歷史的真實與虛構。第三章裡我們討論的千禧世代作家如此，1990
年代的許多文學作品亦如此。我認為《日曜日式散步者》的歷史觀之
所以值得重視，在於它以風車詩人對於世界的欲求作為主題的故事，
偏離了解嚴以來主導臺灣文學論述的後殖民史觀。這部片的歷史觀的
意義必須放在戰後風車詩社在臺灣文學史裡的命運來理解。相較於戰後
1960 年代王文興、白先勇和王禎和等臺大外文系學生的現代派小說和
1950 年代紀弦掀起的現代詩論戰熱潮，風車詩社的現代主義僅曇花一
現，雜誌發行不過四期即告夭折，風車詩社對臺灣文壇的影響力遠不及
同時期走社會寫實主義路線的楊逵。在戰後，風車詩社和許多日治時期
作家，由於政權移轉、文學語言轉換，而成為被遺忘的「失語世代」的
作家，且風車詩人以日文寫作，他們作品的流傳，更與戰後臺灣的政治
文化環境有頗多齟齬之處，成為被遺忘的作家，有其複雜的原因（奚密
2007）。

　　風車詩人的相關資料在 1970 年代才重新被挖掘，逐漸納入臺灣文
學史，當時風車詩社出土的重要性，主要在於這個曾在 1930 年代殖民
地臺灣發生的前衛美學實驗，證明了現代主義並非於戰後由紀弦從中
國帶到臺灣，而是幾乎與中國現代主義同時興起（陳允元 2013）。對本
土派的臺灣文學史家而言，風車詩社的實驗美學印證了臺灣殖民地文學
的前衛性（陳允元 2013）。風車詩人對於日本文化的認同不再是負債，
而被用來證明臺灣文學的自主性，無法被視為中國文學遷移到臺灣場域
後的繁衍。因此，陳允元在《瞑想的火災：作品／導讀》的序言裡這麼
說：

　　　風車詩社的存在被視若至寶，陳千武（1922-2012）提出的臺
　　灣現代詩發展的『兩個球根』論，日治以降的一脈，於是有了
　　足以與宣稱從中國『為臺灣帶來現代詩的火種』的紀弦（1913-
　　2013）論述抗衡的具體案例。風車詩社的前衛性，是臺灣新

文學擁有獨立於中國新文學影響外之獨立源頭的重要象徵，
它大大超前 1950 年代紀弦發起的『現代派』運動」（陳允元
2016：21）。

　　這個論調基本上把風車詩社納入臺灣後殖民史觀的論述，以對抗
中國國族論述。所謂的後殖民論述，乃強調與帝國勢力的抗衡，並試圖
挑戰帝國中心觀點（Ashcroft, Griffiths and Tiffin 1989）。「抗拒」、「挑
戰」是後殖民論述的核心概念。李育霖所提出的「少數文學史」概念著
眼於黃亞歷的《日曜日式散步者》透過紀錄片來承繼、補充、挑戰當前
主流文學史的敘述，翻轉風車詩社在臺灣文學史裡的邊緣位置，同樣以
風車詩社的文獻與紀錄片如何介入文學史為重點（李育霖 2021）。我在
2019 年於 *Journal of World Literature* 發表的論文裡所提的 ”performative
historiography”（展演式文學史學）一樣凸顯文學史的議題（Chiu
2019）。但是，《日曜日式散步者》雖可延伸來討論臺灣文學史敘事的相
關問題，此片最炫目的演出，卻是這群殖民地臺灣詩人的世界想像。嚴
格來說，影片本身並不具有後殖民論述的特點。它訴說的不是風車詩社
詩人如何抗拒日本帝國主義，反倒是這群殖民地的詩人如何透過日本的
中介，試圖迎向世界。另一方面，挑戰中國文化霸權也非影片本身的重
點。前面我們引述了導演黃亞歷在〈後記〉的兩段文字，提示了導演拍
片的最終關懷不在探討政治的壓迫而在「文藝與世界的關係」。影片想
要探問的是：「1920 ／ 30 年代的前衛性／現代性是如何劇烈地反映了
文藝與世界之間的關係」（黃亞歷 2016：202）。換言之，藝術如何跨國
界，又如何產生共鳴？我認為這才是影片的關懷所在，也是它所構築的
故事世界。

　　這個「文藝與世界的關係」主題也反映在 2019 年「共時的星叢」
展覽的策展中。此展覽由黃亞歷、孫松榮和巖谷國士（Waya Kunio）共
同策展，於 2019 年 6 月 29 日到 9 月 15 日於臺中美館展出。孫松榮
如此闡述黃亞歷的理念：「黃亞歷所念茲在茲的，與其說是追溯『風車

詩社』的歷史故事或史實，倒不如說是一部環繞於詩社，試圖透過試驗精神與作法做為探索二十世紀初至 1940 年代東西方世界的現代主義文藝思潮之作」（孫松榮 2019：48）。展覽題為「共時的星叢：『風車詩社』與跨界域藝術時代」其實已反映了這個展覽的故事世界的重點。展場分為十大主題：現代文藝的萌動、現代性凝思：轉譯與創造、速度驅使未來、超現實主義眾生回響、機械文明文藝幻景、文學－反殖民之聲、藝術與現實的辯證、地方色彩與異國想像、戰爭・政治・抉擇、白色長夜。前五個主題的展場展示影片中所引用的大量當時現代主義的畫作、雕塑、照片、影片等等的複製品，而且並未遵照一般展覽慣例，在展品下方提供該展品的主題、作者、年分甚或說明等等。這呼應了影片中這些藝術與歷史檔案出現時，並未有旁白或任何解釋的做法。後五個主題則凸顯當時臺灣的歷史脈絡，從風車詩社與當時以反殖民為主要關懷的臺灣作家的交鋒，臺灣畫家的地方色彩，到時代變局政治風聲鶴唳環境中作家的遭遇等等。「世界」與「臺灣」的落差形成對比。

　　相較於紀錄片提供閱聽者一個透過影片推展的風車詩社的故事，展覽提供參展者一個空間的經驗。影片的觀看不免依然依循時間的順序，而由三個展場空間所組成的展覽，更刻意凸顯在不熟悉而無所依歸的空間中迷走的經驗。黃亞歷的策展說明裡如此說：「這是一場『不以論述作為前提的策展』，創造一種『直覺或單純的「看」與「聽」』的展場經驗」（黃亞歷 2019：13）。他認為，這是「電影」和「詩」生成的時刻（2019：13）。國美館展場挑高空間的影像展示，讓參展者身歷其境體驗超寫實主義的前衛美學經驗。藝術跨越種種藩籬而透過直接的感官經驗所激發心靈的共鳴，此乃其策展目標：

　　「共時的星叢：『風車詩社』與跨界域藝術時代」作為一策展起點，提示了策展者關於「策展」如何開啟想像，反芻電影與美術館作為藝術創作之載體，如何在作品內外部拓延出新的關聯性，並反映其作為載體的同時，也具有在策展思考的主體

意識，並使空間本身成為主體，在這些多重觀點中，層層互映
（黃亞歷 2019：12）。

圖 5-2　展場強調看、聽的美學經驗

　　而伴隨這個策展出版的書籍《共時的星叢：風車詩社與新精神的跨
界域流動》（黃亞歷、陳允元編）有三位策展人共同發表的〈前導：策
展論述〉呼應這個藝術跨國流動關懷的主題：

　　「共時的星叢：『風車詩社』與跨界域藝術時代」奠基於上述背
　　景，意欲以「風車詩社」為核心，進一步深化與延展二十世紀
　　初至一九四〇年代現代主義文藝在西方世界與東亞國家所捲起
　　的浪潮，藉此重思殖民地的臺灣文藝工作者如何連結日本、中

國、朝鮮及歐美等國的多重關係（黃亞歷、孫松榮、巖谷國士2020：原書無頁數）。

　　三位策展人的論述均聚焦於「藝術」這個主題，而非展覽後五個主題凸顯的政治議題，他們設想「日曜日式散步者」的「故事世界」基本上是一個來自西方的世界藝文潮流跨國傳播到東亞所引起的回響的故事，核心訊息是殖民地臺灣（甚或詩人所學習的日本）對於西方所代表的「世界」的想望。三位策展人在共同掛名的策展論述中如此定義風車詩社的意義：

> 「風車詩社」遂為跨時空的交叉之點，位於歷史星團中，再次閃爍光芒。以之為中心，打破線性時空，往外運動，遍歷戰前與戰時的文學、美術、劇場、攝影、音樂、電影等藝術範式的歷史脈動，探測並接收十個發自世界的電波（黃亞歷、孫松榮、巖谷國士2020：原書無頁數）

　　相較於伴隨影片《日曜日式散步者》出版的書籍，這部因展覽而產生的書籍《共時的星叢：風車詩社與新精神的跨界域流動》形式上更凸顯斷裂、拼貼、視覺、滿溢檔案等等我們前文所討論的實驗美學特色。此書打破書籍一般採用的線性推展的翻頁規矩，以檔案拼貼、並置、排列來編輯，以「空間」展示的概念取代一般書籍內文閱讀隱含的時間發展。展場中的檔案移到書本中來展示，沒有設定特定的閱讀順序。版權頁隱藏在書籍中間，而非書的首頁或書末，是一個具體的例子。同時，本書的編排也呼應策展的原則，圖片與說明脫鉤，同一個頁面所展示的展品彼此之間關係也未有說明，以類似「檔案」的概念陳列取代論述。書籍中段有一個「展品圖說」區，以表列方式呈現各展場展品的名稱、年分、提供者等基本資訊。

　　此書的結構，納入大量的夾頁圖片檔案，刻意挑戰讀者習以為常的閱讀模式，彰顯資訊爆炸、檔案溢出理解範圍所造成的眼花撩亂，較

之 2016 年出版的套書更有過之而無不及，似在暗示資訊檔案爆炸環境
中人類吸收能量的限度，以及常規理解模式的不足，這是現代主義美學
的精神。此書共分三大部分，第一部分「臺製現代：風車轉動中的多稜
折射」邀請多位臺灣文學研究者撰稿，以「兩種前衛」來呈現風車與同
時代作家不同的前衛主張，另外也有專家討論當時東亞的文藝流動的短
文。第三部分則為策展人論述和藝評家對於展品的探討。夾在這兩大部
分中間的則為上述以檔案為主的展品圖說。不同於展覽訴諸參展者直接
的視、聽經驗，此書提供指引，替代展覽現場的導覽功能。

現在進行式的風車詩社

　　這個由紀錄片、書籍出版、策展等不同平臺、媒介所架構的「日曜
日式散步者」的故事世界，每個不同的媒介都發揮其媒介特質和功能，
展現一個由西方文化中心發出，傳播到東亞的跨國思潮流通轉譯路徑。
現代主義在日本主義如何興起，而臺灣的風車詩人又如何在日本現代主
義的啟發下，試圖在殖民地臺灣發出回響，進入這個傳播的迴路當中。
當時作為臺灣殖民母國的日本，在這路徑當中扮演了重要角色。而我們
看「日曜日式散步者」所呈現的這個臺灣作家面向世界的故事，卻不得
不注意到這個故事所勾勒的顯然是一個權力關係不對等的跨文化交流地
帶，美國學者 Karen Thornber 稱之為「文學交會星雲」（literary contact
nebula）（Thornber 2014: 463）。1930 年代的臺灣風車詩人身處其中，他
們試圖「與世界接軌」的努力並未得到他們想像的世界的回饋，無論是
日本文壇或是歐美的現代主義，對於臺灣作家的在地實踐，幾乎毫無所
知。更甚者，風車詩人的努力當時也沒有在臺灣本地引起太大的回響，
雜誌僅發行四輯即停刊，乍起乍滅，而戰後亦未產生影響力。1970 年代
風車的文獻出土，其政治、歷史意義遠大於文學的意義，因為在 1960
年代臺灣現代主義興起之後，創作實驗性的美學探索，無論在文學、美
術、劇場、攝影等等領域都成績斐然，堪稱當時的文藝革命，對於後來

臺灣文藝的發展影響深遠。而1980年代臺灣隨即有種種後現代的前衛美學，一樣對臺灣文藝帶來巨大的衝擊，也有廣泛的回響。那麼，這群詩人的嚮往與實踐，一個堪稱失敗的文學革命，又有甚麼樣的意義？

　　對後殖民史家而言，風車詩社的故事的重要性在於它的過去式，這個在1930年代殖民地臺灣試圖提倡前衛藝術的詩社的存在，具體證明「臺灣新文學擁有獨立於中國新文學影響外之獨自源頭的重要表徵，它大大超前1950年代紀弦發起的『現代派』運動」（陳允元 2016：21）。而另一方面，它的在地性也被凸顯。從後殖民理論核心概念 Homi Bhabha 的擬仿（mimicry）來看風車詩社追隨西方和日本的文學實踐，重點在於風車詩社的存在意義有其臺灣的脈絡，「無須成為日本，也不必趕上西方，也知道自己已與中國不同」，風車詩社有自己的面貌（陳允元 2020：5）。基本上，這樣的詮釋採取後殖民對於擬仿（mimicry）的論法，賦予被殖民弱勢者能動性，強調被殖民者模仿殖民者的行為，總是會（不自覺）帶入自身在地的文化，產生一種「看似相同，其實不盡然」（"almost the same, but not quite"）的變異性重複（Bhabha 1994: 86）。被殖民者在模仿殖民者的文化、語言時，無法全盤複製，總會有本身的語言和文化元素進入這種模仿而產生混雜體（hybridity），這種混雜的弔詭性在於它既一方面維護了殖民者的權威，鞏固殖民者與被殖民的上下位階（因為兩者必然不同），但是另一方面卻也凸顯了被殖民在地文化無法為殖民者根除，其間便產生了挑戰殖民者的能動空間（Bhabha 1994）。以這樣的後殖民觀點來談風車詩社的意義，強調的是產生於臺灣1930年代的風車詩社和其前衛實踐，與西方、日本和中國現代主義的差異，因為它們的脈絡不同，在地的實踐也必然不同。

　　但是，綜觀「日曜日式散步者」的種種跨媒介敘事活動，如此凸顯風車詩社與其模仿的世界文學中心（歐洲超現實主義）或是東亞文學中心（日本超現實主義）的差異，卻非敘事重點，反倒是風車詩人對於流行於文學中心的文藝時尚的追求與渴望，貫穿整體敘事活動，成為一再敘事的驅動力。換言之，構成這個跨媒介敘事主軸的是風車詩社「面向

世界」的欲望和實踐，以及挫敗。當我們轉換角度，以世界文學的理論取代後殖民框架來觀看「日曜日式散步者」敘事活動所呈現的風車詩社時，風車詩社的意義不在於它是過去式——先於紀弦的現代詩運動，也不在於他們的創作如何與西方、日本或是中國的不同，而在於它是自古以來臺灣文學與世界文學的不對等權力關係的縮影：它具體呈現了世界文學與臺灣文學之間的流通通常是單向的，臺灣的作家看到了世界文學，世界文學卻看不到他們。風車詩社因此象徵的是世界文學空間裡臺灣文學和臺灣作家所面臨的挑戰和困境，也就是前面章節一再提到的作為小文學的臺灣文學被邊緣化、難以為世界中心辨識、也難以進入世界文學流通體系的處境。風車詩社是臺灣文學的縮影，它的意義不在於它的「過去式」的發生與存在，而在於它是「現在」，更精準地說，是「現在進行式」。它的渴望與挫敗，正是 1930 年代到 2020 年代臺灣文學一再重複的故事，從過去到現在一再發生。「日曜日式散步者」訴說風車詩社的世界想像，以及其中透露的臺灣詩人與世界的關係，正是百年來臺灣文學與世界的關係的故事。

世界文學的跨媒介流通

　　「日曜日式散步者」的跨媒介敘事活動以紀錄片《日曜日式散步者》作為核心而蔓衍到其他媒介和平臺。影片在臺灣備受讚賞，不僅贏得 2016 年金馬獎最佳紀錄片的榮譽，且被臺灣影評人協會列為「21 世紀 20 大國片」的第七名，受到臺灣影評人青睞的程度勝過黃惠偵獲得 2016 年柏林影展泰迪熊獎最佳紀錄片的《日常對話》（排名第 9）、魏德聖的《賽德克‧巴萊》（2011，排名 12）和《海角七號》（2008，排名 18）等片，在此片排名之前的則為李安、侯孝賢、蔡明亮、張作驥、鍾孟宏等資深劇情片。《日曜日式散步者》受臺灣電影界肯定的程度可見一斑。這部影片後續的敘事活動，不僅有多位臺灣文學研究學者應邀撰稿共襄盛舉，更看到許多與臺文界原無淵源的影評人撰寫影評，電影學

者孫松榮更擔任國美館展覽的策展人之一。

這個從影片散發出來的敘事活動顯然坐落在二十世紀中葉之後逐漸發展而於二十一世紀初開枝散葉的「文學電影」脈絡。根據黃儀冠的研究（2019），從 1970 年代即開始有臺灣文學作品電影改編（如：改編自鍾理和同名作品的《原鄉人》），歷經 1980 年代新電影的臺灣文學作品改編風潮（如：《兒子的大玩偶》、《玉卿嫂》、《嫁妝一牛車》、《殺夫》等）、1990 年代「文學劇」（如《孽子》、《人間四月天》），2000 年之後影視改編更為盛行。根據她的初步統計，2000 年迄今約有超過 50 部文學改編電視劇，超過 20 部文學改編電影問世（黃儀冠 2019）。改編自作家劉梓潔作品的鄉土電影《父後七日》（2010）、楊富閔短篇小說集《花甲男孩》的電視劇、電影改編、導演楊雅喆改編吳明益《天橋上的魔術師》的電影，也都獲得票房和電視大獎的肯定，見證了這個文學電影的趨勢。如果我們把瓊瑤小說的電影、電視改編納進此份名單，那就更可觀。瓊瑤作品自 1965 年由李行執導的《婉君表妹》以降的數百部橫跨臺灣、香港、中國各地，無論票房或影展獲獎都名利雙收。這是臺灣文學作品影改編影視，跨越臺灣地理疆界最成功的例子。

除了文學作品改編之劇情片外，作家紀錄片也是二十一世紀文學電影的一個重要類別。臺灣作家紀錄片大約在 2000 年之交開始出現，春暉的「作家身影」系列、公視的「文學風景」、以及目宿媒體自 2011 年以來持續進行的「他們在島嶼寫作」系列，堪稱代表。文學電影多數改編自一部文學作品，他們與臺灣文學之間的關係，也通常歸屬於改編研究，主要以「是否忠於原著」和「媒介特質」這兩個改編研究議題為重點議題，基本上屬於改編研究（adaptation studies）的範疇。但文學紀錄片與作家生平和作品雖有強烈的互文性，包括重演作家生平故事或作品劇情、或是朗誦其作品、將作品動漫化等等，但這些紀錄片與文學之間的互文性，通常不以改編的課題為關注，並無忠於原著的問題，重點是文學作品與作家文獻資料如何「挪用」以及如何用影音媒介展現。這是研究文學紀錄片和文學電影的一大差異。

　　無論是採取哪一種形式，文學跨媒介產生於一個科技進步、媒介增多，但讀者觀眾日趨分化、縮小的文學生產與消費環境。文學的跨媒介連結，一大目的在於擴增文學市場，讓不同領域的讀者、觀眾透過不同的媒介看到文學，進而對於文學產生興趣。David Damrosch 在 2013年發表的一篇論文裡指出，在學術界裡「世界文學」通常與「比較文學」、「國家文學」形成一種對話或競爭的關係，但是在較廣大的文化脈絡裡，世界文學的「文學」卻是與不同的表現形式形成對話與競爭關係，例如：十九世紀時文學的主要對話與競爭對象為歌劇與通俗劇，二十世紀以來則轉為電影、電視劇、新媒介這些劇烈衝擊以緩步閱讀（slow reading）為主的文學（Damrosch 2013）。面對這些影音乃至網路數位媒介的挑戰，Damrosch 認為我們該採取的態度並非二選一，而是文學如何在這逐漸擴增的媒介環境中生存、繁衍的問題。事實上，許多文學經典之所以重新被挖掘而在不同的時空裡延續其生命，正在於這些作品能在新的時代環境與新的科技產生積極的連結。文學作品搭配影音產品重新出版、在文學市場裡重新被認識，往往具有鞏固、或是提升作品和作家地位的效應。「日曜日式散步者」見證了這個說法。在臺灣文學史裡少為人知的風車詩社因為「日曜日式散步者」的敘事活動，不僅提升風車詩社在臺灣文學研究裡的能見度，也讓藝術界、電影界看到了風車詩社的故事。

　　此外，其實「日曜日式散步者」的敘事活動過程中，也稍稍涉及網路互動和大眾參與這個 Jenkins 談跨媒介敘事甚為重視的面向，雖然其範圍並未包含群眾共創內容和參與說故事這樣的「開放式互動」（open interactivity），而僅限於回應募資計畫，屬於一種所謂「封閉式互動」，使用者只瀏覽內容並回應限定的選擇項目（Mechant and Looy 2014: 304）。在 2013 年和 2019 年黃亞歷透過網路募資平臺分別向大眾募資，為紀錄片拍攝計畫和策展籌措經費。有別於電影和展覽主要透過多媒體（multi-media）來進行，網路募資是一種相當具代表性的新媒介行為。群眾募資平臺透過網路平臺的運作，召喚大眾集資來投資一

個特定的計畫，這是網路出現後，一種新興的取得資源的「群眾外包」（crowdsourcing）文化（Speidel 2014）。「日曜日式散步者」的募資計畫運用了網路運作機制、互動（interactivity）、參與（participation）這三個新媒介的特質，是一個產生於 Web 2.0 環境的溝通和傳播型態（Flew 2014: 14）。如果我們把「日曜日式散步者」視為一個透過訴說日治時期風車詩社故事來介入臺灣文化記憶形塑的計畫，黃亞歷的募資計畫堪稱以一種所謂的「民主參與模式」（participatory democracy model）（Stiver et al. 2015: 252），使群眾回應其召喚，採取行動出資支持這個臺灣文化記憶計畫。募資的結果雖然和目標有相當大的落差，但是風車詩社和黃亞歷主導的「日曜日式散步者」的敘事活動本身屬於曲高和寡的藝術前衛實驗，與大眾文化路線幾乎背道而馳，這樣的結果其實也不意外。

小結

　　無論如何，透過多種媒介的敘事活動，「日曜日式散步者」在臺灣的場域創造了風車詩社的「來世」，它是一個「臺灣對於世界的欲求」的顯影，也透露了作為小文學的臺灣文學在世界文學空間裡困難的處境。把「日曜日式散步者」的敘事活動放在較廣大的全球影視空間裡來看，這部實驗型的紀錄片所面臨的問題與臺灣作家面臨的問題其實是類似的。如何克服這些問題，也是臺灣文學跨媒介，企求透過不同媒介來爭取國際間更多能見度和讀者群，所需面對的問題。臺灣的文學電影是否能跨出臺灣，在世界文學空間裡創造臺灣文學的「來世」？從《父後七日》、目宿媒體製作的「他們在島嶼寫作」系列、乃至《日曜日式散步者》，臺灣的文學電影在國外影展積極參展。他們所採取的策略、遭遇的挑戰、和觀眾的回響，都值得我們後續追蹤，持續研究，以了解翻譯之外，臺灣文學的跨國推展和進入世界文學空間的管道，帶出甚麼樣新的研究課題。

表 5-1　《日曜日式散步者》參展與獲獎情形

項目	資料	資料來源／備註
片名	日曜日式散步者	維基百科／目宿體媒官網
出版時間	上映日期：2016 年 9 月 14 日（臺灣）	
	初版 DVD 出版日期：2017 年 6 月 5 日	
導演	黃亞歷	
主題人物	風車詩社：楊熾昌、李張瑞、林修二、張良典、戶田房子、岸麗子、島元鐵平	
影展提名	1. 2016 第五十三屆金馬獎 最佳音效 入圍 2. 2016TIDF 臺灣國際紀錄片影展 　國際競賽 入圍／華人紀錄片獎 入圍／作者觀點獎 入圍 3. 2016 嘉義國際藝術紀錄片影展「編造的真實」單元	TIDF 官網
臺灣影展獲獎	1. 2016 第五十三屆金馬獎 最佳紀錄片 2. 2016 臺北電影節 最佳編劇／最佳聲音設計 3. 2016 TIDF 臺灣國際紀錄片影展 臺灣競賽 首獎 4. 2016 南方影展 首獎	維基百科 TIDF 官網 誠品線上
國外影展	1. 2016 鹿特丹國際影展 未來之光單元 2. 2016 馬德里國際電影節 先驅競賽單元 3. 2016 布宜諾斯艾利斯國際獨立影展 前衛類型競賽單元 4. 2015 哥本哈根國際紀錄片電影節 DOX：AWARD 主競賽單元 5. 2016 全州國際電影節「視界大觀：光譜」單元 6. 2016 利馬獨立國際電影節「國際競賽」單元 7. 2016 海參威國際電影節紀錄片單元 8. 2016 美國溫泉城紀錄片電影節「國際競賽」單元 9. 2016 聖地牙哥亞洲電影節「臺灣電影櫥窗」 10. 2017 香港獨立電影節「臺灣獨立前線：（錄像）詩的想像」單元 11. 2017 倫敦論文式電影節 12. 2017 澳門國際紀錄片電影節 13. 2017 斯堪地那維亞國際影展	目宿體媒官網 包子囊電電影院 誠品線上

第六章

網路新媒介時代小文學的國際能見度

小文學共和國？

　　本章節探討網路科技時代臺灣文學及作家提升國際能見度的新空間和相關研究方法。有國際能見度和受到國際認可經常有連帶關係。傳統上，世界文學的認可機制掌握在西方中心，特別是西方機構所設立的歷史悠久的國際文學獎，如瑞典的諾貝爾獎（1901-）、英國的布克獎（1969-）和國際布克獎、美國的 The Neustadt International Prize for Literature（1969-）等。本書前面章節提到，一般認為世界文學這個概念在德國作家歌德倡導之後才逐漸流行，然而，即使哥德認為世界文學紀元的到來將取代國家文學，人類將逐漸意識到其他文學（如中國文學、塞爾維亞文學等異國文學）的重要性，但他同時也強調文學的典範，不在於這些遠方國家的文學，而必須追溯到古典希臘文學，這些作品才是人類「美」的典範（Goethe 2014: 20）。

　　Casanova 在她目前已成世界文學研究必讀經典的 *The World Republic of Letters* 裡提到，國際文學空間最早形成於十六世紀，之後不斷擴展、延伸，她認為文藝復興時期的義大利因有其拉丁文學的背景，乃第一個文學中心，法國巴黎在十六世紀中葉挑戰義大利的地位而與之抗衡，隨後為西班牙和英國及其他歐洲國家，北美和拉丁美洲在十九世

界也進入了這個世界文學空間，非洲、印度和亞洲文學則到晚近才逐漸被認可（Casanova 2004）。身為法國評論家，她認為這個逐漸擴展的世界文學空間以巴黎為文學中心（literary capital），最具文學權威性，巴黎人文薈萃，美學藝術在這都會可有最大自由表現的空間，而且法國有許多偉大的作品，它們所呈現的文化巴黎，已建立其獨幟一格的國際聲譽，「巴黎＝文學」，兩者被視為同義字（Casanova 2004: 25-26）。

　　可想而知，這樣的說法引來不少批評，然而，她認為西方為世界文學中心，並主宰其認可機制，這說法並非空穴來風。黃錦樹認為Casanova 的這個說法不可取，遂提出所謂的「南方華文文學共和國」這個概念（黃錦樹 2018），以反制西方中心的世界文學共和國。「南方華文文學共和國」的成員不崇尚標準中文，不企圖進入世界文學中心，也拒絕被中國文學中心的認可機制所馴化，這些「邊緣」的小文學（黃錦樹稱之為「文學的加拉巴哥群島」）堅持以彰顯其南方特性的語言寫作，他們組成的共和國既沒有中心也沒有國度（黃錦樹 2018：18）。臺灣、香港、新加坡和馬來西亞華文文學是他所提及的主要成員，他們也恰好都是島嶼。

　　美國學者 Carlos Rojas 認為黃錦樹所提的這個「南方華文文學共和國」展現了一種與 Casanova 描繪的文學霸權機制相當不同的離心力邏輯：這些南方共和國的文學不尋求中心的認可——無論是世界文學的中心或是世界華文文學的中心，寧願維持他們在這些全球文學體制獨特的邊緣位置（Rojas 2018）。Rojas 因此提出一個看法：這些黃錦樹喻為「文學的加拉巴哥群島」的離心力做法顯示了一種島嶼觀點（archipelagic view），不主張一個統整的世界文學的世界文學概念，而是把文學場域視為一種群島互動、重疊的世界化（"worlding"）的結果（Rojas 2018）。

　　對於臺灣這樣的島國文學圈（以及馬來西亞、香港、新加坡華文寫作社群），這樣的說法當然具有吸引力。但是，這套「南方華文文學共和國」的理論迴避了兩個關鍵問題：第一，這些南方華文文學如何看

見彼此？「南方華文文學共和國」的出發點在於反抗文化和語言霸權，以及這樣的結構必然涉及的認可機制運作。然而，「南方華文文學共和國」的成立和彼此看見的機制，卻無法**不**依賴它所批判的文化、語言不對等關係。從李永平到黃錦樹，馬華文學作家所以被臺灣文學界看見，他們獲得臺灣文學獎的肯定，是關鍵的因素。戰後數十年因中國採封閉政策，臺灣成為華文文學的中心。1990 年代之後，中國興起，逐漸成為政治和經濟強權，取代臺灣成為華文文學的中心，主掌認可機制。黃錦樹論文裡提到的許多華文作家「登陸成功」的現象（包括朱天文、朱天心、張大春、李永平、黎紫書等等），見證了這個華文文學中心的移轉和臺灣的沒落。南方華文文學如何看見彼此？如果認可機制不可免，那麼黃錦樹和 Rojas 所想像的「沒有中心」的「南方華文文學共和國」如何可能？我認為應該就只有「南方華文文學」，各自孤立，不知彼此，也難以形成對話關係。換言之，沒有認可機制的「南方華文文學共和國」難以成立或存在。這些南方的島嶼文學，又將如何傳達他們獨特的島嶼觀點，在其他更大的文學圈裡發揮作用？

　　第二，世界文學除了文學中心為西方主宰，另一個常受批評的地方即是以西方語言為主要語言，目前則以英語為主要溝通語言，導致非西方語系的文學（包括中國文學、華文文學）在世界文學空間裡屈居弱勢、被邊緣化。Rojas 認為，華文目前為全球第二大市場，排名僅在美國之後，如再加上網路文學和香港金庸的武俠小說等等，華文文學不僅有全球流通量，且有不少自己的文學獎認可機制，以多種世界文學來取代目前單一世界文學的概念，似乎可行（Rojas 2018: 47）。但是，我認為這個以多種語言並行的複數世界文學其實邏輯和實踐上都未真正解決問題、回應挑戰。以華文文學為例，華文作家和研究者主張以華文取代英文來挑戰西方中心的世界文學，以讓世界華文文學成為與西方主導的世界文學抗衡的另一種世界文學。但是，華文本身也同樣有中國文學中心觀點、認可機制、語言霸權的問題。本書第二章所探討的華語語系理論，即充分顯示中國文學和世界華文文學的體系，同樣有語言不平

權（所謂「標準中文」亦涉及美學標準和認可機制）的問題。即使把世界華文文學提升到與西方語言為主的世界文學平起平坐的位置，也只是換湯不換藥，以華文取代英文、把認可中心移到中國或是任一華文文學場域（臺灣或香港），都無法瓦解世界文學概念涉及的霸權問題和認可機制的運作。在世界法文文學（world literature in French）和法語語系文學（Francophone literatures）領域的辯論裡，我們也看到類似的辯論法語語系對於「法文中心」的質疑（Le Bris et al. 2014, Sarkozy 2014, Dutton 2014, Lionnet 2014），和華語語系對中文的挑戰是同一邏輯。

　　另外，「南方華文文學共和國」既限於「華文」創作，非華文的許多其他語種的文學當然就不屬於此共和國，「華文」作為「南方華文文學共和國」的門檻，和世界文學一樣，排除了非使用此文學圈語言的文學創作，複製了這個概念試圖挑戰的霸權機制。更何況所謂的「世界文學」這個概念之所以提出，就是希望能夠建立一個來自不同文化的文學交流平臺。把世界文學分割成不同語種的文學體系，不僅沒解決問題，反而讓文學的交流限縮在更小的空間。小文學的交流自有其意義，但是卻無法取代在世界文學這個平臺上對話與交流的意義。目前世界上的語種多達數千種。Zhang Longxi 認為，即便是比較文學學者精通的語文都十分有限，使用同一種語言來做為「世界文學」的溝通語言無可避免，而目前最流通的國際語言即是英文，這是一部作品在全球各地旅行而與各地讀者互動最便利的語言（L. Zhang 2022: 28）。

　　其實，早在 1990 年代臺灣原住民文學是否該使用母語創作來抵抗漢語中心，就已經把這個問題演練了一遍。孫大川認為，原住民作家堅持以原住民母語來創作，讀者群只限於本族，由於原住民九族各族語言並不相通，使用母語創作不僅無法把原住民的觀點與心聲傳達給漢語讀者，也無法與其他原住民族溝通，難以打造泛原住民族的認同，「分化和孤立，終必使吾人之文學活力枯竭至死」（孫大川 2003：23）。以漢語為共同語言，讓原住民文學有更大的流通空間和讀者群，對於原住民文學的發展，有其必要（孫大川 2003：24）。這個問題，同時可參考本書

第三章魏貽君討論「第四世界文學」時的洞見。

小文學與文學認可機制

「南方華文文學共和國」建立在一個假設：小文學可以繞過文學中心的認可機制，透過彼此之間的交流來抵抗、甚或顛覆文學中心的霸權。Andrea Bachner 研究中國和拉丁美洲這兩個小文學在 1920 年代的交流，卻發現小文學之所以看見彼此，依然透過西方文學中心的認可機制才達成（Bachner 2022）。她以拉丁美洲文學和中國文學的交流為例，提出了一個極具創見的「三角翻譯」（triangulated translation）理論來探討小文學之間的交流。中國作家茅盾在 1920 年翻譯尼加拉瓜作家 Rubén Darío 1988 年的短篇小說〈女王瑪勃的面網〉（"El velo de la reina Mab"，英譯為 "The veil of Queen Mab"），這是拉美文學最早進入中國的作品。另一方面，墨西哥作家 José Juan Tablada 也因受到中國與日本文學啟發而創作實驗視覺詩集 Li-Po y otros poemas（1920）。這似乎代表邊緣文學之間的交流。然而，茅盾翻譯的並非 Rubén Darío 的原作，而是英譯本（Bachner 2022）。換言之，這個尼加拉瓜作家的作品之所以得以旅行到中國，是因為受到西方認可而翻譯成英文，而〈女王瑪勃的面網〉之所以被譯為英文並收入 Short Stories from the Spanish 在美國出版，是因為美國編者看中此篇作品美學藝術，並非茅盾所關切的拉丁美洲與中國同屬世界「弱小民族」，應該具有類似的反帝國精神（Bachner 2022）。根據 Bachner 的分析，〈女王瑪勃的面網〉本身其實也並未在社會批判上多著墨，反倒把重點放在藝術創作的反思，而且多次挪用歐洲文化（Bachner 2022）。更諷刺的是，Darío 的創作展現了強烈的「東方主義」色彩，作家本身乃是透過西方中心的觀點來觀看中國（Bachner 2022）。顯然拉丁美洲文學翻譯到中國，並非雙方的直接交流和對看，而是仰賴西方中心的認可機制（Bachner 2022）。同樣的，中國文學流傳到拉丁美洲，一樣仰賴歐美所翻譯的中國文學作品。墨西哥作

家 Tablada 本身不懂中文，無法閱讀中國詩人李白的原作，他的詩集雖以李白為名，但他創作所呈現的中國多是從當時歐美流行的中國文物和蒐藏品的「中國」意象得來，充滿東方主義想像（Bachner 2022）。由於拉丁美洲當時並無漢學，拉美作家和知識分子所知道的中國多透過法文的譯介。

　　在這 Bachner 所謂的「三角翻譯」關係中，拉丁美洲作家對中國文學之所以產生興趣，其實是承繼了當時西方文學作家對於中國的想像與好奇，拉美作家透過西方中心的位置和觀點來觀看中國這個文化他者（Bachner 2022）。在二十世紀初的跨國交流情境中，中國文學對拉丁美洲作家而言，乃文化異質的象徵，拉美作家傳承了西方中心對於中國文學作為文化他者的投射，他們和西方作家一樣，企圖從中國古典文學中尋找美學創新的靈感，卻對於中國當代文學興趣缺缺；相較之下，以茅盾為代表的中國作家對於拉丁美洲當代文學充滿好奇，他們試圖連結中國與拉美當代的社會政治的情境，尋找兩者的文化共同點（Bachner 2022）。但是，因為中國作家必須透過英文翻譯來接近拉美文學，他們所看到的拉美文學，仍是經過西方文學中心篩選與認可的出版品。換句話說，中國與拉丁美洲之間的翻譯，他們所看到的彼此，乃是透過西方中心認可機制的篩選、翻譯、引介。

　　臺灣文學和義大利文學之間的交流，同樣是「三角翻譯」關係，同樣透過西方主流語言（英文）的仲介和認可機制，兩者之間方能看見彼此。義大利華文文學學者 Federica Passi 引用 Carlos Rojas 闡述黃錦樹「南方華文文學共和國」的論點，認為義大利和臺灣這兩國文學都是世界文學空間裡的小文學，他們之間的交流可在西方（特別是英文為主流）中心的世界文學認可機制之外另闢一種小文學交流的模式（Passi 2023）。義大利雖屬西方，但其語言並非目前全球流通的主要語言，在世界文學空間裡並非占取中心的位置。臺灣文學翻譯從 1997年才開始在義大利出現，值得注意的是，臺灣文學在義大利一開始是放在中國文學研究底下，從事臺灣文學翻譯的義大利學者主要為漢學

家，臺灣文學之所以引起他們的注意，主要是因為 1980 年代美國學界出版了一系列書籍，包括 *Modern Chinese Women Writers: Critical Appraisals*（1989）, *Worlds Apart: Recent Chinese Writing and Its Audiences*（1990）, *Modern Chinese Writers: Self-Portrayals*（1992）, *The Columbia Comparion to Modern Chinese Literature*（1995）, *Chinese Literature in the Second Half of a Modern Century: A Critical Survey*（2000）, *The Columbia Companion to Modern East Asian Literature*（2003），由於這些出版品的編者包括 Michael S. Duke, Howard Goldblatt, Joseph Lau, David Wang, Joshua S. Mostow, Kirk Denton 等，皆在美國任教而於國際漢學界享有盛名（Helmut Martin 是德國學者），這些英文出版品遂受到義大利漢學界重視而廣為流傳（Passi 2023）。而 Passi 所提到臺灣讀者所熟悉的義大利作家如 Umberto Eco、Italo Calvino 其實也是先在全球英文書市取得知名度，才轉譯進入臺灣市場，並非由義大利文直接譯為華文，同樣經過世界文學中心的認可。臺灣與義大利文學的交流，同樣印證了 Andrea Bachner 的三角關係翻譯。西方英文是這兩個小文學產生關係的主要橋樑。小文學之間的交流，除非彼此皆為同語種的寫作，否則通常沒有直接一對一的路徑，而是一種三角的翻譯關係，而且西方往往是這個關係的關鍵。

　　當然，我們也有類似竹內好（Takeuchi Yoshimi）大力譯介中國作家魯迅作品到日本（Hashimoto 2022）的例子。但這屬於兩種語言（中文與日文）的交流，與世界文學旅行的空間規模仍無法相比。華語語系文學寫作的作家也會閱讀彼此的作品，堪稱華文小文學結盟和看見彼此的最佳示範。然而，如同我在第二章裡所討論的，這與世界文學以全球為文學旅行路徑的構圖，有所不同。以上兩種文學交流的範式放在世界文學的脈絡裡，我認為分屬區域文學（regional literature）的跨文化流通或是同一種語文之間的跨國交流，可稱為跨國文學（transnational literature）。但如同我在 2018 年發表的英文論文裡所辯證的（Chiu 2018），跨國文學與世界文學並非同義詞（Chiu 2018）。更重要的，我

們必須認知，小文學作家看見彼此，無法迴避文學認可機制的暴力，小文學的對話平臺依然透過認可機制的運作。文學獎是最具威力的認可機制。文學獎之為作家成名而獲得注意力的最佳捷徑，全世界皆然，臺灣也不例外。張俐璇討論兩大報文學獎對於臺灣文學生態的影響，是臺灣最熟悉的例子。從早期《中國時報》與《聯合報》文學獎到《自由時報》的林榮三文學獎，乃至臺灣文學館的「臺灣文學獎」，獲獎意味獲得認可，之後獲獎者再回流參與評審，「形塑主流文學的象徵秩序」（張俐璇 2010：226）。知名國際文學獎當然也對作家的國際能見度影響甚大。除了文學獎之外，文學選集、作家紀錄片，也都是提升作家知名度的重要管道。

　　然而，以上這些流通管道皆屬於傳統媒介的範圍，網路的興起和因科技進步而產生的新媒介，催生了幾種利用新媒介特性提升作家國際能見度的管道，開闢了一些不完全屬於世界文學中心掌控的流通管道，讓小文學國家和全球大眾都有些著力之處。網路是一個新興的空間和深具潛能的平臺。網路對世界文學的衝擊可分三大層面：文學的生產、讀者群與流通、以及文學研究（Beebee 2012）。就文學生產而言，超文本（hypertext）、遊戲、手機文學等等互動式作品，是最明顯的例子（Beebee 2012）。就讀者群與流通而言，作家或藝術家網站對作家／藝術家的全球知名度有正面影響效應（Beebee 2012）。"Wagner Archive" 是 Thomas O. Beebee 所舉的案例，李昂數位主題館也屬於此類。就文學研究而言，許多文獻、作品在網路上皆可搜尋到，且讀者也可透過互動、共寫產生回饋，參與註解、詮釋等等傳統屬於專家的研究工作，也改變了文學研究的型態（Beebee 2012: 303）。底下我以李昂數位主題館和李昂英文維基百科詞條為例，來說明網路數位科技在這三個層面的影響，特別著眼於網路數位平臺為小文學作家創造的國際能見度，甚或提升國際地位的新空間。

　　我之所以選擇李昂作為案例，原因有三。一來因為李昂數位主題館由我和中興大學同仁一起建置，這是與資訊領域同仁的跨領域合作，

我也從中體認到數位人文何以強調必須親身投入實作，方能認知數位人文並進而開發研究議題。李昂數位主題館網站後臺的統計資料讓我們看到電腦運算所創造的人文新思維和相關課題。二來，作家李昂是少數中文和英文百科詞條內容都相當豐富的臺灣作家，討論有具體資料作為基礎。最重要的，李昂的英文詞條編纂過程因為有共寫者的積極介入，而發揮了維基百科潛在的影響力，見證了維基百科作為傳統國際認可機制之外的一個深具潛能的運作空間。和維基百科類似的還有 Goodreads.com 的讀者留言和給分機制，但我們在前面章節已針對這個以讀者參與為主的數位平臺有所討論，此章節不再贅述。作家網站和維基百科詞條建置的共同點是它們除了需對臺灣文學有一定的認知，也仰賴團隊合作，改變了傳統人文學者獨力寫作的模式，而且也都需要對數位科技有所認識。目前人文學的轉譯不少，從電影電視劇的改編、桌遊與遊戲的開發，到旅遊導覽的設計等等，不一而足。但是如何從轉譯的實務工作延展出具有人文學深度課題的研究論文，卻是一大挑戰，本章節試圖回應。

李昂數位主題館

在當代臺灣文學轉譯和改編的風潮裡，電影和電視改編最受矚目。一篇作品如有影視改編，往往就脫穎而出，增添不少作品的能見度。作家如有紀錄片，也代表作家的分量。這是何以劉梓潔的〈父後七日〉、楊富閔的〈花甲男孩〉、目宿媒體的「他們在島嶼寫作」作家紀錄片如此受到重視的原因。相較之下，從臺灣文學大典串聯的各單位建置的作家網站數量來看，作家網站雖然不少，卻尚未見到相關研究。我想這與數位人文研究在臺灣文學領域尚在起步階段有關。李昂數位主題館為我在 2014 年擔任中興大學人文與社會科學研究中心主任之時，因校長李德財院士為資訊背景，且本身為之前中研院國家型數位計畫總主持人，希望中興大學人文領域可探索數位人文所帶來的可能性，我參考李校長

特助李士傑提供的 Europeana 網站，進而以全球臺灣（global Taiwan）作為發想概念，請資訊管理所陳育毅教授協助數位技術，而進行的臺灣文學實驗計畫。這個團隊前後完成的作家數位主題館包括楊牧、王文興、李昂、施叔青、路寒袖，後與臺灣文學館合作，與詹閔旭教授又陸續建置了劉克襄、林海音、李永平、瓦歷斯・諾幹的數位主題館。這些展演臺灣文學的數位平臺的構想參考了歐洲 Europeana 這個歐洲文化遺產分享平臺，受其啟發甚大。

　　數位主題館的主題作家都是公認的重量級臺灣文學作家，主題館有類似「經典化」的功能，鞏固作家在臺灣文學史地位，將作家納入臺灣文化記憶的一部分，是重要的一種認可機制。同時，因為作家數位主題館代表作家在國內文學生態裡的重要性，表示作家所屬國家的認可，這種「國家代表性」可作為作家在國際競爭裡的一種象徵資本，對作家進入世界文學之列有無形的助益。Astric Erll 認為從媒介文化的角度來看文學再生，論者通常以國家記憶的打造為討論重點，而忽略了跨文化與跨國記憶其實是文化記憶的一部分（Erll 2011）。如果我們把世界文學當作跨國的文化記憶，以及觀察文學在不同社會情境脈絡裡再生的重要場域，我們可進一步探討這樣的跨國文化記憶如何形成，又透過甚麼樣的傳播與媒介來進行？ Ann Rigney（2005）認為文化記憶和所謂的社會記憶（social memory）最大的不同在於文化記憶並非來自生活的親身體驗，而總是經過媒體傳播、中介而形成的記憶，在現代社會裡，大眾傳播模式和數位技術形塑文化記憶的角色非常吃重。透過不同媒介的傳播，文化記憶得以透過媒介彼此的加乘來提升其能見度和重要性（Rigney 2005）。舉例說明，這些概念會更清楚。由英國作家 J. K. Rowling 創作的《哈利波特》不僅是英國文學，也是世界文學，可說是全球不同國家粉絲共同的文化記憶。這記憶是跨國的，而不僅只是英國這個國家的文化記憶，此記憶的形塑顯然仰賴不同媒介在各種網絡裡進行的跨媒介敘事，以不同形式一再傳播和繁衍。再舉一例，法國作家 Victor Hugo 的世界名著《悲慘世界》（Les Misérables）經過電視、電

影、音樂劇、舞臺劇的種種不同媒介改編，其百老匯歌劇的歌曲甚至在 2020 年香港雨傘革命時成為動員號召群眾的歌曲，跨越國度成為香港重要的記憶。跨國與跨媒介傳播已成世界文學成為全球文化記憶的重要管道，本身即是個重要的文學研究課題。

　　在網路上運作的數位平臺，更展現這種文化記憶的跨國、跨媒介特性。網路本身即是跨國的，不受地理疆域限制。相較於目前維基百科詞條撰寫以文字為主，作家數位主題館乃不同媒介的串流空間。網路的跨國特性，以及作家網站與其它李昂作品不同媒介的互相加成（如李昂作品電影改編、舞臺劇、翻譯等等），都可能有助於提升李昂國際能見度。李昂數位主題館的英文名為 The Li Ang Archive，其呈現和傳統媒介（如上述文學作品、電影改編、舞臺劇）以敘述為主的呈現不同，基本上是一種媒介理論家 Wolfgang Ernst 所說的「科技媒介紀錄」（technical media record）的編組（Ernst 2013: 9）。Ernst 認為這是一個未來可能再用各式各樣方式把作家檔案重新編組的動態（dynamic）的空間，而這個空間之所以動態，是因為數位檔案永遠可重新編排、必須依軟體更新一再隨之轉化，持續不斷改寫、增刪、更新，並非固定不動的成果。這種數位記憶是一種新的記憶方式，一種「進行處理中的記憶」（processual memory），其暫時性也開放了後續改寫的各種可能空間（Ernst 2013: 82）。

　　以作家生平年表的呈現為例。我們數位團隊用 Timeline JS 呈現的作家生平，組合文字、圖片、甚至短片、Google 地圖等等不同媒介的作家檔案來勾勒李昂一生的軌跡，依照時間順序排列。這看似客觀的年表，其實在建置過程中高度仰賴臺灣文學研究者專業知識的判斷來進行檔案挑選和組編，反映了研究者／建置者的偏好與取捨（Lovink 2013, Sample 2016）。這個年表許多重要記事都強化李昂作品國際旅行的軌跡。除此之外，首頁的作家簡介特別導入國外專家對作家的正面評價。例如：

曾獲諾貝爾文學獎的日本作家大江健三郎盛讚李昂，認為李昂
與中國女作家鐵凝是他心目中「二十世紀末到二十一世紀初最
重要的兩位（華人）女作家，寫出兩種風格不同的作品。」而
東京大學藤井省三教授在接受臺灣光華雜誌的一次訪談裡，如
此回憶他初遇李昂作品的經驗：「我在東京的書店買到一本中
國盜版的《殺夫》，看了以後非常驚奇，臺灣竟有這種世界文
學級的作品，從此開始對臺灣文學感興趣。」

以 Timemapper 呈現的「李昂外譯」也是特別設計，強化李昂國際
知名度的形象。這個結合 Google Map 的軟體，依照李昂作品外譯出版
的年分，呈現李昂作品外譯的時間和國家，勾勒李昂作品翻譯到國外的
軌跡。視覺化的檔案呈現其實是一種詮釋，卻往往被視為只是資料的客
觀圖像（Drucker 2014）。李昂數位主題館的設計與選擇套件，透露了研
究者的詮釋和專業知識，並非客觀透明的介面（Drucker 2014）。

圖 6-1 「李昂外譯」Timemapper

這個數位平臺的整體設計以「世界文學作家李昂」為核心概念，透
過專家知識和詮釋試圖打造作家的這個國際形象。另外，網站後臺透過
運算而產生的統計與圖表，提供作家的全球能見度相對客觀的數據，可
開發世界文學作為一種流通模式的新的研究方法。所有造訪過這個網站

的全球各地讀者的「數位足跡」（e-footprints）都被鉅細靡遺地記錄下來存檔，而轉化成具有研究意義的統計圖表。底下這兩個讀者瀏覽次數及所屬國家的統計，客觀呈現世界各地造訪這個網站的人次及地理分布。第一個表以時間為主，呈現讀者流量的消長。截至 2022 年 6 月 21 日，總共有 2.83 萬次造訪次，最高峰為網站建置剛發佈時 2015 年 1 月 1 日的 1014 次和 2021 年 8 月 1 日的 1052 次。在經歷一段較長的時間後（例如：10 年），我們可以藉由此圖表了解作家是否持續有讀者關注。第二個圖表則顯示全球各地瀏覽讀者分布，目前美國 7290 次最多，令人驚訝的是來自俄羅斯的瀏覽次數 3718 為第三高，另外依序為印度（1234）、香港（871）、英國（817）、義大利（667）、德國（571）、瑞典（511），畫面上滑鼠所指處為巴西（BR），也有 453 個瀏覽人次。

圖 6-2　李昂數位主題館瀏覽次數統計

圖 6-3　李昂數位主題館瀏覽者地理分布

　　這些瀏覽者數位足跡的統計開發了一個新的研究方法，讓我們有具體數據來探討作家或是作品的全球傳播情形。數位平臺所收錄的檔案不只是作家所生產的文物資料，也包括全球各地讀者所留下的足跡、留言等等，這讓文學作品的接收研究（reception）有了不同於以往的空間，是我們了解作家的國際能見度的一個重要參考。相較於文本的細讀，這是一種 Matthew L. Jockers 所稱的「宏觀考察」（macroscopic investigation）（Jockers 2013）。所謂的「宏觀考察」就是利用網路數據來進行超越傳統「取樣式」（sampling）、導致以有限取樣代表全體的研究方式，宏觀考察也是一種建基於客觀數據的「遠讀」（distant reading），而非傳統文學研究純靠專家細讀的研究方式（Jockers 2013）。這種宏觀考察的研究方法為因應網路大數據時代電腦運算所產生的新資料，認為利用大規模的文學相關數據，可看到一個較宏觀的脈絡，了解作家或作品與某個時代環境的互動（Jockers 2013）。這種研究方法處理的不是幾個少數的樣本，而是全面性的數據，以探究數據所透露的意義。與傳統文本細讀相較，這種數據分析的「遠距閱讀」重點不在於單獨文本的詮

釋,而是尋找文學傳播的模式(pattern)(Moretti 2013)。

李昂數位主題館的後臺統計數據提供了這樣宏觀考察的具體場域。這些全球瀏覽者造訪網站的數據不見得代表李昂的全球能見度,因為網站設計無充裕的管理人力預算,所以未開放瀏覽者留言、互動,我們無從得知這些瀏覽者的背景、身分和反應。然而,目前利用 Google 免費軟體的設計,卻也讓我們有這些統計數據來考察李昂全球瀏覽情形。這些建置和管理過程的軟體運用、更新、過時淘汰等等,也再次凸顯數位人文環境的一個重要議題:科技高速發展環境中數位檔案的保存和維護問題(Thomas and Johnson 2013, Sabharwal 2015),如何確保現在的電腦系統和未來的科技系統可持續互相作用,這些不同時間階段所累積的數據、檔案得以持續保存和發展,是一大挑戰。李昂數位主題館讓我們看到了在這樣科技時代的文學研究與檔案保存、研究,都非文學研究者可獨立完成,必須與科技專家合作,電腦科學家、圖書管理員、檔案員,他們是維護這些文學相關檔案永續的關鍵人物,文學研究者的相關工作無法盡操之在我(Cohen and Rosenzweig 2006)。

網路是一個超文本(hypertext)、超延展(hyperextension)的空間(Gervais 2013),作家網站與全球互聯網的各類資料、網址產生越多連結,網站的能見度也就越高,也愈能提升作家的國際能見度。目前李昂數位主題館本身因經費有限而無法開發這樣的設計,進一步利用網路超延展的優勢,但是我們卻也看到了維基百科上的李昂英文詞條已有與李昂數位主題館的連結,這也提升了此主題館的國際能見度。當然,在目前作家數位主題館所使用的技術限制下,主題館內容仍需外文翻譯,這依然是流通障礙。然而,在 Google translation 逐漸升級進化的科技環境下,我相信翻譯的問題將逐漸有更好的對應之策。但這已涉入翻譯研究,將是另一個研究議題。

維基百科

　　李昂數位主題館雖也運用了新媒介（new media）和網路，但其
基本的操作模式，還是類似傳統媒介（書本、電影）等的單向廣播
（broadcast）。維基百科這個全球數位平臺，展示了網路數位時代互動、
大眾參與、使用者共創的國際空間與影響力，可視為一種新型的國際認
可機制，有助提升小文學的國際能見度。維基百科被視為 Web 2.0 的代
表平臺之一（O'Reilly 2007）。維基百科在 2001 年出現，儘管有些人對
其可靠性存疑，但全球所有人查詢任何人、事、物，第一個造訪的網站
即為維基百科，已是不爭的事實。有研究發現，多達 80% 的學生學習
時會把維基百科列為重要的參考工具（Selwyn and Gogard 2016, Colón-
Aguirre and Felming-May 2012）。現在維基百科已被視為世界上全球使
用者最大的參考資料庫（Flew 2014）。許多人對於維基百科的信賴度也
穩定成長（Lister et al. 2009）。

　　Web 2.0 這個詞彙大約在 2003 年前後開始流行。根據國家教育研
究院所建立的「圖書館學與資訊科學大辭典」的說明（余顯強 2012）：

> Web 2.0 是指透過網路應用（web applications），以使用者為中
> 心，促進網路上使用者彼此間的資訊交流和協同合作。在 Web
> 2.0 下，網站經營者提供平臺與環境，使用者經由參與、互動
> 的過程，豐富網站的內容，並透過開放、合作導向，以及混搭
> （mashup）技術的外部延展功能，創造或提升網站的價值，從
> 而使網站經營者獲利的營運模式。典型的 Web 2.0 網站包括：
> 社群網站、部落格、維基百科（Wikipedia）等。

　　Web 2.0 這個詞彙首創者 Tim O'Reilly 認為 Web 2.0 是一種網絡
平臺（the network as the platform），把觸角伸向所有的使用者和各角
落，而非僅伸往中心（O'Reilly 2007）。使用者的參與和協力合作搭建
群體智慧（collective intelligence）是 Web 2.0 的重要特質（O'Reilly

2007）。Web 2.0 仰賴「群眾的智慧」而非專家意見，而這個「群眾的智慧」透過網絡連結不斷更新、累積、擴展，充分發揮了 web 傳播的特性（Flew 2014）。這些特色都為維基百科的運作機制所吸納並充分利用。

　　維基百科詞條的撰述由全球使用者協力共寫（crowdsourcing）來進行，是一個持續不斷的過程，所有的維基詞條都由使用者接力不斷訂正修改，並無所謂的完成的詞條。這是維基百科與大英百科全書相當不同之處，後者由上往下，仰賴專家專業知識，前者則以「群體智慧」為精神，集大眾之力不斷更新，充分發揮了 Web 2.0 時代的文化特色。網路世紀參與文化鼓勵透過大眾彼此的互動來實踐多元和民主的理念，我們每一個人都有能力透過不同的方式來表達自己（Jenkins, Ito, and Boyd 2015）。大眾共同參與文化內容的生產，是參與文化的基本模式（Fuchs 2014）。網路數位文化強調持續不斷更新和大眾參與的重要性，顯然因應這樣的時代潮流，我們必須重新調整一些傳統文學研究的核心概念，學習接受不確定（uncertainty）、曖昧不明（ambiguity）、衝突矛盾（contradictions）、不穩定性和缺乏獨特性（singularity）（Drucker 2014）。在這個潮流裡，集體作者（collective authorship）取代單一作者，而且這些作者可能橫跨不同世代（Drucker 2014）以及地理疆界。

　　值得注意的是，維基百科詞條的建置雖然開放給全球一般使用者參與，其實並非一般大眾認為的「來者全收」，毫無管控。維基百科網站上訂有明確、透明的寫作機制和規範，所有共寫者均須遵從，否則其撰述的資料就有可能為後來者或是維基管理者刪除：第一，文字必須採中立觀點（neutral point of view），不能有情緒性和意識形態立場強烈的文字。第二，撰述內容必須都可供查證並有來源的陳述，這類似學術論文撰寫的引文機制，詞條內文資料應該都有來源，而非由撰述者隨意添加己見。第三，非原創觀點。詞條內容應有來源，而非撰述者所提的創新觀點，這是和學術論文強調原創不同之處。這三個原則規範協力共寫的參與行為，也是所有共寫者用來檢視其他寫者資料可靠與否，而進

行編修的依準，因此也同時是一種類似同儕審查（peer review）的機制（Rosenzweig 2011）。有些評論者便認為維基百科是目前最好的群體共寫規範模範（Phillips 2016）。維基百科是有高度規範、監管和組織的平臺（Jenkins, Ito, and Boyd 2015）。

　　雖然維基百科的批評者提出一些疑慮，包括業餘共寫者不可靠（Graham 2013）、多人共寫的詞條常觀點不一致、結構混亂（Seligman 2013），而維基百科也有一些潛在的性別、種族排斥的問題（Saxton 2013, Wolff 2013）等等，但是維基百科也不乏支持者。例如：Todd Presner 便認為維基百科是一個極富創意，容納多種語言協作，創造知識的全球社群，是一種因應時代趨勢的知識生產平臺（Presner 2010）。儘管雙方對於維基百科的態度不同，但卻有一個看法相當一致：維基百科是個強大而無所不在的平臺，其影響力不容忽視。目前有高達將近300 個語種的維基百科，但英文維基百科的詞條數量、流通性和影響力都首屈一指。對於作家而言，能夠有個維基英文詞條是提升全球知名度的重要一步。維基百科詞條建制看似開放，其實有所篩選，用意在於管控詞條的品質，並非任何人或任何事物都可有個獨立的詞條（Jenkins, Ito, and Boyd 2015: 19）。

　　根據詹閔旭教授分享的經驗，2016 年試圖為馬華作家李永平建置英文維基詞條時，遭到英文維基百科管理員的阻擋，理由是：「無可信的證據顯示此作家的重要性」（No credible indication of importance）。當時李永平已出版他多數代表作，包括《吉陵春秋》（1986）、《海東青：臺北的一則寓言》（1992）、《朱鴒漫遊仙境》（1998）、《雨雪霏霏：婆羅洲童年記事》（2002）、《大河盡頭（上卷：溯流）》（2008）、《大河盡頭（下卷：山）》（2010）、《朱鴒書》（2015），不僅著作等身，2008 年也獲頒紅樓夢獎決審團獎，已是華語語系文學的代表作家，享譽華語語系文學圈，2016 年之前已也有不少西方學界知名學者撰文研究此位作者（Chang 1993, Rojas 2006, Groppe 2013）。李永平為麻省理工學院所建置的「當代華文作家網站」（http://web.mit.edu/ccw/about.shtml）三位

作家其中一位，網站介紹裡說明此網站挑選作家的原則為「對於華文圈和世界有顯著貢獻」（"the impact of these writers on Chinese society and the world"），李永平被選為世界華文（world Chinese）作家的代表，這是對作家的重要性和貢獻的一大肯定。但截至本章節撰稿之時，尚未有李永平英文維基百科詞條出現。

　　李永平這個特殊案例如果再與英文維基百科中「臺灣作家」（Taiwanese writers）的清單比對，即可發現目前擁有英文維基詞條的臺灣作家，其實也非個個都是我們在臺灣所認知的代表性作家。例如：李家同名列此清單中，但我們一般認為即便李家同有不少出版品，他是教育家而非作家。我們所謂的作家通常指文學創作者，而非具有出版品的其他領域專家。另外一個有趣的參考為蔡旨禪詞條。平心而論，這位日治時期澎湖的女漢詩人雖然重要，但在臺灣文學、華文文學、華語語系文學界的知名度恐怕與李永平仍有一段差距。她的英文詞條2022年2月8日由一位自稱Bookworm-C的撰寫者開始建置，目前呈現的「蔡旨禪」英文詞條內容，此位撰寫者的貢獻達99%，查看此位撰寫者的資料，乃為積極參與WikiProject Women Writers的英文維基百科詞條撰述者，撰寫的詞條涵蓋上百個國家不同領域的女性作家、藝術家、教育家、新聞記者等等。可能由於WikiProject Women Writers是維基百科主動推出的編寫計畫，而這位Bookworm-C又是此計畫中積極參與的共寫者，也累積了不少詞條的經歷，因此他提出「蔡旨禪」詞條時，即順利通過維基百科的管控機制？李永平的這個案例顯示維基百科的運作不盡完美，但確實有篩選機制，雖然此篩選機制可能也隱含如批評者所指出的一些政治、種族或性別偏見。不見得每個知名且重要的臺灣文學作家都有英文維基百科詞條；但反過來說，擁有一個英文詞條，卻是讓全球讀者認識作家的第一步。

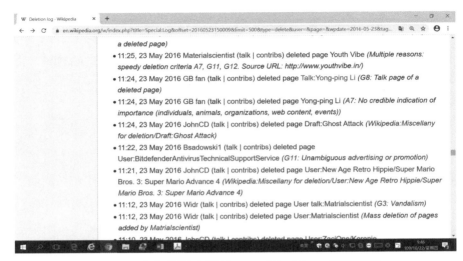

圖 6-4　李永平英文詞條 2016 年 5 月 23 日遭刪除

研究作家李昂的英文維基百科詞條編寫過程，發現英文維基百科透過全球使用者的共寫撰述，甚至可繞過國際文學獎，而創造另一種文學認可的空間，提升作家在國際間的文學地位。相較於李永平，李昂未曾獲得臺灣（如國家文藝獎、聯合報文學大獎）或是華文文學圈重要的文學獎項（如紅樓夢文學獎、Newman Prize for Chinese Literature），但是她目前的英文維基百科詞條 "Li Ang" 卻將她提升到世界文學作家的位置。維基百科每個詞條網頁上方都有個「查看歷史」的檔案區，可看到詞條建置過程和詞條內容的轉變，哪個撰述者在哪個階段、哪個特定時間點加入了甚麼樣的內容，一覽無遺。李昂的英文維基百科詞條第一筆資料於 2005 年 4 月 8 日出現，當時詞條定義她為臺灣女性主義作家（a Taiwanese feminist writer）。最初版本如下（括弧內的數字符號為維基百科撰述的運算符碼）：

Li Ang（李昂）1952-, Taiwanese feminist writer. After graduating from Chinese Culture University with a degree in Philosophy, she she studied drama at the University of Oregon, after which she returned to teach at her alma mater. Her major work is The Butcher's Wife（殺夫：1983, tr. 1986）though her output since then has been copious, a collection of her short stories available in 1995. Many of her stories are set in Lugang.

此時這個詞條的內容相當簡單，除了出生年分、地點、學歷這些平實資料外，只提到她的主要作品為〈殺夫〉，她的故事多以鹿港為背景，她是個臺灣女性主義作家，如此而已。2010 年 10 月 19 日一位 IP 位址為 68.48.235.183 的共寫者添加底下這些資料，頓時讓李昂提升為具有國際知名度的世界文學作家：

Her bold and successive broaching of subjects bordering on the taboo within the cultural context of Taiwan has earned her extensive critical acclaim both in the world of Chinese letters and internationally. Translated into different languages and published world-wide, many of her works have been reviewed by leading newspapers in many countries, including The New York Times, and made into films and T.V. series. In 2004, Li Ang was awarded the prestigious "The Chevalier de L'ordre des Arts des Lettres" by the French Minister of Culture and Communication in recognition of her outstanding contribution to world literature.（https://en.wikipedia.org/w/index.php?diff=391658081&oldid=370957275&title=Li_Ang_（writer）, accessed 5 Feb, 2018）

這段新增的文字提到李昂的許多作品曾在《紐約時報》等國家的知名報紙上有書評評論，而且也改編成電影、電視劇。法國文化部在 2004 年「頒給李昂文學藝術騎士勳章，肯定她對於世界文學的貢獻」。這段敘述把李昂的形象從一個臺灣女性文學作家轉化成獲得主流文學國家

（法國）的肯定而列入世界文學作家之列。這見證了維基百科作為一個
當今具有全球影響力的知識生產與傳播的機制。

　　這位匿名的共寫者在這個全球共寫平臺充分利用了維基百科的威
力，扮演了以往只有文學獎和知名雜誌書評這些專家、守門者才能擁有
的文學認可的角色。換言之，這位代號 68.48.235.183 的共寫者顛覆了
傳統文學認可機制的權力關係，世界文學空間裡的認可機制不再由專家
壟斷，而開闢了讓一般使用者參與，由下往上，有機會介入世界文學認
可機制的空間。傳統的認可機制裡，掌握認可權力的組織和人物，都必
須有相當的資本，參與此機制的專家當然也必須累積了相當的文化與象
徵資本，才會進入權力中心來執行認可的動作。相較之下，在這個李昂
的案例裡，我們看到了維基百科的共寫者無需擁有類似傳統認可機制裡
的各類資本，即可透過維基百科的全球影響力來介入世界文學的認可機
制。

　　除此之外，維基百科與傳統文字出版的文化認可機制也有不同之
處。第一，維基百科詞條為網路平臺上的公開文章，並無印刷版本數量
和舖書通路的限制，沒有買不起書或無法透過管道取得紙本出版的問
題，全球各地任何人只要有電腦即可上網查看維基百科詞條，這對於像
臺灣這樣小文學的作家而言，是個提升其國際知名度的便利管道。如果
我們查看維基百科李昂詞條的編輯歷史統計數字，可看到 從 2005 年以
來截至 2022 年 6 月 15 日，總共有 69 個來自不同地方的英文共寫者參
與詞條編寫。

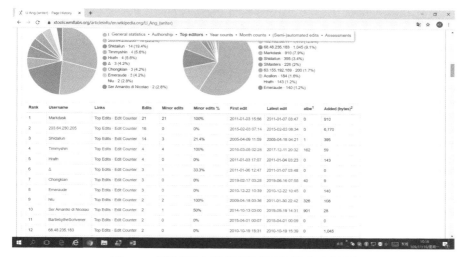

圖 6-5　李昂英文維基百科詞條共寫者統計

　　詩人楊牧的詞條自 2011 年建立以來，有 79 個共寫者。2006 年開始建置的中國作家王安憶則有 91 個共寫者，莫言的詞條自 2004 年出現以來，有 344 個協力共寫者參與。共寫者的數目和國家分布情形，可作為作家國際知名度的參考指標。由於英文詞條的撰寫有英文語言門檻，推估應該非華語共寫者參與居多。維基百科的運算和大數據因而開發了一個傳統細讀以外的數位人文研究方法，讓我們得以一窺全球各地有多少讀者對此作家如此感興趣而願意投入時間來協力建置她的英文維基百科詞條，這些多半不是華文讀者所為。以往我們能夠掌握的多是國外專家的閱讀與回應，其中研究論文和書評是主要的來源，一般讀者的接收無從得知，出版品的銷售量雖可參考，但無從得知讀者反應。參與一個作家維基英文詞條的撰述，通常表示此位讀者對作家有些想法，才會有參與的動機。無論如何，由這些讀者協力共寫的英文詞條對於一位作家的國際知名度和形象都相當重要。維基百科詞條沒有通路限制的問題，不會有紙本出版絕版而因此消失無蹤，導致能見度消失的問題。而且因為維基百科開放式編纂讓未來的讀者可持續參與。

　　簡言之，維基百科充分利用網路 Web 2.0 的特性，創造了一種「由下而上」的空間，以一般讀者的參與取代專家評審，讓作家在全球平臺上有曝光的機會，其本身的運作形如一種另類的國際品牌認證。 我認為在前面章節討論的 Goodreads.com，提供讀者評分和留言等運算機制，同樣具備了 Web 2.0 鼓勵大眾參與、互動、累積群體智慧的特色，也可視為全球書市 Web 2.0 的代表平臺。就世界文學研究的角度，這兩個平臺在傳統中心主掌的認可機制之外，創造了一個強調群體智慧、相當程度代表全球讀者觀點的世界文學認可機制。維基百科詞條和 Goodreads.com 的威力，是我們考察臺灣文學國際旅行、國際回響、以及作家國際聲譽的重要觀察場域。這不表示這些全球數位平臺即可顛覆或取代傳統認可機制。獲得國際文學相關獎項依然是吸引全球讀者注意力的最重要管道。然而，網路的興起，是否為臺灣文學和作家的國際能見度帶來契機？這兩個數位平臺開闢了一個群眾可以介入的管道，其意義值得探討。

小結

　　本章節討論網路科技時代，作為小文學的臺灣文學如何透過幾種新媒介所提供的管道來創造國際能見度，打造臺灣文學的品牌。如同本章開場討論黃錦樹所提「南方華文文學共和國」這個以批判世界文學西方中心認可機制和語言的芻議，我認為中心和其認可機制，依然是小文學看到彼此的重要管道。主張以華文替代西方語文，藉以批判世界文學以英文和其他主流語種作為溝通工具的說法，依然無法避免史書美在其華語語系理論裡所提出的中文語言和文化霸權的問題，而只是讓世界文學的溝通空間裂解為無限語種各自孤立、無從交流的孤立狀態，於事無補。針對西方主宰的文學認可機制，小文學鮮有介入的機會，因為傳統的文學認可機制仰賴專家，由上往下，小語種的文學和專家不得其門而入，少有機會參與世界文學中心的權力運作。但是，網路數位時代的潮

流強調全球大眾共創，參與文化與互動機制興起，開闢了西方中心專家主掌之外的一些認可空間，讓小文學的作家和作品有進入全球大眾視野的另類管道。作家數位主題館通常由小文學國家圈內人建置，全球影響力有限，但是因為網路超連結的互聯特性，這些來自小文學自己生產的資料，也可連結到英文維基百科詞條，而增進全球讀者對於小文學作家的認識。

　　前述李昂數位主題館的維基百科連結是一個例子。英文維基百科之所以有如此強大的全球影響力，當然和它是個西方有力組織建構，並且使用全球通用的英文作為溝通語言脫不了關係。但是，由於網路參與文化「去中心」、「開放」、鼓勵全球大眾協力共創的特性，讓小文學有更多的國際交流空間。鼓勵全球讀者評分和留言的讀者平臺 Goodreads.com 亦然。如同吳明益的章節所示，臺灣文學的世界之路，並非單靠作家優異的表現即可上路。由於臺灣的小文學位置和相對競爭資本的劣勢，從臺灣到世界之路遙遙漫長，作家的這段旅程，需要多人協力與陪伴，包括翻譯、轉譯、影視改編、作家網站和維基百科詞條建置、出版社的人脈、活躍於國際場域的書評家、甚或西方認可的作家的提攜、專業研究的導讀引介等等。世界文學作家的誕生，是一個來自各方聲音與力量互相作用下的產物。文學的跨媒介連結，如何創造文學的再生，進而在國際場域裡促進臺灣文學的流通與國際能見度、知名度？臺灣文學的世界之路不僅是臺灣國際文學空間參與、主體辨識、臺灣軟實力展現的問題，也是文學作品流通創造來世、實際的出版市場和文學產業發展的問題。這些問題值得臺灣文學創作者和學界探討，以回應新世紀人文學所面臨的挑戰。

附錄
〈襲用或巧合？——巴代小說的奇幻物語〉
巴代（2019.2.26）

一、前言

　　由作家談自己的書，貌似自然，卻也透發出幾分不自在。一方面難脫自吹自擂的老王賣瓜行徑，另一方面怕在某觀點一錘定了音，可能扼殺了在不敢期待的某天出現的研究者的想像空間。然而，那個「不敢期待」的時刻也許太久，筆者怕等老了，忽然失智或厭惡寫字、說話了，不如，現在趁勢說說自己的小說，哪裡這樣，哪裡那樣，也許實在些。

　　自 2007 年七月迄今，筆者出版了十本長篇小說，一篇短篇小說集，[1] 兩本關於卑南族大巴六九部落巫覡文化的田野調查資料[2] 與研究論文。[3] 若加上日後將完成的寫作計畫，在有意無意間，筆者的長篇小說大致也有了幾個可以形成「系列」或者「區塊」的類別。其中，以「大巴六九部落歷史、文化、人物」為主的創作（姑且稱為「大巴六九系列」）已出版的包括《笛鸛：大巴六九系列之大正年間》《馬鐵路：大巴

1 巴代。2009。《薑路》。臺北：山海文化雜誌社。
2 巴代。2011。《吟唱 祭儀：當代卑南族大巴六九部落的祭儀歌謠》。臺北：耶魯國際文化事業。
3 巴代。2009。《Daramaw：卑南族大巴六九部落的巫覡文化》。臺北：耶魯國際文化事業。

六九系列之大正年間（下）》《走過：一個原住民台籍老兵的故事》《白鹿之愛》《野韻》五本；以「卑南族歷史人物、事件」為主要素材的已出版小說《最後的女王》一本，以及尚未進行的寫作計畫五部八本；以大巴六九巫覡文化為核心的巫幻作品的「巫旅系列」有《斯卡羅人》《巫旅》兩本。另外「台灣原住民族歷史事件」的《暗礁》《浪濤》闡述牡丹社事件；列入「其他」類別的包括待出版的〈月津〉〈八角樓下〉兩本長篇小說。

　　這十本長篇小說，四個系列，完成度較高的似乎是「大巴六九系列」，但詢問度、關注度最高的，毫無疑問是「巫旅系列」。連帶的，關於在小說裡的魔幻呈現，與傳統卑南族巫覡文化或其他書籍、影視所呈現的魔幻效果，有無相互關聯？筆者運用在小說作品之中有何特別意涵與企圖的疑問，則經常被提出。平心而論，個別作家的養成，自然受到其民族文化、閱讀經驗、成長環境與受教育的影響，而在觀念、技法、筆調有所差異，形成百花齊放的書寫作品。筆者不可能逃脫這樣的規律，而自詡為部落文史工作者，筆者定然有文化詮釋或傳遞文化的小小願望。概括而言，影響筆者小說巫幻操作的，有三個主要的面向。

二、大巴六九部落巫覡文化為底蘊

　　卑南族有十個部落，有大致相似的社會制度與文化現象，並以部落為單位各自規律秩序的運作。其中巫覡文化興盛，大致可以從各部落存在有巫師、巫儀、巫術的現象觀察得到。筆者出生的大巴六九部落，現在依舊存有十三位女巫，日常也不難遇上巫師應邀為部落族人進行「收驚安魂」與「增強力量」的巫術，或者安宅與喪葬淨除的儀式。

　　一般而言，卑南族巫覡文化是相信萬物皆有負責管理的神靈，這些神靈是逝去的遠古祖先。這個觀念不同於所謂「萬物有靈論」或「泛靈論」，那種認為萬物是存有靈魂或相對應的神格、鬼格的說法。卑南族巫覡文化認為神靈是物體的管理者，包括人、日、月、星辰、山、川、

動物、植物，都各有管裡的神靈。卑南族把這些管理萬物的祖先神靈與漢人民間信仰中的神、仙、佛、道、鬼、魂、魄、精靈、山魈、魑魅、魍魎等等，統稱為 viruwa。而巫師在儀式中透過儀典、咒語、祝禱詞展現的「神威」或「巫力」，都是以「召喚」常人的生魂、死靈以及這些神靈 viruwa 來進行。這些，筆者太隨常運用在小說情節而自得其樂。

（一）在《笛鸛》第一章〈自殺事件〉（p.54、55），[4] 提及了：「女巫笛鸛答應資淺的女巫阿洛教授以草偶施法的巫術，並相約以阿洛右膝蓋以上的大腿為施咒範圍，讓阿洛練習解除巫術的咒語。」這個製作草偶作為巫師之間閒時相互鬥法、練習與取樂的敘述，是源自於筆者國小時期隨父母造訪隔壁利嘉村的大伯家時的經驗，當時以大伯母為首的幾個女巫，相約開玩笑要做個草偶鬥鬥某個村的巫師姊妹。當下她們雖說了幾個細節，但並沒有真正實施，卻讓我記憶深刻。日後從事巫覡文化的調查研究，筆者了解到巫師有使人健康的巫術，但同時也會有一些手法可以致人生病，坊間有時會以「黑巫術」稱之，這是卑南族巫術素來為人所忌憚的根本。筆者在小說章結也使用黑巫術一詞，但實際上僅是名為 balisi 的巫術之一，並沒有黑或邪的名詞與意涵。

另外，《笛鸛》第一章第八節提及的「巫術開口」，是現在還存在的真實巫術儀式，名為 badala' 也稱為 smaligi。小說中簡化了祝禱詞，但刻意加強了張力效果。第二章第四節的「尋槍巫術」，槍支事件是取材自日治時期臺東廳警察的行政記錄，[5] 恰與部落女巫經常述及的口傳故事有驚人的疊合。小說的巫術情節，為 2006 年田野調查期間巫師口述。

（二）在《馬鐵路》[6] 第九章〈母路母路克的追逐戰〉（p.252）所描繪的設置「巫術開口」以便操縱死靈的巫術，聽似恐怖不可思議，卻是部落巫師日常進行巫儀時，召喚與指示 viruwa（神靈）的程序所衍生的，

---

4 巴代。2007。《笛鸛：大巴六九系列之大正年間》。臺北：麥田出版社。
5 臺灣省文獻委員會。1998。《理蕃誌稿 第三卷》臺北：臺灣省文獻會。
6 巴代。2010。《馬鐵路：大巴六九系列之大正年間（下）》。臺北：耶魯國際文化事業。

也是部落巫師設置「巫術開口」的基本手法。

（三）《白鹿之愛》[7]序章〈伏擊〉一行人北返行經哨卡，巫師施咒，控制人狗的意志，運用的是大巴六九部落現存的招魂巫術 bazvaliu 的生魂操縱術，使狗失去敵意，使敵人陷入夢意狀態。第十四章〈開戰前夕〉（p.267）所進行的出征前增強力量的巫術儀式，是傳統征戰前的儀式，也是時至今日，舉凡團體競賽或個人入伍、比賽前都會請求巫師進行的儀式。運用在小說裡，反襯女主角路格露送行愛慕之人的不捨、憂心與祝福。

（四）《斯卡羅人》[8]是改編自卑南族口傳故事中，關於卡地布部落[9]一個氏族南遷的故事，這是巫術展現最為密集的口傳故事。其中序章〈人糞巫術〉（p.3），是民國 60 年代發生在大巴六九部落，一個少女在大巴六九溪遇見精靈的真實事件移植作為整部小說故事的引言與鋪陳。第四章〈神秘伴侶〉呈現出大巴六九部落巫覡文化中靈俗接觸的反應，另外第六章〈劈海逃生〉、第七章〈風雨退敵〉、第八章〈神行巫術〉、第十章〈斯卡羅人〉，則是以大巴六九巫術的操作理論，重新鋪展與詮釋口傳故事中那些令人嘖嘖稱奇的巫術展演。這些章節的巫術張力，也成為本書的主要看點。

（五）《巫旅》是「巫旅系列」的第一部，原本設定的書名是「梅婉」，說的是一個具有女巫潛質的國中女生梅婉，她天生所具備的巫力被喚醒的過程。反省大巴六九部落後山森林植物生態，也探究巫術力量的來源與界限。在第一章、第二章所述及的充滿奇幻經驗的故事，有一大半是「梅」「婉」這兩個女生的真實經驗。本書原本就是設計成一本可以提供具有成巫體質與慧質的女生的練習手冊，所以，第 12 章〈阿巫的招魂儀式〉是真實的儀式，祝禱詞與咒語也是當代巫師使用的形式

7　巴代。2012。《白鹿之愛》臺北：印刻文學。
8　巴代。2009。《斯卡羅人》臺北：耶魯國際文化事業。
9　今臺東市的知本部落，事件約略發生在 1630 年前後。

與內容。第 17 章〈小女巫梅婉〉是真實可用的愛情咒詞。

綜合上述幾點，應該不難看出，所有關於巫術的操作與相關的神靈概念，筆者是植基在大巴六九部落的巫覡文化，加以戲劇化或作為故事那些超自然力量運用的理論基礎。[10] 但一開始，筆者對超自然現象的理解並不是從這些開始，而是漢人民間信仰對神鬼的概念。

三、臺灣民間信仰的神靈概念啟蒙

卑南族的十個部落地處臺東平原，自十九世紀即與漢民族相處緊密，日常生活的漢民族文化痕跡隨處可見。即便稍微靠近山區的大巴六九部落，不少的家庭在很多年前就在廳堂設彩屏、置祖宗牌，按節氣祭祀祖先。加上家廟與後來建成的宮廟，以及早年電視劇大量的關於佛祖、觀音、媽祖以及王爺、天將斬妖除魔的連續劇，著實啟蒙了我對於「神靈」的認知。在小說效果上總會不自覺得呈現那樣的概念。

（一）短篇小說〈阿水家的小媳婦〉[11] 裡，那位受欺負想尋短的小媳婦阿春，在部落北方一個龍眼樹下遇見的女人阿嬌，是一年前也同樣在此上吊輕生的媳婦，她現身接引阿春。「怨念深，魂魄難消散」以及「找交替」的現象，即是緣自於臺灣民間信仰的概念。

另外，長篇小說《巫旅》中，因霸凌致死的乙古勒（p.52），在高速公路撿拾屍塊往自己身上黏貼的學生（p.26），還有新崛江那個有著一雙集孤單、落寞、悔恨、絕望與乞憐眼神的男子魂魄（p.36），這些因為某種懸念、願力、怨念所形成的意念，使得魂魄留置原地，反覆做同樣一件事的現象，也是上述「怨念深，魂魄難消散」的概念。

（二）短篇小說〈女巫〉[12] 中，女巫阿鄔以衣服代替作為收驚安魂的

---

10 詳見《Daramaw：卑南族大巴六九部落的巫覡文化》，耶魯國際文化事業，2009,12，臺北。
11 詳見短篇小說集《薑路》，山海文化雜誌社，2009,7，臺北。
12 同註 11。

對象（p.232），是一般收驚常見的作法。女巫後來強忍著悲傷在直升機上作巫法（p.241），希望搶救自己車禍重傷的兒子，卻見到頭部泛著黃光圈的幾個逝去多年的婦人，正從部落的方向注視著她，而她的兒子卻快速的飛向部落。人死亡當下，或前或後，魂魄離身是一般民間信仰中常見的說法，而「頭泛著黃光圈」是彩屏的神像畫作常見的圖像，畫作揉雜著佛道的概念，成為民間信仰中描繪神仙的基本樣態。筆者在八歲時，親身目睹與經歷剛過世數個月的外婆現身顯影，她頭上泛著光圈，筆者接著也開始泛起相同的黃光圈，廟裡解釋那是已經位列仙班的祖先才會有現象。也許是因為外婆生前個女巫，她擁有力量與善蹟所以死後成仙，但筆者頭部週遭泛起黃光圈的事，則沒有任何解釋。

（三）長篇小說《野韻》[13]第五章〈婚姻〉（p.235），莎姑阻止了她的丈夫跟隨其他人，去追逐一隻擁有著渾圓屁股的山羌，因為她聽部落一個有著陰陽眼的人說過，那是一隻被死在荒郊野外的亡靈所附身的山羌，追逐者會出事。莎姑說的是真實發生過的事，而這裡的「陰陽眼」是臺灣漢民族民間信仰的概念，能看見非凡間的鬼魂神靈。

四、閱讀經驗與影視作品的影響

上述臺灣民間信仰的影響，除了是筆者自幼成長的經驗與體悟之外，影視媒體以及青少年時期閱讀《山海經》、漫畫或臺灣民間故事是主要的大宗。接下來，筆者還要刻意列出一個章節來談閱讀經驗與影視作品對筆者作品的影響。主要還是要特別說明，這幾年諸如《哈利波特》《魔戒》等作品狂襲之下，不少讀者可能會連想到筆者小說裡那些大量的咒語，成群的樹精、樹魂的畫面，與筆者作品的連結。

（一）咒語的運用：咒語、祝禱詞在卑南族巫術儀式裡是不可或缺的元素，但如果小說劇情全部使用標準咒語、祝禱詞的原型，會使得情

---

[13]《野韻》，印刻文學，2018,7，臺北。

節沉悶與不自然，所以除了《巫旅》有兩段如前文所提到的全文呈現，其他則是參考道教或廟宇法師的咒詞，採取簡單且直接的詞句，如：短篇小說〈女巫〉（p.236）「巴拉日，烏如瑪，嘎燕，里地谷……」，短篇小說〈鬥法〉（p.272）「嘎各讓…巴比亞……啐！」，或者像《斯卡羅人》第七章〈風雨退敵〉（p.204）「Huzahuzal Huzahuzanla hu…（雨來雨來），valiyian valivaliyian hu…（風來風來）」。這樣看起來簡短不中斷情節的節奏，看起來也符合一般人對咒語的想像與習慣。當然也有參考了包括《哈利波特》等過去影視與閱讀經驗，重新編寫的咒語。

（二）樹精或樹靈的運用：這部分最經常被問起，原因是我在不同的小說情節裡，分別安排有樹精的角色。筆者對樹成精或有樹魂的概念，一方面起自臺灣民間信仰裡的神、仙、佛、道、鬼、魂、魄、精靈、山魈、魑魅、魍魎的泛靈概念，以及《山海經》眾多的神獸妖精的加強，加上民國七〇年代全臺迷六合彩、大家樂時期，不少彩迷以紅布圈圍大樹並焚香膜拜召引精靈或小鬼的行徑所給予的印象。但一群樹精或樹魂開會或打架，則是採用電影與小說《魔戒》的效果。

在〈鬥法〉（p.274）那個長時期吸取了女巫修行時溢出的法力，而成為有移動與幻形能力的四百歲茄苳樹，其原型取自《西遊記》中那些跟隨佛祖或觀音，因日夜聽經修行有了法力而後逃逸作亂的妖怪。但煽動自深山而來的各型樹精、樹魂與女巫法力形成的閘口拼戰，以及《巫旅》大篇幅的樹精劇情，如：第九章〈巨樹林〉，第十章〈樹魂會議〉，第十一章〈寧靜戰爭〉，則是引用《魔戒》的模式，讓樹眾聚集說話，藉以探討大巴六九山區近一百年的植物生態，在物種自然競爭與人為的雙重破壞下的結果，也試圖呈現卑南語在巫術情境的可能狀態，同時說明巫術力量的界限與禁忌。

（三）穿越與召喚：「召喚」與「穿越」是卑南族巫術力量的兩大元素，藉著召喚生魂與死靈來達成目的。但主角梅婉如何穿越一百年或四百年到達想去的地方，則必須有具說服力的理由。這部分我參考日本動畫《犬夜叉》的構想，設定一個穿越點，讓主角進出。例如「梅婉

說著，動作卻沒停止，她換上牛仔褲，上身著一件長袖稍厚的棉質套頭衫，手提著裝有烏樹儀式常用的器具袋子……穿好布鞋後，躺上床蓋上一條夏季涼被。」梅婉這一次的穿越口，選擇在自己的房間裡。

<h2 style="text-align:center">五、結語</h2>

　　看起來，這樣的分析、自剖，毫無疑問的說明了筆者這些所謂魔幻、奇幻、巫幻的作品，無論有意無意，都不可避免的襲用或巧合的運用了許多已知元素。這或許說明了個別作家的養成，自然受到其民族文化、閱讀經驗、成長環境與受教育的影響，而在觀念、技法、筆調有所差異，形成百花齊放的書寫作品。筆者不可能逃脫這樣的規律，然而筆者自詡為部落文史工作者，在嚴肅地整理文化脈絡或再詮釋與傳遞文化之餘，參考或襲用已知的元素，或許只能視之為遊戲之作，調和筆者那連續不斷的，稍嫌沉重的歷史書寫情緒吧。

2019.2.26 岡山

引用書目

一、中文

Kimball 。2016。〈當汽油人遇見初音未來：談當代同人生態系的構造〉。《動漫社會學：本本的誕生》。王佩迪編。臺北：奇異果文創。55-70。

乜寇・索克魯曼。2007。《東谷沙飛傳奇》。臺北：印刻。

王金城。2015。〈命名、中心與邊緣──對世界華文文學的幾點思考〉。《世界華文文學論壇》2015 年第 3 期。5-9。

王德威。2013。〈「根」的政治，「勢」的詩學：華語論述與中國文學〉。《中國現代文學》第 24 期。1-18。

王德威。2018。〈重構南洋圖像：理論與故事的交鋒〉。《華語語系與南洋書寫：臺灣與星馬華文文學及文化論集》。張曉威、張錦忠主編。臺北：聯經。249-262。

瓦歷斯・諾幹。2003。〈台灣原住民文學的去殖民──台灣原住民文學與社會的初步觀察。《台灣原住民族漢語文學選集評論卷（上）》。孫大川主編。臺北：印刻。127-151。

瓦歷斯・諾幹。2009。《字字珠璣》。臺北：國家。

瓦歷斯・諾幹。2013。《字頭子》。臺北：印刻。

瓦歷斯・諾幹。2014。《戰爭殘酷》。臺北：印刻。

瓦歷斯・諾幹。2016。《七日讀》。臺北：印刻。

巴代。2014。《巫旅》。臺北：印刻。

巴蘇亞・博伊哲努。2007。〈什麼是原住民文學〉。《被遺忘的聖域：原住民神話、歷史與文學的追溯》。浦忠成著。臺北：五南。484-485。

古遠清。2012。《從陸臺港到世界華文文學》。臺北：新銳文創。

史書美。2013。《視覺與認同：跨太平洋華語語系表述、呈現》。臺北：聯經。

史書美。2017。《反離散：華語語系研究論》。臺北：聯經。

朱崇科。2004。《本土性的糾葛──邊緣放逐・「南洋」虛構・本土迷思》。臺北：唐山。

李衣雲。2016。〈這就是愛：從迷與二次創作談起〉。《動漫社會學：本本的誕生》。王佩迪編。臺北：奇異果文創。47-54。

李育霖。2021。〈朝向少數的文學史編纂：論《日曜日式散步者》紀錄片的音像配置〉。《中外文學》第 50 卷第 4 期。43-73。

李時雍等。2018。《百年降生：1900-2000 臺灣文學故事》。新北：聯經。

呂樾。2018。《臺灣自然導向文學中的美學與倫理：以王家祥、劉克襄、吳明益為例》。中興大學臺灣文學與跨國文化研究所碩士論文。

吳明益。2003a。《臺灣自然寫作選》。臺北：二魚文化。

吳明益。2003b。《蝶道》。臺北：二魚文化。

吳明益。2004。《以書寫解放自然：臺灣現代自然書寫的探索》。臺北：大安出版社。

吳明益。2010。《迷蝶誌》（再版）。新北市：夏日出版社。

吳明益。2011a。《臺灣現代自然書寫的探索 1980-2002：以書寫解放自然 BOOK 1》。新北：夏日出版。

吳明益。2011b。《自然之心──從自然書寫到生態批評：以書寫解放自然 BOOK 3》。新北：夏日出版社。

吳明益。2019。〈恆久受孕的雌性〉。《苦雨之地》。臺北：新經典文化。168-207。

吳明益。2019。《苦雨之地》。臺北：新經典文化。

吳潛誠。1999。〈閱讀花蓮：地誌書寫──楊牧與陳黎〉。《在想像與現實間走索：陳黎作品評論集》。王威智主編。臺中：書林。195-202。原載於《四方文學週刊》（1997 年 11 月）。

邱貴芬。2003。〈「後殖民」的台灣演繹〉。《後殖民及其外》。臺北：麥田。259-299。

邱貴芬。2016。《看見台灣：台灣新紀錄片研究》。臺北：臺灣大學出版中心。

邱貴芬。2021。〈千禧作家的新台灣文學傳統〉。《中外文學》第 50 卷 2 期。15-46。

邱貴芬。2019。〈「世界華文文學」、「華語語系文學」、「世界文學」：以楊牧探測三種研究臺灣文學的跨文學框架〉。《台灣文學學報》第 35 期。127-158。

何敬堯。2017。〈「序」華麗時代的圓桌會〉。《華麗島軼聞：鍵》。何敬堯等著。臺北：九歌。7-17。

何敬堯等。2017。《華麗島軼聞：鍵》。臺北：九歌。

宋澤萊。1996。《血色蝙蝠降臨的城市》。臺北：草根。

宋澤萊。2001。《熱帶魔界》。臺北：草根。

余顯強。2012。〈Web 2.0〉。「國家教育研究院 雙語詞彙、學術名詞暨辭書資訊網」。（來源：https://terms.naer.edu.tw/detail/1679039/?index= 5131，上網日期：2022 年 7 月 1 日）

范銘如。2008。《文學地理：台灣小說的空間閱讀》。臺北：麥田。

林巾力。2016。〈林亨泰與風車詩社〉。《日曜日式散步者：風車詩社及其時代》第一冊〈瞑想的火災：作品／導讀〉。陳允元、黃亞歷編。臺北：行人文化實驗室、臺南市政府文化局。192-195。

林芳玫。2021。〈從地方駛到東亞史與世界史：巴代歷史小說的跨文化與跨種族視野〉。《台灣文學學報》第 38 期。1-34。

林黛嫚。2010。〈花圃飄零，英雄何處：台灣報紙副刊及副刊主編析論（1997-2009）〉。世新大學。新聞典範的挑戰與另類媒體：紀念成露茜教授國際學術研討會。2010 年 5 月 29 日。

周寧。2004。〈走向一體化的的世界華文文學〉。《東南學術》2004 年第 2 期。155-156。

施淑。1997。《兩岸文學論集》。臺北：新地。

徐菊清。2018。《翻譯中的贊助、詩學與意識：臺灣文學英譯研究》。臺北：文鶴。

徐富昌。2013。〈源遠流長的文字〉。《字頭子》。瓦歷斯‧諾幹著。臺北：印刻。10-12

奚密。2007。〈燃燒與飛躍：一九三〇年代臺灣的超現實詩〉。《台灣文學學報》第 11 期。75-107。

奚密。2010。〈楊牧：臺灣現代詩的 Game-Changer〉。《台灣文學學報》第

17 期。1-26。

浦忠成。2003。〈原住民文學發展的幾回轉折——由日據時期以迄現在的
　　觀察〉。《台灣原住民族漢語文學選集評論卷（上）》。孫大川主編。臺
　　北：印刻。95-124。

陳允元。2016。〈序：前衛的回聲〉。《日曜日式散步者：風車詩社及其時
　　代》第一冊「瞑想的火災：作品／導讀」。陳允元、黃亞歷主編。臺
　　北：行人文化實驗室、臺南市政府文化局。20-24。

陳允元。2013。〈尋找「缺席」的超現實主義者——日治時期臺灣超現實主
　　義詩系譜的追索與文學史再現〉。《台灣文學學報》第 16 期。9-45。

陳允元。2020。〈序：共時與時差〉。《共時的星叢——風車詩社與新精神的
　　跨界域流動》。陳允元、黃亞歷編。臺北：臺南市政府、文化局本木工
　　作室。2-5。

陳允元、黃亞歷編。2016。〈發自世界的電波：思潮／時代／回響〉。《日曜
　　日式散步者：風車詩社及其時代》第二冊。臺北：行人文化實驗室、
　　臺南市政府文化局。

陳正芳。2007。《魔幻寫實主義在台灣》。臺北：生活人文。

陳平浩。2016。〈考克多的手，水蔭萍的腳——黃亞歷《日曜日式散步者》
　　裡的重演與再現〉。《日曜日式散步者：風車詩社及其時代》第二冊
　　〈發自世界的電波：思潮／時代／回想〉。陳允元、黃亞歷編。臺北：
　　行人文化實驗室、臺南市政府文化局。178-184。

陳芷凡。2014。〈「第三空間」的辯證——再探《野百合之歌》與《笛鸛》
　　之後殖民視域〉。《臺灣文學研究學報》第 19 期。115-144。

陳芷凡。2018。〈戰爭與集體暴力：高砂義勇隊形象的文學再現與建構〉。
　　《臺灣文學研究學報》第 26 期。123-150。

陳芷凡。2019。〈從邊緣發聲到望向多方：再探原住民族文學的學位論文趨
　　勢〉。《民族學界》第 43 期。63-82。

陳芳明主編。2012。《練習曲的演奏與變奏：詩人楊牧》。臺北：聯經。

陳沛淇。2017。〈「穿越」是為了愛與改變：評楊双子《花開時節》〉。
　　「Open Book 閱讀誌」。（來源：https://www.openbook.org.tw/article/
　　p-876，上網日期：2021 年 9 月 26 日）

陳建忠。2007。《臺灣小說史論》（與邱貴芬、張誦聖、劉亮雅、應鳳凰合
　　撰）。臺北：麥田。

陳建忠。2012。〈「美新處」（USIS）與臺灣文學史重寫：以美援文藝體制下的臺、港雜誌出版為考察中心〉。《國文學報》。211-42。

陳國偉。2013。《類型風景：戰後台灣大眾文學》。臺南：國立台灣文學館。

孫大川。2003。〈原住民文化歷史與心靈世界的摹寫〉。《台灣原住民族漢語文學選集評論卷（上）》。孫大川主編。臺北：印刻。17-51。

孫松榮。2016。〈死而復生之花：《日曜日式散步者》的蒙太奇思想〉。《日曜日式散步者：風車詩社及其時代》第二冊〈發自世界的電波：思潮／時代／回想〉。陳允元、黃亞歷編。臺北：行人文化實驗室、臺南市政府文化局。186-189。

孫松榮。2019。〈我們如何現代過？──關於「共時的星叢──『風車詩社』與跨界域藝術時代」〉。《共時的星叢──「風車詩社」與跨界域藝術時代》。黃舒屏主編。臺中：國立臺灣美術館。48-53。

張俐璇。2010。《兩大報文學獎與台灣文學生態之形構》。臺南：臺南市立圖書館。

張俐璇。2021。〈台灣文學轉譯初探──以桌遊《文壇封鎖中》為例〉。《文史台灣學報》第 15 期。181-216。

張隆溪。2010。〈世界文學時代的來臨〉。《二十一世紀雙月刊》第 121 期。23-27。

張隆溪。2015。〈文學理論的式微與世界文學的興起〉。《二十一世紀雙月刊》第 151 期。9-17。

張隆溪。2019。〈何謂"世界文學"？〉。《南國學術》第 9 卷第 2 期。210-219。

張誦聖。2017。〈迂迴的文化傳遞〉。《文藝春秋》。黃崇凱著。新北：衛城。295-306。

張錦忠。2003。〈文學史方法論：一個複系統的考慮：兼論陳瑞獻與馬華現代主義文學系統的興起〉。《南洋論述：馬華文學與文化屬性》。臺北：麥田。163-175。

黃亞歷。2016。〈後記：角落裡的眼瞳〉。《日曜日式散步者：風車詩社及其時代》第二冊〈發自世界的電波：思潮／時代／回想〉。陳允元、黃亞歷編。臺北：行人文化實驗室、臺南市政府文化局。202-205。

黃亞歷。2019。〈婦反電影，在美術館一隅〉。《共時的星叢──「風車詩社」與跨界域藝術時代》。黃舒屏主編。臺中：國立臺灣美術館。12-

18。

黃亞歷、孫松榮、巖谷國士。2020。〈前導：策展論述〉。《共時的星叢：風車詩社與新精神的跨界域流動》。陳允元、黃亞歷編。臺北：臺南市政府文化局、本木工作室。原書無頁數。

黃建銘。2005。《日治時期楊熾昌及其文學研究》。臺南：臺南市立圖書館。

黃啟方。2009。〈序〉。《字字珠璣》。瓦歷斯・諾幹著。臺北：國家出版社。3-4。

黃順興。2009。〈新聞的場域分析：戰後台灣報業的變遷〉。《新文學研究》。104。113-160。

黃儀冠。2019。〈國藝會補助成果的跨媒介轉化想像？文學 IP 如何開發？——以小說的影像改編與文學傳播為主〉。「財團法人國家文化藝術基金會 補助成果資料庫『長篇小說專案』」（來源：https://archive.ncafroc.org.tw/novel/paper/3，上網日期：2022 年 5 月 20 日）。

黃錦樹。1998。《馬華文學與中國性》。臺北：元尊文化。

黃錦樹。2007。〈無國籍華文文學：在臺馬華文學的史前史，或臺灣文學史上的非臺灣文學——一個文學史的比較綱領〉。《重寫・臺灣・文學史》。張錦忠、黃錦樹主編。臺北：麥田。123-159。

黃錦樹。2018。〈南方華文文學共和國：一個芻議〉。《中山人文學報》第45 期。1-20。

黃麗明。2015。《搜尋的日光：楊牧的跨文化詩學》。詹閔旭、施俊州譯，曾珍珍校譯。臺北：洪範書局。

盛浩偉等。2018。《百年降生：1900-2000 臺灣文學故事》。臺北：聯經。

葉石濤。1987。《台灣文學史綱》。高雄：文學界雜誌社。

董恕明。2010。《細雨微塵如星開闔：綜論台灣當代原住民漢語書寫》。臺中：天空數位圖書。

曾永義。2013。〈兩支生花妙筆——從瓦歷斯・諾幹的創作說到新著《字頭子》〉。《字頭子》。瓦歷斯・諾幹著。臺北：印刻。6-9。

曾珍珍。2000。〈從神話構思到歷史銘刻：讀楊牧以現代陳黎以後現代詩筆書寫立霧溪〉。《地誌書寫與城鄉想像：第二屆花蓮文學研討會論文集》。花蓮：花蓮縣文化局。31-51。

楊双子。2015。〈花開時節〉。《雪殼：第四屆臺中文學獎得獎作品集》臺中市政府文化局主編。臺中：臺中市政府文化局。56-74。

楊双子。2017。《花開時節》。臺北：奇異果文創。

楊双子。2018。〈楊千鶴與花開時節與我〉。「楊双子＿百合，愛有力」。（來源：http://maopintwins.blogspot.com/2018/10/396.html，上網日期：2021年9月26日）

楊双子。2019。〈楊双子創作自述〉。尚未發表。

楊若暉。2012。〈台灣ACG界百合迷文化發展史研究（1992-2011）〉。中興大學歷史系碩士學位論文。

楊若慈。2015。《那些年，我們愛的步步驚心：台灣言情小說浪潮中的性別政治》。臺北：秀威。

楊牧。2005。〈台灣詩源流再探〉。《人文蹤跡》。臺北：洪範。175-180。

楊翠。2018。〈認同與記憶：以阿媽的創作試探原住民女性書寫〉。《少數說話：台灣原住民女性文學的多重視域（下）》。臺北：玉山社。6-41。

詹閔旭。2018。〈一九九九：火焰蟲照路〉。《百年降生：1900-2000臺灣文學故事》。李時雍等著。新北：聯經。379-381。

詹閔旭。2020。〈媒介記憶：黃崇凱《文藝春秋》與台灣千禧世代作家的歷史書寫〉。《中外文學》第49卷第2期。93-124。

詹閔旭。2021。〈新世紀南方視野：連明偉《藍莓夜的告白》裡的台籍打工度假青年國際移工〉。《淡江中文學報》第45期。238-265。

詹閔旭、施俊州、曾珍珍。2015。〈譯序〉。《搜尋的日光：楊牧的跨文化詩學》。黃麗明著。臺北：洪範書局。9-10。

詹閔旭、徐國明。2015。〈當多種華語語系文學相遇：台灣與華語語系世界的糾葛〉。《中外文學》第44卷第1期。25-62。

新日嵯峨子（瀟湘神等）。2015。《臺北城裡妖魔跋扈》。臺北：奇異果文創。

臺北地方異聞工作室。〈話談工作室〉。「臺北地方異聞工作室」。（來源：http://taipei-legend.blogspot.com/p/blog-page_28.html，上網日期：2021年9月26日）

廖炳惠。2006。《臺灣與世界文學的匯流》。臺北：聯合文學。

劉小新、朱立立。2008。〈海外華人文學與「承認的政治」〉。《江蘇大學學報（社會科學版）》2008年第1期。45-57。

劉小新。2016。《對話與闡釋：劉小新選集》。廣州：花城出版社。

劉克襄。2008。《永遠的信天翁》。臺北：遠流。

劉俊。2007。《世界華文文學整體觀》。北京：人民文學出版社。

劉亮雅。2006。《後現代與後殖民：解嚴以來台灣小說專論》。臺北：麥田。

劉亮雅。2014。《遲來的後殖民：再論解嚴以來台灣小說》。臺北：國立臺灣大學出版中心。

劉洪濤。2014。《從國別文學走向世界文學》。上海：復旦大學出版社。

劉梓潔。碩士論文。尚未發表。

劉登翰、劉小新。2004a。〈對象‧理論‧學術平台──關於華文文學研究"學術升級"的思考〉。《廣東社會科學》2004年第1期。17-23。

劉登翰、劉小新。2004b。〈關於華文文學幾個基礎性概念的學術清理〉。《文學評論》2004年第4期。149-155。

劉登翰、劉小新。2004c。〈華人文化詩學：華文文學研究的範式轉移〉。《東南學術》2004年第6期。70-79。

劉登翰、劉小新。2005。〈文化詩學與華文文學批評──關於「華人文化詩學」的構想〉，《江蘇大學學報（社會科學版）》2005年第3期。64-78。

劉登翰。2016。《跨域與越界》。北京：人民出版社。

蕭阿勤。2000。〈民族主義與臺灣一九七〇年代的「鄉土文學」：一個文化（集體）記憶變遷的探討〉。《臺灣史研究》第6卷第2期。77-138。

賴玉釵。2018。〈奇幻經典之跨媒介網絡建構及敘事策略初探：以《哈利波特》故事網絡為例〉。《新聞學研究》第137期。133-183。

魏貽君。2013。《戰後台灣原住民族文學形成的探索》。臺北：印刻。

顏訥。2018。〈一九八五冬天的眼睛〉。《百年降生：1900-2000臺灣文學故事》。李時雍等著。新北：聯經。326-329。

譚光磊。2019。〈從海島航向世界：《複眼人》的國際版權之路〉。「roodo樂多日誌」（來源：https://web.archive.org/web/20120131195459/http://blog.roodo.com/grayhawk/archives/18826386.html，上網日期：2021年10月8日）。

巖谷國士。2019。〈從《日曜日式散步者》看『超現實主義』〉。《共時的星叢──「風車詩社」與跨界域藝術時代》。黃舒屏主編。臺中：國立臺灣美術館。18-37。

二、英文

Ades, Dawn, Michael Richardson and Krzysztof Fijalkowski. 2015.

"Introduction." In Dawn Ades, Michael Richardson and Krzysztof Fijalkowski eds., *The Surrealism Reader: An Anthology of Ideas*. Chicago: The University of Chicago Press. 8-14.

Akamatsu, Miwako. Forthcoming. "Taiwan Literature in Japan." *Encyclopedia of Taiwan Studies*. Brill.

Andres, Trisha. 2013. "The Man with the Compound Eyes, by Wu Ming-yi, *Harvill, Secker*." *Financial Times*. Web. 5 Mar. 2020 accessed. <https://www.ft.com/content/6d211df4-0f0c-11e3-ae66-00144feabdc0>.

Apter, Emily. 2013. *Against World Literature: On the Politics of Untranslatability*. London and New York: Verso.

Ashcroft, Bill, Gareth Griffiths and Helen Tiffin. 1989. *The Empire Writes Back: Theory and Practice in Post-colonial Literatures*. London and New York: Routledge.

Assmann, Aleida. 2008 "Communicative and Cultural Memory." In Astrid Erll, Ansgar Nunning, and Sara B. Young eds., *Cultural Memory Studies: An International and Interdisciplinary Handbook*. Berlin: Walter de Gruyter. 109-18.

Assmann, Aleida. 2015. "Theories of Cultural Memory and the Concept of 'Afterlife'." In Marek Tamm ed., *Afterlife of Events*. London: Palgrave Macmillan. 79-94.

Aw, Tash. 2013. "The Man with the Compound Eyes—Review." *The Guardian*. Web. 2 February. 2021 accessed. <https://www.theguardian.com/books/2013/sep/28/man-compound-eyes-wu-mingyi-review>

Bachner, Andrea. 2016. "Conclusion: Chinese Literatures in Conjunction." In Carlos Rojas and Andrea Bachner eds., *The Oxford Handbook of Modern Chinese Literature*. Oxford: Oxford University Press. 866-880.

Bachner, Andrea. 2022. "World-Literary Hospitality: China, Latin America, Translation." In Kuei-fen Chiu and Yingjin Zhang ed., *The Making of Chinese-Sinophone Literatures as World Literature*. Hong Kong: Hong Kong University Press, 2022. 103-121.

Baetens, Jan. 2012. "World Literature and Popular Literature: Toward a Wordless Literature?" In Theo D'haen, David Damrosch and Djelal Kadir eds., *The Routledge Companion to World Literature*. London and New York: Routledge. 336-344.

Balcom, John. 2005. "Translator's Introduction." In John Balcom and Yingtish Balcom eds., *Indigenous Writers of Taiwan: An Anthology of Stories, Essays, & Poems*. Translated with an introduction by John Balcom. New York: Columbia University Press. xi-xxiv.

Beebee, Thomas O. 2012. "World Literature and the Internet." In Theo D'haen, David Damrosch, and Djelal Kadir eds., *The Routledge Companion to World Literature*. London: Routledge. 297-306.

Bernards, Brian. 2016. "Sinophone Literature." In Kirk A. Denton ed., *The Columbia Companion to Modern Chinese Literature*. New York: Columbia University Press. 72-79.

Bhabha, Homi. 1994. *The Location of Culture*. New York and London: Routledge.

Birtwistle, Andy and Kuei-fen Chiu 2020. "Le Moulin: Audiovisual Non-Synchronization and the Making of a Historical Documentary." In Paul G. Pickowicz and Yingjin Zhang eds., *Locating Taiwan Cinema in the Twenty-First Century*. New York: Cambria Press. 153-172.

Bloom, Dan. 2013a. "Shooting for the stars." *Taipei Times*. Web. 5 Mar. 2020 accessed. <http://www.taipeitimes.com/News/feat/archives/2013/04/29/2003560974/1>

Bloom, Dan. 2013b. "Book Review: The Man with the Compound Eyes." *Taipei Times*. Web. 5 Mar. 2020 accessed. https://www.taipeitimes.com/News/feat/archives/2013/09/26/2003573018

Borges, Jorge Luis. 1999. "The Argentine Writer and Tradition." In Eliot Weinberger ed., *The Total Library: Non-fiction 1922-1986*. Translated by Esther Allen, Suzanne Jill Levine, and Eliot Weinberger. Penguin Books. 420-427

Bowers, Maggie Ann. 2004. *Magic(al) Realism*. London and New York: Routledge.

Buell, Lawrence. 1996. *The Environmental Imagination: Thoreau, Nature Writing, and the Formation of American Culture*. Cambridge: Harvard

University Press.

Byrnes, Corey. 2014. "Book Review: The Man with the Compound Eyes." *MCLC Resource Center Book Reviews.* Web. 5 May. 2020 accessed. <https://u.osu.edu/mclc/book-reviews/byrnes>

Cain, Sian. 2015. "Writer's indignation: Kazuo Ishiguro rejects claims of genre snobbery."*The Guardian.* Web. 7 Sep. 2021 accessed. <https://www.theguardian.com/books/2015/mar/08/kazuo-ishiguro-rebuffs-genre-snobbery>

Calhoun, Craig. 2008. "Cosmopolitanism and Nationalism." In *Nations and Nationalism* 14.3: 427-48.

Casanova, Pascale. 2004. *The World Republic of Letters.* Translated by M. B. DeBevoise. Cambridge: Harvard University Press.

Casanova, Pascale. 2014. "Literature as a World." In David Damrosch ed., *World Literature in Theory.* New York: Wiley-Blackwell. 192-208.

Chang, Sung-sheng Yvonne 1993. *Modernism and the Nativist Resistance: Contemporary Chinese Fiction from Taiwan.* Durham: Duke University Press.

Chau, Angie. 2018. "From Nobel to Hugo: Reading Chinese Science Fiction as World Literature." *Modern Chinese Literature and Culture* 30.1: 110-135.

Cheah, Pheng. 2014. "World against Globe: Toward a Normative Concept of World Literature." *New Literary History* 45.3: 303-329.

Cheah, Pheng. 2008. "What is a World? On World Literature as World-Making Activity." *Daedalus* 137. 3: 26-38

Cheah, Pheng. 2016. 2016. *What is a World? On Postcolonial Literature as World Literature.* Durham and London: Duke University Press.

Chen, Yu-Hao. 2017. "Far Afield: The Fantastic Journeys of Chinese Books in Translation (I)." *Books from Taiwan.* Translated by Eleanor Goodman. Web. December 12, 2021 accessed. <https://booksfromtaiwan.tw/latest_info.php?id=44>

Chiu, Kuei-fen, and Yingjin Zhang. 2022. "Introduction." In *The Making of Chinese/Sinophone Literature as World Literature.* Hong Kong: Hong Kong University Press. 1-21.

Chiu, Kuei-fen. 2013."Cosmopolitanism and Indigenism: The Use of Cultural Authenticity in an Age of Flows." *New Literary History* 44.1: 159-178.

Chiu, Kuei-fen. 2018. " 'Worlding' World Literature from the Literary Periphery: Four Taiwanese Models." In *Modern Chinese Literature and Culture* 30.1: 13-41.

Chiu, Kuei-fen. 2019. "From Postcolonial Literature to World Literature: Performative Historiography and the Reinvention of Taiwan Literature in a New Age." *Journal of World Literature* 4.4: 466-486.

Chiu, Kuei-fen. 2021. "Millennial Writers and the Taiwanese Literary Tradition." *TaiwanLit* 2.1（Spring 2021）. 2021/6/1 accessed. <https://taiwanlit.org/essays/millennial-writers-and-the-taiwanese-literary-tradition>

Chiu, Kuei-fen. 2023. "Taiwanese Literature in Two Transnational Contexts: Sinophone Literature and World Literature." In Pei-yin Lin and Wen-chi Li eds., *Taiwanese Literature as World Literature*. Bloomsbury. 19-34.

Chou, Shiuhhuah Serena. 2013. "Sense of Wilderness, Sense of Time: Mingyi Wu's Nature Writing and the Aesthetics of Change." In Simon C. Estok and Won-Chung Kim eds., *East Asian Ecocriticisms: A Critical Reader*. New York: Palgrave Macmillan.145-63.

Chou, Shiuhhuah Serena. 2014. "Wu's The Man with the Compound Eyes and the Worlding of Environmental Literature." *CLCWeb: Comparative Literature and Culture* 16.4. Web. 3 Feb. 2020 accessed. <https://docs.lib.purdue.edu/cgi/viewcontent.cgi?article=2554&context=clcweb>

Cohen, Daniel J. Roy Rosenzweig. 2006. *Digital History: A Guide to Gathering, Preserving, and Presenting the Past on the Web*. Philadelphia: University of Pennsylvania Press.

Colón-Aguirre, Mónica, and Rachel A. Fleming-May. 2012. "'You Just Type in What You Are Looking For': Undergraduates' Use of Library Resources vs. Wikipedia." *Journal of Academic Librarianship* 38.6: 391-99.

Corrigan, Timothy. 2017. "Defining Adaptation." In Thomas Leitch ed., *The Oxford Handbook of Adaptation Studies*. New York: Oxford University Press. 23-35.

D'haen, Theo, David Damrosch and Djelal Kadir. Eds. 2012. "Preface:

Weltliteratur, littérature universelle, vishwa sahitya ..." In Theo D'haen, David Damrosch and Djelal Kadir eds., *The Routledge Companion to World Literature*. London and New York: Routledge. xviii-xxi.

D'haen, Theo. 2011. "Why World Literature Now?" *University of Bucharest Review* XIII (vol. I – new series) 1 (2011): 29-39.

D'haen, Theo. 2012. "Mapping World Literature." In Theo D'haen, David Damrosch, and Djielal Kadir eds., *The Routledge Companion to World Literature*. London and New York: Routledge. 413-422.

Dalmi, Katalin. 2021. "Japanese Literature in Contemporary Hungary: Trends in Translation and the Influence of Haruki Murakami." *Archiv Orientalni* 89.2: 331-37.

Damrosch, David. 2003. *What Is World Literature?* Princeton and Oxford: Princeton University Press.

Damrosch, David. 2013. "World Literature in a Postliterary Age." *Modern Language Quarterly* 74.2: 151-170.

Damrosch, David. 2013a. "Global Comparatism and the Question of Language." *PMLA*. 128.3: 622-28.

Delanty, Gerard. 2006. "The Cosmopolitan Imagination: Critical Cosmopolitanism and Social Theory." In *The British Journal of Sociology* 57.1: 26-47.

Dena, Christy. 2019. "Transmedia Adaptation: Revisiting the No-Adaptation Rule." In Freeman and Gambarato eds., *The Routledge Companion to Transmedia Studies*. New York and London: Routledge. 195-206.

Derrida, Jacques, and Elisabeth Roudinesco. 2004. *For What Tomorrow: a dialogue*. Trans. Jeff Fort. Stanford: Stanford University Press.

Derrida, Jacques, and Eric Prenowitz 1995. "Archive Fever: A Freudian Impression." *Diacritics* 25.2: 9-63

Drucker, Johanna. 2014. *Graphesis, Visual Forms of Knowledge Production*. Cambridge, Massachusetts: Harvard University Press.

Dutton, Jacqueline. 2014. "Francophonie and Universality: The Ideological Challenges of Littérature-monde." In David Damrosch ed., *World Literature in Theory*. Wiley Blackwell. 279-292.

Eagleton, Terry. 1976. *Marxism and Literary Criticism*. London and New York:

Routledge.

Elliott, Kamilla. 2020. *Theorizing Adaptation*. Oxford University Press.

Eoyang, Eugene. 1998. "Yang Mu, a pivotal figure in the development of modern Chinese literature, is one of the most widely read living poets of the world's largest literary audience: Chinese-speaking people." *Amazon*. Web. 20 May 2016 Accessed. <https://www.amazon.com/No-Trace-Gardener-Poems-Yang/dp/0300070705/ref=sr_1_1?ie=UTF8&qid=148679 7475&sr=8-1&keywords=yang+mu>.

Erll, Astrid, and Ann Rigney. 2006. "Literature and the Production of Cultural Memory: Introduction." In *European Journal of English Studies* 10.2: 111-115. <https://doi.org/10.1080/13825570600753394>

Erll, Astrid. 2011. "Traumatic pasts, literary afterlives, and transcultural memory: new directions of literary and media memory studies." *Journal of Aesthetics & Culture* 3.1. DOI: 10.3402/jac.v3i0.7186

Ernst, Wolfgang. 2013. *Digital Memory and the Archive*. Edited and with an introduction by Jussi Parikka. Minneapolis and London: University of Minnesota Press.

Fine, Robert. 2007. *Cosmopolitanism*. New York: Routledge.

Flew, Terry. 2014. *New Media (fourth edition)*. Australia and New Zealand: Oxford University Press.

Foucault, Michel. 1972. *The Archaeology of Knowledge and the Discourse of Language*. Trans. A. M. Sheridian Smith. New York: Pantheon Books.

Freeman, Matthew. Renira Rampazzo Gambarato. 2019. "Introduction: Transmedia Studies—Where Now?" In Matthew Freeman and Renira Rampazzo Gambarato eds., *The Routledge Companion to Transmedia Studies*. New York and London: Routledge. 1-12.

Fuchs, Christian. 2014. *Social Media: A Critical Introduction*. Thousand Oaks, CA: Sage.

Gaffric, Gwennaël. Forthcoming. "Taiwan Literature in France." *Encyclopedia of Taiwan Studies*. Brill.

Garrard, Greg. 2012. *Ecocriticism. Second Edition*. London and New York: Routledge.

Gervais, Bertrans. 2013. "Is There a Text on This Screen? Reading in an Era of Hypertextuality." In Ray Siemens and Susan Schreibman eds., *A Companion to Digital Literary Studies*. West Sussex: Wiley-Blackwell. 183-202.

Goethe. Johann Wolfgang (von). 2012. "On World Literature (1827)." In Theo D'haen, César Domínguez and Mads Rosendahl Thomsen eds., *World Literature: A Reader*. London: Routledge. 9-15.

Goethe. Johann Wolfgang (von). 2014. "Conversations with Eckermann on Weltliteratur (1827)." In David Damrosch ed., *World Literature in Theory*. New Jersey: Wiley Blackwell. 15-21.

Goldblatt, Howard. 2004. "Blue Pencil Translating: Translator as Editor." *Translation Quarterly* 33: 21-29.

Gomez, Jeff. 2019. "Transmedia Developer: Success at Multiplatform Narrative Requires a Journey to the Heart of Story." In Matthew Freeman and Renira Rampazzo Gambarato eds., *The Routledge Companion to Transmedia Studies*. New York and London: Routledge. 207-213.

Graham, Shawn. 2013. "The Wikiblitz: A Wikipedia Editing Assignment in a First-Year Undergraduate Class." In Jack Dougherty and Kristen Nawrotzki eds., *Writing History in the Digital Age*. Ann Arbor: University of Michigan Press. 75-85.

Grass, Gunter. 1999. *My Century*. Trans. Michael Henry Heim. New York: Harcourt Brace Jovanovich.

Groppe, Alison M. 2013. "Li Yongping: Home and Away." In *Sinophone Malaysian Literature: Not Made in China*. New York: Cambria Press.

Haddad, Samir. 2005. "Inheriting Democracy to Come." In *Theory & Event* 8.1.<https://muse.jhu.edu/article/180071>

Hashimoto, Satoru. 2022. "Intra-Asian Reading; or, How Lu Xun Enters into a World Literature" In Kuei-fen Chiu and Yingjin Zhang eds., *The Making of Chinese-Sinophone Literatures as World Literature*. Hong Kong: Hong Kong University Press. 25-39.

Hayot, Eric. 2010. "Commentary: On the 'Sainifeng 賽呢風' as a Global Literary Practice." In Jing Tsu and David Der-wei Wang eds., *Global Chinese*

Literature. Leiden and Boston: Brill. 219-228.

Heilbron, Johan. 2020. "Obtaining World Fame from the Periphery." *Dutch Cross: Journal of Low Countries Studies* 44.2: 136-44.

Heise, Ursula K. 2006. "The Hitchhiker's Guide to Ecocriticism." *PMLA* 121.2: 503-516.

Heise, Ursula K. 2008. *Sense of Place and Sense of Planet: The Environmental Imagination of the Global*. New York: Oxford University Press.

Heise, Ursula K. 2012. "World Literature and the Environment." In Theo D'haen, David Damrosch and Djelal Kadir eds., *The Routledge Companion to World Literature*. London and New York: Routledge. 404-412.

Hillenbrand, Margaret. 2006. "The National Allegory Revisited: Writing Private and Public in Contemporary Taiwan." In *Positions: East Asia Cultures Critique* 14.3: 633-662.

Hioe, Brian. 2016. "Review: Le Moulin." *New Bloom Magazine*. Web. 10 Apr. 2022 accessed. <https://newbloommag.net/2016/09/26/review-le-moulin/>

Holgate, Ben. 2019. "Planetary Perspective: Addressing Climate Change in Wu Ming-yi's The Man with the Compound Eyes." In *Climate and Crises: Magical Realism as Environmental Discourse*. London and New York. Routledge. 208-224.

Hopkins, David. 2004. *Dada and Surrealism: A Very Short Introduction*. Oxford: Oxford University Press.

Hoyan, Carole Hang Fung. 2019. ""Include Me Out": Reading Eileen Chang as a World Literature Author." *Ex-position* 41:7-32. Web. December 1, 2020 accessed. < http://ex-position.org/wp-content/uploads/2019/07/011-Carole-Hang-Fung-Hoyan.pdf>

Hsieh, Evelyn Hsin-chin. Forthcoming. "Teaching Taiwan Literature in US and Europe." In *Encyclopedia of Taiwan Studies*. Brill.

Hsieh, Ta-ying. John Chung-En Liu 2020. "Lessons from the Taiwan Syllabus Project: Findings and New Directions." *International Journal of Taiwan Studies* 3（2020）: 147-156

Hsu, Sean. 2016. "Finding Wonderland: Selling Taiwanese Rights Abroad (I)."

Books from Taiwan. Translated by Canaan Morse. Web. 12 Dec. 2019 accessed. < https://booksfromtaiwan.tw/latest_info.php?id=34>

Huang, Hsinya. 2014. "Toward Transpacific Ecopoetics: Three Indigenous Texts," *Comparative Literature Studies* 50.1: 120-147.

Huang, Hsinya.2013. "Sinophone Indigenous Literature of Taiwan: History and Tradition." In Shu-mei Shih, Chien-hsin Tasi, and Brian Bernards Eds., *Sinophone Studies: A Critical Reader*. New York: Columbia University Press. 242-254.

Hutcheon, Linda. 2006. *A Theory of Adaptation*. London and New York: Routledge.

Jenkins, Henry. 2003. "Transmedia Storytelling: Moving Characters from Books to Films to Video Games Can Make Them Stronger and More Compelling." *MIT Technology Review*. Web. 27. May. 2022 accessed. <https://www.technologyreview.com/2003/01/15/234540/transmedia-storytelling/>

Jenkins, Henry. 2006. *Convergence Culture: Where Old and New Media Collide*. New York and London: New York University Press.

Jenkins, Henry. 2009. "The Aesthetics of Transmedia: In Response to David Bordwell (Part One)." *Confessions of an Aca-Fan. The Official Weblog of Henry Jenkins*. Web. 13 May. 2022 accessed. <http://henryjenkins.org/blog/2009/09/the_aesthetics_of_transmedia_i.html>

Jenkins, Henry. 2010. "Transmedia Storytelling and Entertainment: An annotated syllabus." *Continuum: Journal of Culture and Media Studies* 24: 943-958.

Jenkins, Henry. 2011. "Transmedia 202: Further Reflections." *Confessions of an Aca-Fan. The Official Weblog of Henry Jenkins*. Web. 13 May. 2022 accessed. <http://henryjenkins.org/blog/2011/08/defining_transmedia_further_re.html>

Jenkins, Henry. 2017. "Adaptation, Extension, Transmedia." *Literature/Film Quarterly* 45.2. Web. 4 Apr. 2022 accessed. <https://lfq.salisbury.edu/_issues/first/adaptation_extension_transmedia.html>

Jenkins, Henry, Mizuko Ito, and Danah Boyd. 2015. *Participatory Culture in a*

Networked Era. London: Polity.

Jockers, Matthew L. 2013. *Macroanalysis: Digital Methods and Literary History.* Champaign, Illinois: University of Illinois Press.

Klöeter, Henning. Forthcoming. "Taiwan Literature in Germany." *Encyclopedia of Taiwan Studies.* Brill.

Lachmann, Renate. 1997. *Memory and Literature: Intertextuality in Russian Modernism.* Minnesota: University of Minnesota Press.

Lau, Joseph S. M and Timothy A. Ross. Eds. 1976. *Chinese Stories from Taiwan: 1960-1970.* New York: Columbia University Press.

Le Bris, Michel. et al. 2014. "For a World-Literature in French (2007)." Translated by. Delia Ungureanu. In David Damrosch ed., *World Literature in Theory.* New Jersey: Wiley Blackwell. 271-78.

Lin, Pei-yin. 2019. "Positioning 'Taiwan Literature' to the World: Taiwan as Represented and Perceived in English Translation." In Bi-yu Chang and Pei-yin Lin eds., *Positioning Taiwan in a Global Context: Being and Becoming.* London and New York: Routledge. 13-29.

Lin, Pei-yin. Wen-chi Li. 2023. "Introduction: Framing Taiwanese Literature as World Literature." In Pei-yin Lin and Wen-chi Li eds., *Taiwan Literature as World Literature.* London: Bloomsbury.

Lionnet, Françoise. 2014. "Universalisms and Francophonies（2009）." In David Damrosch ed., *World Literature in Theory.* New Jersey: Wiley Blackwell. 293-312.

Lister, Martin, Jon Dovey, Seth Giddings, Lain Grant, and Kieran Kelly. 2009. *New Media: A Critical Introduction.* 2nd Edition. London: Routledge.

Liu, Hongtao. 2015. "Chinese Literature's Route to World Literature." *CLCWeb: Comparative Literature and Culture.* 17. 1. December 12, 2021 accessed.: <https://doi.org/10.7771/1481-4374.2625>

Liu, Kenneth S. H. 2006. "Publishing Taiwan: A Survey of Publications of Taiwanese Literature in English Translation." In Anna Guttman, Michel Hockx, and George Paizis eds., *The Global Literary Field.* Newcastle: Cambridge Scholars Press. 200-27.

Lovell, Julia. 2010. "Chinese Literature in the Global Canon: The Quest for

Recognition." In Jing Tsu and David Der-wei Wang eds., *Global Chinese Literature Critical Essays*. Leiden,The Netherlands: Bril. 197-217.

Lovink, Geert and Wolfgang Ernst. 2013. "Archive Rumblings: An Interview with Wolfgang Ernst." In Jussi Parikka ed., *Digital Memory and the Archive*. Minneapolis and London: University of Minnesota Press. 193-203.

Lusby, Jo. 2015. "Same, but Different: A Lesson from Across the Straits." *Books from Taiwan*. Web. 1 Mar. 2020 accessed. <https://booksfromtaiwan.tw/latest_info.php?id=25>

Malmqvist, Göran. "Göran Malmqvist on Yang Mu" 楊牧數位主題館. Web. 18 Nov. 2021 accessed. <http://yang-mu.blogspot.com/>

McDougall, Bonnie S. 2014. "World literature, global culture and contemporary Chinese literature in translation." *International Communication of Chinese Culture* 1: 47-64. Web. December 12, 2021 accessed. <https://doi.org/10.1007/s40636-014-0005-7>.

McMartin, Jack, Paola Gentile. 2020. "The Transnational Production and Reception of 'A Future Classic': Stefan Hertmans' *War and Turpentine* in Thirty Languages." *Translation Studies* 13.3: 271-290.

Mechant, Peter and Jan Van Looy. 2014. "Interactivity." In Marie-Laure Ryan, Lori Emerson, and Benjamin J. Robertson eds., *The Johns Hopkins Guide to Digital Media*. Baltimore: Johns Hopkins University Press. 302-305.

Moretti, Franco. 2013. *Distant Reading*. London and New York: Verso.

Murphy, Patrick D. 2000. *Farther Afield in the Study of Nature-Oriented Literature*. Charlottesville: University of Virginia Press.

Nichols, Bill. 2001. *Introduction to Documentary*. Bloomington: Indiana University Press.

O'Reilly, Tim. 2007. "What Is Web 2.0? Design Patterns and Business Models for the Next Generation of Software." *Communications & Strategies* 65 (1st quarter): 17-37.

Owen, Stephen. 2014. "Stepping Forward and Back: Issues and Possibilities for 'World' Poetry (2004)." In David Damrosch ed., *World Literature in Theory*. New Jersey: Wiley Blackwell. 249-263.

Parsons, Jack. 2013. "The Man with the Compound Eyes by Wu Ming-yi Book Review." *SciFiNow*. Web. 1 Mar. 2020 accessed. <https://www.scifinow.co.uk/reviews/the-man-with-the-compound-eyes-by-wu-ming-yi-book-review/>

Passi, Federica. 2023. "Translating Taiwanese Literature into Italian: Voices from Alternative Literary Fields." In Pei-yin Lin and Wen-chi Li eds., *Taiwan Literature as World Literature*. London: Bloomsbury.

Li, Pei-yin and Wen-chi Li eds. 2023. *Taiwan Literature as World Literature*. London: Bloomsbury.

Passi, Federica. Forthcoming. "Taiwan Literature in Italy." *Brill Encyclopedia of Taiwan Studies*.

Passi, Federica. Forthcoming. "Taiwan Literature in Italy." *Encyclopedia of Taiwan. Studies*. Brill.

Phillips, Murray G. 2016. "Wikipedia and history: a worthwhile partnership in the digital era?" *Rethinking History* 20. 4: 523-43.

Pizer, John. 2012. "Johann Wolfgang von Goethe: Origins and Relevance of Weltliteratur." In Theo D'haen, David Damrosch and Djelal Kadir eds., *The Routledge Companion to World Literature*. London and New York: Routledge. 3-11.

Presner, Todd. 2010. "Digital Humanities 2.0: A Report on Knowledge." In Melissa Bailar ed., *Emerging Disciplines: Shaping New Fields of Scholarly Inquiry in and beyond the Humanities*. Houston, Texas: Rice University (connexions). 27-38. <https://cnx.org/contents/iqMKXpSE@1.4:J0K7N3xH@6/Digital-Humanities-2-0-A-Report-on-Knowledge>

Rigney, Ann. 2005. "Plenitude, scarcity and the circulation of cultural memory." *Journal of European Studies* 35.1: 11-28.

Rojas, Carlos. 2006. "Li Yongping and Spectral Cartography." In David Wang and Joyce Liu eds., *Writing Taiwan: A New Literary History*. Durham: Duke University Press.324-347.

Rojas, Carlos. 2007. "Introduction." In David Der-wei Wang and Carlos Rojas eds., *Writing Taiwan: A New Literary History*. Durham and London: Duke University Press. 1-14.

Rojas, Carlos. 2018. " A World Republic of Southern [Sinophone] Letters." *Modern Chinese Literature and Culture*. 30.1: 42-62.

Rosenzweig, Roy. 2011. *Clio Wired: The Future of the Past in the Digital Age*. New York: Columbia University.

Sabharwal, Arjun. 2015. *Digital Curation in the Digital Humanities: Preserving and Promoting Archival and Special Collections*. Waltham, MA: Chandos Publishing.

Sadami, Suzuki. 2011. "Rewriting the Literary History of Japanese Modernism." In Roy Starrs ed., *Rethinking Japanese Modernism*. Leiden, The Netherlands: Brill. 37-61.

Sample, Mark L. 2016. "Unseen and Unremarked On: Don Delillo and the Failure of the Digital Humanities." In Matthew K. Gold and Lauren F. Klein eds., *Debates in the Digital Humanities*. Minneapolis: University of Minnesota Press. 187-201.

Sanders, Jill. 2006. *Adaptation and Appropriation*. New York and London: Routledge.

Sapiro, Gisele. 2014. "Globalization and Cultural Diversity in the Book Market: The Case of Literary Translations in the US and in France (2010)." In David Damrosch ed., *World Literature in Theory*. New Jersey: Wiley Blackwell: 209-233. Originally published in Poetics 38: 419-439.

Sapiro, Gisele. 2016. "How Do Literary Works Cross Border (or Not)? A Sociological Approach to *World* Literature." *Journal of World Literature* 1.1: 81-96.

Sarkozy, Nicolas. 2014. "For a Living and Popular Francophonie (2007)." In David Damrosch ed., *World Literature in Theory*. Wiley Blackwell. 276-278.

Saxton, Martha. 2013. "Wikipedia and Women's History: A Classroom Experience." In Jack Dougherty and Kristen Nawrotzki eds., *Writing History in the Digital Age*. Ann Arbor: University of Michigan Press. 86-93.

Scolari, Carlos A, and Indrek Ibrus. 2014. "Transmedia Critical: Empirical Investigations into Multiplatform and Collaborative Storytelling."

International Journal of Communication 8: 2191-2200.

Scolari, Carlos A. 2009. "Transmedia Storytelling: Implicit Consumers, Narrative Worlds, and Branding in Contemporary Media Production." International Journal of Communication 3: 586-606.

Seligman, Amanda. 2013. "Teaching Wikipedia without Apologies." In Jack Dougherty and Kristen Nawrotzki eds., Writing History in the Digital Age. Ann Arbor: University of Michigan Press. 121-29.

Selwyn, Neil, and Stephen Gorard. 2016. "Students' Use of Wikipedia as an Academic Resource: Patterns of Use and Perceptions of Usefulness." The Internet and Higher Education 28: 28-34.

Serrano-Muñoz, Jordi. 2021. "Canon Breeds Canon: Murakami Haruki, World Literature, and the Hegemonic Representation of Japan in the United States." Archiv Orientalni 89.2: 339-63.

Shih, Shu-mei. 2003. "Globalization and Taiwan's (In)significance." Postcolonial Studies 6.2: 143-153.

Shih, Shu-mei. 2007. Visuality and Identity: Sinophone Articulations across the Pacific. Berkeley and Los Angeles: University of California Press.

Shih, Shu-mei. 2013. "Against Diaspora: The Sinophone as Places of Cultural Production." In Shu-mei Shih, Chien-hsin Tsai, and Brian Bernards eds., Sinophone Studies: A Critical Reader. New York: Columbia University Press. 25-42.

Shih, Shu-mei. 2013a. " Introduction: What Is Sinophone Studies?" In Shu-mei Shih, Chien-hsin Tsai, and Brian Bernards eds., Sinophone Studies: A Critical Reader. New York: Columbia University Press. 1-16.

Shih, Shu-mei. 2013b. "Against Diaspora: The Sinophone as Places of Cultural Production." In Shu-mei Shih, Chien-hsin Tsai, and Brian Bernards eds., Sinophone Studies: A Critical Reader. New York: Columbia University Press. 25-42.

Shih, Shu-mei. 2015. "World Studies and Relational Comparison." PMLA 130.2: 430-438.

Shih, Shu-mei. 2020. " Comparison as Relation: From World Hisotry to World Literature." In Kuei-fen Chiu and Yingjin Zhang eds., The Making of

Chinese-Sinophone Literatures as World Literature. Hong Kong: Hong Kong University Press. 63-80.

Siskind, Mariano. 2012. "The Genres of World Literature: The Case of Magical Realism." In Theo D'haen, David Damrosch and Djelal Kadir eds., *The Routledge Companion to World Literature.* London and New York: Routledge. 345-355.

Siskind, Mariano. 2014. *Cosmopolitan Desires: Global Modernity and World Literature in Latin America.* Evanston, Illinois: Northwestern University Press.

Song Mingwei. 2022. "The Worlding of Chinese Science Fiction: A Global Genre and Its Negotiations as World Literature." In Kuei-fen Chiu and Yingjin Zhang eds., *The Making of Chinese-Sinophone Literatures as World Literature.* Hong Kong: Hong Kong University Press. 122-141.

Song, Mingwei. 2022. "Planet Science Fiction and Chinese New Wave." In Kuei-fen Chiu and Yingjin Zhang eds., *The Making of Chinese/Sinophone Literature as World Literature.* Hong Kong: Hong Kong University Press.122-141.

Speidel, Klaus-Peter. 2014. "Crowdsourcing." In Marie-Laure Ryan, Lori Emerson, and Benjamin J. Robertson eds., *The Johns Hopkins Guide to Digital Media.* Baltimore: Johns Hopkins University Press. 103-106。

Stackelberg, Peter (von). 2019. "Transmedia Franchising: Driving Factors, Storyworld Development, and Creative Process." In Matthew Freeman and Renira Rampazzo Gambarato eds., *The Routledge Companion to Transmedia Studies.* New York and London: Routledge. 233-242.

Starrs, Roy. "Japanese Modernism Reconsidered." In Roy Starrs ed., *Rethinking Japanese Modernism.* Leiden, The Netherlands: Brill. 1-36.

Sterk, Darryl. 2013. "What I Learned Translating Wu Ming-yi's *The Man With the Compound Eyes.*"〈學而時譯之：《複眼人》英譯者的學習札記〉。《編譯論叢》第 6 卷第 2 期：253-261。

Sterk, Darryl. 2014. "Taiwanese Literature off the Page." *Books from Taiwan.* Web. 24 Jan. 2021 accessed. <https://booksfromtaiwan.tw/latest_info.php?id=18>

Sterk, Darryl. 2016. "The Apotheosis of Montage: The Videomosaic Gaze of *The Man with the Compound Eyes* as Postmodern Ecological Sublime." *Modern Chinese Language and Culture* 28.2: 183-222.

Stiver, Alexandra, Leonor Barroca, Shailey Minocha, Mike Richards and Dave Roberts. 2015. "Civic Crowdfunding Research: Challenges, Opportunities, and Future Agenda." *New Media & Society* 17.2: 249-271.

Thomas, David. Valerie Johnson. 2013. "New Universes or Black Holes: Does Digital C hange Anything?" In Toni Weller ed., *History in the Digital Age.* New York and London: Routledge. 173-193.

Thornber, Karen L. 2014. "Rethinking the World in World Literature: East Asia and Literary Contact Nebulae (2009)." In David Damrosch ed., *World Literature in Theory.* New Jersey: Wiley Blackwell. 460-479.

Thornber, Karen L. 2015. "Modernist Literary Production in East Asia." In Allana C. Lindgren and Stephen Ross eds., *The Modernist World.* London and New York: Routledge. 53-69.

Voigts, Eckart. 2017. "Memes and Recombinant Appropriation: Remix, Mashup, Parody." In Thomas Leitch ed., *The Oxford Handbook of Adaptation Studies.* New York: Oxford University Press. 285-302.

Wang, Fei-yun. 2013. "An Illusionist with an Empirical Mind." *Taiwan Today.* Web. 1 Mar. 2021 accessed. <https://taiwantoday.tw/news.php?unit=20,29, 29,35,45&post=26386>

Wang, Ning. 2010. "Global English(es) and Global Chinese(s): Toward Rewriting a New Literary History in Chinese." *Journal of Contemporary China* 19: 159-174.

Wang, Ning. 2016. "Chinese Literature as World Literature." *Canadian Review of Comparative Literature* 43.3: 380-392.

Wolf, Mark J. P. 2019. "Transmedia World-Building: History, Conception, and Construction." In Metthew Freeman and Renira Rampazzo Gambarato eds., *The Routledge Companion to Transmedia Studies.* New York and London: Routledge. 141-147.

Wolff, Robert S. 2013. "The Historian's Craft, Popular Memory, and Wikipedia." In Jack Dougherty and Kristen Nawrotzki eds., *Writing History in the Digital Age*. Ann Arbor: University of Michigan Press. 64-74.

Wong, Lisa Lai-Ming. 2007. "The Making of a Poem: Rainer Maria Rilke, Stephen Spender, and Yang Mu." *The Comparatist* 31: 130-147

Wong, Lisa Lai-Ming. 2009. *Rays of the Searching Sun: The Transcultural Poetics of Yang Mu*. Brussels, Belgium: P.I.E. Peter Lang.

Wu, Mei-ying Andrea. 2022. "Taiwanese Picturebooks and Children's Literature as World Literature." In Kuei-fen Chiu and Yingjin Zhang eds., *The Making of Chinese/Sinophone Literature as World Literature*. Hong Kong: Hong Kong University Press. 186-199.

Wu, Ming-yi. 2013. *The Man with the Compound Eyes*. Translated by Darryl Sterk. London: Harvill Secker.

Wu, Ming-yi. 2019. "Q & A: Wu Ming-Yi." *Ex-position* 41. Web. 26 Jan. 2021 accessed. <http://ex-position.org/wp-content/uploads/2019/07/022-Wu-Ming-Yi.pdf>

Yan, Jia and Juan Du. 2020. "Multiple Authorship of Translated Literary Works: A Study of Some Chinese Novels in American Publishing Industry." *Translation Review* 106.1: 15-34.

Yang, Mu. 1998. *No Trace of the Gardener: Poems of Yang Mu*. Translated by Lawrence R. Smith and Michelle Yeh. New Haven and London: Yale University Press.

Yang, Mu.2013. "2013 Newman Prize for Chinese Literature - Yang Mu" *Youtube*. Web. 2 Nov. 2021 accessed. <https://www.youtube.com/watch?v=vTmqOLocZAI>

Yeh, Michelle. 1998. "Introduction." In *No Trace of the Gardner: Poems of Yang Mu*. Translated by Lawrence R. Smith and Michelle Yeh. New Haven and London: Yale University Press. xxiv-xxv.

Yeh, Michelle. 2001. "Frontier Taiwan: An Introduction." In Michelle Yeh and N. G. D. Malmqvist eds., *Frontier Taiwan: An Anthology of Modern Chinese Poetry*. New York: Columbia University Press. 1-53.

Yeh, Michelle. 2013. "2013 Newman Prize for Chinese Literature - Michelle Yeh." *Youtube*. Web. 2 Nov. 2021 accessed. <https://www.youtube.com/watch?v=C2JTuhLoWKw&t=14s>

Yeung, Jessica Siu-yin. 2020. "Intermedial Translation as Circulation." *Journal of World Literature* 5: 568-586.

Yu, Jinquan, and Wenqian Zhang. 2021. "From Gaomi to Nobel: The Making of Mo. Yan's Fiction as World Literature through English Translation." *Archiv Orientalni* 89.2: 261-82.

Zhang, Longxi. 2022. "Chinese *Literature*, Translation, and World Literature. "In Kuei-fen Chiu and Yingjin Zhang eds., *The Making of Chinese-Sinophone Literatures as World Literature*. Hong Kong: Hong Kong University Press, 25-39.

Zhang, Yingjin. 2005. "Cultural Translation between the World and the Chinese: The. Problematics in Positioning Nobel Laureate Gao Xingjian." *Concentric: Literary and Cultural Studies* 31.2: 127-44.

Zhang, Yingjin. 2011. "From Counter-Canon to Hypercanon in a Postcanonical Age: Eileen Chang as Text and Myth." *Frontiers of Literary Studies in China* 5: 610-632.

Zhang, Yingjin. 2015. "Mapping Chinese Literature as World Literature." In *CLCWeb: Comparative Literature and Culture* 17.1. March 29, 2019 accessed. <http://docs.lib.purdue.edu/clcweb/vol17/iss1/2>

索引

一、中文

七寇・索克魯曼 18, 94, 108, 111

二二八文學 3

三角翻譯 11, 179-181

上田哲二 82

下村座次郎 46

久保天隨 106

千禧世代 3, 15, 18, 45, 88, 93-95, 99, 100, 104, 107, 108, 163

千禧作家 iv, 18, 19, 88, 93, 94, 99, 101, 111

大同詩學 66, 71

大江健三郎 39, 186

大眾文學 14, 76, 100, 101, 103, 104, 106

大數據 64, 75, 188, 197

女性主義 17, 122, 194, 195

小文學 7, 11-13, 15, 16, 18-21, 27, 28, 30, 33, 40, 48, 57, 84, 91, 92, 108, 114, 117, 119-123, 128-131, 133-136, 139, 140, 143, 144, 150, 170, 173, 175, 176, 178-182, 190, 196, 198, 199

小文學聯盟 9, 10, 114

小說接龍 100

川端康成 25, 39

中心 vs. 邊陲 66, 71

中村櫻溪 106

中島敦 102

中國 4-11, 16, 25, 29-31, 34-40, 44-48, 54, 62-72, 76, 77-80, 85, 91, 99, 115, 120, 128, 129, 139, 163, 164, 169-171, 177-181, 186, 197

中國中心 5, 9, 64, 69, 72, 80, 84

中國文學 3, 5, 7, 8, 19, 22, 25, 27, 29, 31, 32, 46-48, 59, 60, 62-68, 71-73, 77, 89, 92, 120, 121, 128, 131, 133, 163, 175-177, 179, 180

中國性 29, 64, 69, 89, 131

中華民國筆會 31, 59

中華性 64, 66, 67, 70, 78-80, 84

互文性 79, 94, 96, 100, 101, 103, 107, 128, 130, 144, 154, 171

五四運動 91

少數文學史 164

巴代 iii, 18, 94, 108, 110, 111, 114, 116, 139, 201

巴蘇亞・博依哲奴 113

手繪 135-137, 139

文化生產場域 14

文化研究 13, 47, 62, 67, 84

文化記憶 1-3, 15, 25-27, 57, 69, 90, 92, 95, 99, 102, 103, 105, 107, 173, 184, 185

文化場域 74

文化輸出 6, 16, 25

文化霸權 9, 67, 68, 71, 79, 93, 108, 112, 164, 198

文字書寫 13

文學中心 6, 7, 11, 21, 27-29, 34, 57, 66, 74, 75, 120-122, 131, 133, 136, 138, 143, 144, 169, 175-177, 179-182, 198

文學化（littérisation）74

文學再生 14, 103, 111, 184

文學性（literariness）121, 128, 130, 132, 136, 144

文學紀錄片 15, 76, 150, 151, 171

文學產業 12, 199

文學傳統 iv, 18, 23, 26, 27, 29, 57, 66, 71, 72, 78-81, 83, 92, 101, 107, 112, 115, 117, 121, 128, 130, 132, 133

文學資本 27, 28, 57, 92, 99, 108, 120, 121, 128-131, 133, 144

文學電影 14, 15, 151, 171, 173

文學獎 6, 15-17, 19, 33, 34, 37, 39, 40, 44, 47, 53, 56, 76, 77, 84, 87, 89, 121, 123, 128, 143, 175, 177, 182, 194, 196

日本 i, 2, 4, 7, 12, 18, 25, 28, 29, 34, 39, 46, 47, 91, 93, 94, 98, 99, 102-104, 106, 111, 114, 116, 127, 142, 150, 156, 158-160, 162-164, 166-170, 181, 186, 207

日本文學 23, 102, 103, 114, 179

日治 3, 13, 14, 18, 26, 28, 30, 85, 89, 91, 92, 96-101, 150, 151, 163, 173, 193, 203

比較文學 i, 8, 29, 63, 76, 77, 138, 172, 178

比較關係 10

王文興 18, 48, 52, 91, 163, 184

王安憶 35, 37, 38, 40, 47, 54-56, 127, 128, 197

王金城 65, 66

王昶雄 26, 50, 85, 89

王禎和 18, 30, 91, 163

王德威 4, 31, 59, 70, 71, 122, 124

王潤華 66

世界公民 90, 113

世界文學共和國 1, 5, 11, 176

世界文學空間 1, 6, 7, 15, 16, 18, 19, 25, 27-29, 31-34, 40, 48, 53, 54, 57, 58, 73, 74, 76, 81, 84, 92, 108, 117, 120-122, 131, 132, 140, 141, 143, 150, 170, 173, 176, 177, 180, 196

世界華人文學 9

世界感（cosmopolitanism）iv, 11, 12, 15, 17-19, 78, 79, 87, 88, 90-94, 96, 99, 103, 108, 110-114, 116, 117, 129, 132

世界驅力（worldly）22, 23

世界觀 57, 90, 124, 157

主流文學 6, 8, 18, 22, 23, 27, 28, 32, 58, 92, 119, 120, 131-133, 143, 150, 164, 182, 195

主體性 1, 3, 5, 13, 16, 26, 29, 57, 60-62, 89, 94, 107, 112

他們在島嶼寫作 171, 173, 183

北美臺灣學生協會 4

北島 29, 38, 73

卡夫卡 12, 25, 34

去中國中心 6, 7, 9, 68, 71, 72, 85

古典文學 7, 14, 45, 79, 80, 180

古遠清 65-67

史書美（Shu-mei Shih）5, 10, 11, 62, 63, 68-70, 80, 84, 198

失語世代 163
未來主義 159
本土論述 62
瓦歷斯・諾幹 18, 93, 94, 108-116, 184
生 態 i, ii, 32, 87, 90, 98, 110, 130, 132-134, 137, 144, 182, 184, 204, 207
生態文學 132
白水紀子 46
白先勇 18, 30, 46-48, 50, 78, 90, 163
石黑一雄 103
立石鐵臣 106
立體主義 159
全球化 7, 12, 13, 16, 22, 60, 62, 63, 68, 75, 77, 81, 88, 90, 99, 108, 110
共同詩學 66, 67, 78, 79
共創 153, 155, 156, 172, 190, 199
再 生 14, 73, 77, 95, 144, 149, 150, 184, 199
同人誌 98, 99, 101
在地性 18, 23, 62, 67, 68, 71, 89, 93, 95, 99, 101, 108, 169
地理疆界 17, 53, 62, 81, 85, 123, 171, 191
地誌 79, 136
多媒體 20, 76, 149, 151, 172
朱天心 37, 38, 47, 61, 177
朱天文 30, 31, 35-38, 177
朱崇科 66
朱點人 106
百合 12, 17, 96, 98-100, 102
竹內好 181
自 然 18, 78, 90, 96, 129, 130, 132-136, 144
自然寫作 91, 129, 130, 132-137, 144
西川滿 89, 95, 100, 101
西方中心 6, 9, 10, 11, 13, 28, 64, 74, 77, 80, 175-177, 179, 180, 198, 199
西方中心主義 13

西方文學 7, 8, 17, 23, 34, 57, 73, 77, 179, 180
西脇順三郎 158, 159
佐藤春夫 101
何敬堯 18, 93, 95, 99, 100, 100, 102-104, 106
余光中 78, 84
余華 37, 38, 47
余顯強 190
作家紀錄片 171, 182, 183
作家網站 183, 185, 189, 192, 199
吳念真 30
吳明益 ii-iv, 12, 17, 19, 20 , 32, 35-37, 39, 40, 45-49, 51, 53-56, 76, 81, 82, 90, 91, 120, 123-137, 139-141, 143, 144, 149, 171, 199
吳潛誠 79
吳濁流 47, 50, 51
吳燕生 100
呂赫若 95, 100
呂樾 ii, 135, 145
宋澤萊 91, 139
宏觀考察 188, 189
改編 14, 15, 20, 26, 30, 31, 33, 82, 91, 96, 97, 99, 100, 103, 107, 127, 142, 149-151, 153, 154, 171, 183, 185, 195, 199, 204
李士傑 184
李永平 32, 34-36, 48, 51, 177, 184, 192-194
李白 180
李安 142, 170
李衣雲 99
李育霖 152, 164
李 昂 21, 30, 32, 37, 38, 45, 46, 48, 49, 51, 53, 81, 82, 122-124, 182-190, 194-197, 199
李時雍 18, 93, 103, 104, 106

李張瑞 150, 174

李喬 125

李德財 183

村上春樹 12, 25, 29, 34, 138, 142

村上英夫 100

杜國清 31, 60

杜維明 70

狄布朗 112

赤松美和子 46

周寧 65, 66

奇幻 94, 100-102, 111, 131, 138, 144, 201, 204, 208

彼得凱瑞 112

拉丁美洲 11, 28, 77, 131, 138, 39, 175, 179, 180

東方主義 179, 180

林巾力 59, 156

林妏霜 104

林芳玫 116

林修二 156, 174

林海音 184

林黛嫚 13

法國文學 71

法語語系文學 11, 71, 178

社會記憶 184

社群媒體 154

芥川龍之介 102

表現主義 159

邱妙津 49

邱貴芬 14, 51, 62, 95

金庸 37, 177

金關丈夫 100

長篇小說 34, 37, 39, 81, 97, 99, 127, 137, 138, 201, 202, 205, 206

侯孝賢 30, 31, 170

前衛 18, 98, 156, 157, 159-161, 163-165, 168, 169, 173, 174

南方華文文學共和國 9, 15, 20, 176-180, 198

南洋敘述 67

品牌 20, 120, 140, 142, 144, 150, 154, 155, 198

姜戎 7, 120

威權政治 61

帝國中心 62, 164

後現代 18, 28, 61, 87, 129, 139, 169

後殖民 i, 3, 5, 8, 16-18, 28, 60-62, 70, 72, 79, 85, 87, 89, 91, 93, 108-110, 114, 138, 139, 163, 164, 169, 170

後殖民主體 i, 26, 61

後結構 8, 87

後鄉土 87, 88, 98, 108

來世（afterlife）2, 17, 81, 95, 96, 149, 173, 199

拼裝 150

故事世界 153, 155, 156, 159, 160, 164, 165, 167, 168

施叔青 184

施竣州 83

流行文化 12, 91, 94, 99

流通 7, 8, 20-22, 27-29, 32, 39, 46, 64, 73-75, 88, 89, 92, 98, 108, 125, 129, 133, 149, 150, 158, 168, 170, 177, 178, 180-182, 189, 192, 199

流通模式 11, 20, 149, 150, 186

皇民文學 3, 26, 89

研究方法 3, 5, 14, 15, 17, 20, 33, 61-66, 68, 70-76, 78, 79, 85, 93, 125, 151, 175, 186, 188, 197

科技 8, 13, 15, 20, 21, 150, 152, 154, 155, 172, 175, 182, 183, 185, 189, 198

穿越 98, 99, 111, 207, 208

籽山衣洲 106

紀大偉 49

紀弦 91, 163, 164, 169, 170

紅樓夢長篇小說獎 15, 34, 35, 39

美學 19, 28, 29, 48, 66, 68, 69, 79, 82, 116,
　　121, 124, 134, 138, 139, 143, 144,
　　150-152, 155, 160-163, 165-169,
　　176, 178-180
范銘如 87-90, 98, 108
茅盾 179, 180
風車詩社 14, 20, 28, 30, 91, 99, 150, 151,
　　155-157, 160, 163-170, 172-174
楊熾昌 91, 150, 156, 157, 159, 174
倫理 112, 113, 130, 134, 136
原住民文學 21, 45, 46, 69, 70, 93, 108-
　　116, 178
原運世代作家 18, 93, 109, 111, 114
夏曼・藍波安 10, 109, 110, 114
奚密 77, 80, 82, 83, 163
孫大川 108, 109, 112, 178
孫松榮 161, 164, 165, 167, 171
展覽 i, 20, 26, 151, 152, 155, 161, 164,
　　165, 167, 168, 171, 172
島嶼 10, 15, 107, 176, 177
島嶼文學 10, 177
徐仁修 130
徐國明 ii, 70
徐菊清 30, 31
挪用 5, 20, 79, 90, 97, 99, 107, 108, 111,
　　130-133, 144, 149, 154, 171, 179
旅行 6, 17, 22, 29, 30, 54, 56, 57, 62, 64,
　　73, 76, 81, 83, 119, 127, 128, 130,
　　144, 178, 179, 181, 185, 198
書市 29, 32, 53, 57, 101, 119, 123-125,
　　140, 142, 181, 198
格非 35, 37, 48
泰戈爾 141
浦忠成 109, 113
海洋詩學 110
馬志翔 89
馬奎斯 25, 87, 139
馬悅然 84

馬翊航 104
馬華文學 9, 51, 67, 69, 70, 72, 177
高行健 29, 39, 48, 131
參與文化 155, 191, 199
國際出版社 141-143
國際知名度 20, 27, 33, 127, 141, 186,
　　195-197
國際能見度 20, 21, 31, 76, 140, 141,
　　175, 177, 179, 181-183, 185, 187-
　　191, 193, 195, 197-199
國際辨識指標 32, 81, 82
國際讀者 6, 16, 19, 25, 29, 32-34, 53, 58,
　　120-123, 125-128, 130, 141, 142
張文環 101
張系國 90
張俐璇 14, 96, 182
張貴興 10, 34, 36-38
張隆溪 8, 9, 13, 16, 63, 73, 74
張愛玲 121, 131, 133, 144
張誦聖 88-91, 94, 98, 108
張錦忠 66, 71
張藝謀 30, 127
接收研究 21, 188
族群 61, 69, 79, 87, 98, 109, 125
混搭 97 ,150, 190
混語書寫 110, 115
混雜 61, 79, 80, 169
現代主義 12, 18, 26, 28, 83, 84, 91129,
　　131, 149, 156, 158, 159, 161-163,
　　165, 166, 168, 169
現代感 78, 133-136
產業 i, 3, 12, 94, 140, 153-156, 199
盛浩偉 14, 18, 93, 96, 97, 100, 104, 106
第四世界 113, 114, 179
統計 ii, 21, 36, 38, 39, 44, 120, 150, 171,
　　183, 186-189, 196, 197
莫言 30, 35, 37, 39, 44, 45, 47, 48, 54-56,
　　84, 127, 128, 131, 197

連明偉 35, 36, 90
郭松棻 52, 95
郭雪湖 95
陳又津 18, 93, 100, 102
陳允元 28, 91, 104, 106, 158, 163, 164, 166, 169
陳平浩 160-162
陳正芳 91, 138, 139
陳育毅 184
陳芷凡 109, 110, 112
陳建忠 13, 26
陳紀瀅 31, 46
陳若曦 31, 45, 46
陳國偉 101
陳黎 32, 51, 81, 82
陳蕙樺 70
傅柯 105
媒介 1, 12-15, 20, 21, 66, 76, 88, 90, 93, 94, 96-99, 105, 108, 149, 150-156, 160, 168, 170-173, 182, 184, 185, 190, 198
尋根 67
散文 54, 81, 111-113, 133, 137, 160, 161
普世主義 8
普羅文藝運動 91
曾珍珍 79, 82, 83
曾淑美 106
殖民地 2, 23, 46, 62, 68, 85, 151, 156, 162-164, 166-169
殖民現代性 2, 18
殘雪 40
渥美銳太郎 106
華人文學 9, 37, 39, 67, 69, 128
華美文學 67, 69
華語語系文學 5, 6, 11, 15, 16, 21, 23, 48, 61-64, 68-74, 76, 77, 80, 84, 89, 181, 192, 193
菲華文學 67

象徵資本 6, 16, 25, 142, 184, 196
超文本 182, 189
超延展 189
超寫實主義 12, 28, 91, 99, 131, 150, 151, 165
辜嚴碧霞 100
鄉土小說 87, 98
集體記憶 2, 26, 104-106, 109
黃心雅 110
黃亞歷 iii, 14, 20, 28, 30, 150-152, 156, 157, 160, 164-167, 172-174
黃建銘 158
黃春明 30, 47
黃崇凱 88
黃順興 13
黃儀冠 171
黃錦樹 5, 9, 15, 20, 32, 48, 50, 61, 64, 66, 114, 176, 177, 180, 198
黃麗明 83
傳承 iv, 2, 3, 2629, 79, 80, 82, 95, 96, 100, 102-105, 107, 108, 132, 134, 136, 139, 180
傳說 2, 23, 100, 102, 111, 114, 147
傳播 2, 12, 14, 15, 20, 21, 26, 28, 31, 74, 75, 83, 99, 105, 115, 127, 149, 152, 154, 167, 168, 173, 184, 185, 188, 189, 191, 196
奧威尼・卡露斯 110
意識流 149
新文學運動 13, 91, 92
新加坡華文文學 67
新歷史主義 105
楊千鶴 95-97, 99
楊双子 17, 18, 93, 95-101
楊牧 17, 32, 36-38, 51, 61, 77-84, 116, 184, 197
楊若慈 98, 99
楊若暉 98

楊傑銘 104, 106

楊富閔 30, 171, 183

楊邊 47, 90, 163

楊雅喆 171

楊翠 109

楊澤 80

源本 79

經典 2, 3, 14, 17, 18, 22, 23, 27, 57, 59, 61, 73, 75, 77, 79, 85, 92, 103, 115, 121, 128-130, 132, 149, 150, 172, 175, 184

置換 95

群體智慧 21, 190, 191, 198

葉石濤 2, 26, 52, 91

葛拉斯 103, 104

董恕明 109

詩 2, 10, 14, 17, 28, 30, 37, 46, 49, 61, 66-69, 71, 73, 76-84, 87, 91, 107, 112, 116, 141, 149, 150, 156-161, 163, 165, 179, 193

詹閔旭 70, 83, 88-90, 92-94, 98, 99, 104, 107, 108, 184, 192

資本 12, 20, 27, 28, 44, 48, 58, 75, 93, 111, 121, 124, 129-133, 141, 143, 196, 199

跨文化 12, 22, 62, 67-69, 71, 73, 81, 83, 84, 110, 168, 181, 184

跨國文學 9, 11, 83, 181

跨媒介 ii, iii, 13-15, 20, 30, 127, 149, 150, 152, 153-157, 169, 170, 172, 173, 185, 199

跨媒介敘事 20, 97, 150-157, 160, 169, 170, 172, 184

路寒袖 184

遊戲 14, 20, 76, 80, 99, 101, 149, 182, 183, 208

達達主義 159

實驗美學 150, 155, 160, 161, 163, 167

廖炳惠 102

廖啟宏 130

福克納 25, 112

維基百科 21, 33, 53, 76, 81, 174, 182-185, 189-194, 196-199

網路 14, 20, 21, 53, 81, 98, 125, 152, 154, 155, 156, 172, 173, 175, 177, 182, 185, 188-191, 198, 199

網路平臺 15, 16, 33, 151, 155, 172, 196

網路運作機制 173

互動（interactivity）172, 173

參與（participatory）155, 173

臺港文學 64, 65

臺灣文學史 2, 3, 18, 22, 26, 61, 87, 88, 91, 94, 104-106, 152, 163, 164, 172, 184

臺灣研究 4, 45-48, 59

臺灣歷史 18, 26, 85, 88, 89, 91, 96, 98, 99, 101, 102

舞鶴 38, 39, 50, 114

認可 11, 15, 16, 25, 27, 28, 33, 57, 58, 83, 92, 123, 138, 140, 175, 176-182, 184, 194, 196, 199

認可機制 6, 8-10, 15, 16, 21, 33, 34, 37, 53, 56, 57, 74, 76, 83, 84, 121, 143, 175-180, 182-184, 190, 196, 198

認同 2, 14, 15, 26, 27, 61, 70, 72, 73, 76, 89, 109, 110, 115, 132, 137, 155, 163, 178

語言 2, 5-11, 14, 15, 21, 23, 37, 29, 32, 33, 39, 46, 49, 54, 66, 68, 70, 72, 74, 77, 79, 80, 85, 89, 92, 110, 112-116, 119-121, 123, 127, 132-134, 136, 140, 142, 143, 146, 151, 157, 158, 161, 163, 169, 176-178, 180, 181, 192, 197-199

說故事 101, 102, 107, 113, 137, 139, 151, 153-155, 172, 204

遠距閱讀 64, 75, 188
齊邦媛 59, 122, 124
劉小新 65-69, 72, 73
劉克襄 90, 129, 130, 132,184
劉亮雅 61, 89
劉俊 65
劉洪濤 7, 9
劉梓潔 30, 31, 171, 183
劉紹銘 59
劉登翰 62, 65-69
劉慈欣 47
摩登 28, 92, 99, 108, 121, 159
數位主題館 ii, 21, 182-190, 199
數位平臺 15, 16, 21, 33, 53, 125, 182-
　　186, 188, 190, 198
數位足跡 21, 53, 187, 188
數據 7, 33, 53-55, 64, 75, 120, 125, 127,
　　128, 150, 186, 188, 189, 197
歐洲 16, 23, 28, 31, 32, 33, 46, 47, 49, 63,
　　76, 131, 139, 169, 175, 179, 184
歐洲中心 8
歐陽楨 77
蔡林縉 104
課程 ii, 3-5, 17, 26, 45-49, 59, 62, 76, 89,
　　115
鄭芳婷 104
鄭清文 47
閱讀模式 74, 167
魯迅 25, 131, 181
黎紫書 35, 177
橋本武 106
橫的移植 18, 28
歷史 2, 3, 10, 12, 15, 17, 18, 26-28, 32,
　　39, 46, 48, 59, 62, 64, 66, 67, 69, 71,
　　72, 76, 81, 85, 88-91, 95-109, 113,
　　114, 116, 125, 136, 138, 142, 150,
　　151, 155, 157, 160-163, 165, 167,
　　168, 175, 194, 196, 201, 202, 208

歷史知識 27, 160
歷史意識 27
蕭阿勤 26
蕭鈞毅 104
蕭麗紅 124
諾貝爾文學獎 30, 76, 103, 186
諾貝爾獎 29, 34, 39, 44, 48, 55, 84, 104,
　　122, 127, 131, 138, 139, 141, 142,
　　175
賴玉釵 150, 153
賴和 48, 85, 91
賴芳伶 82
閻連科 34, 35, 37, 38, 40, 47, 54-56, 127,
　　128
龍瑛宗 26, 85, 89
擬仿 169
檔案 21, 105-107, 114, 116, 150, 151, 162,
　　165, 167, 168, 185, 186, 188, 189,
　　194
檔案熱 89
環境 ii, 1, 2, 4, 5, 8, 13-15, 18, 19, 40, 45,
　　49, 77, 88, 90, 93, 94, 96, 97, 101,
　　107, 108, 121, 124, 129-134, 136,
　　137, 139, 144, 153, 155, 157, 163,
　　165, 168, 172, 173, 188-190, 202,
　　208
環境文學 45, 129, 133, 134, 144
環境倫理 130, 136
謝永平 75
謝春木 106
謝野晶子 102
鍾怡雯 78
鍾理和 171
韓少功 35, 37, 47
翻譯 4, 6-11, 14, 16, 19-22, 24-33, 39, 40,
　　44-46, 56, 57, 59, 61, 64, 73, 74,
　　76, 81, 82, 84, 95, 96, 110, 119-121,
　　123-125, 127, 140-142, 144, 149,

173, 179-181, 185, 186, 189, 199
轉譯 14, 15, 23, 26, 62, 91, 96, 97, 104,
107, 160, 165, 168, 181, 183, 199
雙重折射 22, 29, 30, 130, 131
離散 48, 67, 69, 70, 72, 79, 84
顏訥 104, 106, 107
魏貽君 109, 113, 114, 179
魏德聖 89, 170
瀟湘神 18, 93, 100-103
瓊瑤 30, 50, 171
藝術 26, 28, 82, 88, 91, 151, 152, 156, 157,
160-167, 169, 172-174, 176, 179,
182, 193, 195
藤井省三 46, 186
譚光磊 32, 125, 140, 141
邊陲 34, 64, 66, 71, 80, 85, 136, 138
邊陲文學 71,138
邊緣 4, 9, 14, 15, 19, 23, 28, 32, 46, 65,
69, 73, 75, 76, 105, 120, 133, 138,
140, 164, 170, 176, 177, 179
邊緣發聲 109
關口隆正 106
關係詩學 10
類型小說 94, 98, 100-103
嚴肅文學 100, 101, 103
蘇童 35, 37, 38, 40, 47
譯 本 6, 27, 34, 46, 54, 70, 74, 83, 124,
127, 159, 179
攝影 135, 136, 160, 161, 167, 168
魔幻寫實 12, 17-19, 28, 87, 91, 99, 124,
129, 131, 137-139, 142, 144
讀者 6, 7, 10-12, 16, 19, 21, 25, 27, 29-
34, 40, 46, 49, 53-56, 58, 60, 66, 73,
74, 76, 81-83, 101, 102, 115, 116,
119-132, 136-144, 150, 153, 154,
160, 167, 172, 173, 178, 181-183,
187, 188, 193, 197-199, 206
讀者反應 16, 33, 53, 125, 137,197

讀者回響 6, 54, 55, 127, 128
巖谷國士 161, 164, 167
體制化 2, 17, 26, 27, 89

二、英文
Ades, Dawn 161
Aku Wuwu (羅慶春) 48
Andres, Trisha 130
Ashcroft, Bill 62, 164
Assmann, Aleida 2, 3, 26, 27
Atwood, Margaret 34, 41, 142
Austin, Mary Hunter 91, 132, 145, 149
Aw, Tash 39, 130, 137, 138, 142
Bachner, Andrea 11, 50, 77, 179-181
Balcom, John 110, 125
Baudelaire, Charles 158
Beebee, Thomas O. 76, 182
Berry, Michael 48
Bhabha, Homi 79, 169
Birtwistle, Andy 151, 161
Bloom, Dan iv, 130, 132
Booker Prize 19, 34, 37, 39, 40, 41, 44,
120, 123, 127, 128
Bourdieu, Pierre 74
Borges, Jorge Luis 23
Bowers, Maggie Ann 131
Boyd, Danah 191, 192
Buell, Lawrence 133
Byrnes, Corey 130
Calhoun, Craig 90, 91
Calvino , Italo 10, 181
Carpentier, Alejo 131
Casanova, Pascale 5, 8, 12, 16, 22, 27, 28,
33, 48, 57, 74, 76, 92, 120-122, 128,
131, 133, 140, 141, 143, 175, 176
Cheah, Pheng 11, 17, 22, 75
Chekov, Anthony 131
Chen, Chih-fan ii, v, 125

Chiu, Kuei-fen iii-v, 33, 48, 51, 79-81, 91, 103, 123, 125, 151, 152, 158, 161, 164, 181

Chou, Shiuhhuah Serena 130, 132

Cocteau, Jean 130, 132

Cohen, Daniel J 189

Corrigan, Timothy 97, 153, 154

D'haen, Theo 8, 9, 16, 77

Dalmi, Katalin 29, 34

Damrosch, David 6, 14, 22, 29, 30, 62, 63, 73-76, 81, 119, 130, 150, 172

Rubén Darío 179

Delanty, Gerard 91

Dena, Christy 153

Denton, Kirk A. 45, 47, 181

Dijkstra, Sandra 30, 44

Drucker, Johanna 186, 191

Eagleton, Terry 62

Eco, Umberto 10, 181

Elliott, Kamilla 97

Eoyang, Eugene 77

Erll, Astrid 3, 102, 184

Ernst, Wolfgang 105, 185

Europeana 184

Faulkner, William 10, 131

Fijalkowski, Krzysztof 161

Fine, Robert 90

Flew, Terry 173, 190, 191

Foucault, Michel 105

France, Anatole 41-44, 91

Freeman, Matthew 152-155

Fuchs, Christian 191

Gaffric, Gwennaël 4, 31, 46, 47, 49

Garrard, Greg 134

Gide, Andre 141

Glissant, Édouard 10

Gambarato, Renira Rampazzo 152-155

Goethe. Johann Wolfgang (von)(歌 德)

8, 11, 143, 175

Gogol, Nikolai 131

Goldblatt, Howard 8, 30, 44, 124, 181

Gomez, Jeff 155

Goodreads.com iii, 16, 19, 33, 53, 54, 76, 81, 82, 123, 125, 127, 128, 136-139, 183, 198, 199

Graham, Shawn 192

Grass, Gunter 12, 41, 103

Griffiths, Gareth 164

Guin, Ursula K. 12, 103, 123, 137, 141

Haddad, Samir 95, 96

Hayot, Eric 22, 23

Heilbron, Johan 57, 58, 119, 120, 122-124

Heise, Ursula K 132, 134

Hillenbrand, Margaret 50, 61, 89

Hogan. Linda 134, 149

Holgate, Ben 130, 132, 138, 142

Hopkins, David 160

Hoyan, Carole Hang Fung 121, 160

Hsieh, Evelyn Hsin-chin 4, 47

Hsu, Sean 141, 142

Huang, Hsin-ya (黃心雅) 110

Hugo, Victor 34, 184

Hutcheon, Linda 97, 150, 153, 154

Ibrus, Indrek 152, 155

Ito, Mizuko 191, 192

J. K. Rowling 184

Jenkins, Henry 152-156, 172, 191, 192

Jockers, Matthew L. 188

Johnson, Valerie 189

Joyce, James 41, 131, 149

Kimball 99

Klöeter, Henning 4, 31, 45

Kundera, Milan 34, 41

Lachmann, Renate 102

Lau, Joseph S. M 59, 181

Leblanc, Maurice 91

LGBT 45, 49

Li, Wen-chi iv, 4, 10, 32, 85, 91

Lin, Pei-yin iv, 10, 31, 32, 48, 85, 91, 125, 141

Lionett, Francois 70

Lister, Martin 190

Liu, Hongtao 4, 7, 9, 27, 31, 77, 141

Liu, Kenneth S. H. 31, 124, 125

Looy, Jan Van 172

Lovell, Julia 32, 121

Lovink, Geert 105, 185

Lusby, Jo 140

Marchand, Sandrine 4

Martin, Helmut 4, 45, 181

Martin, Michael S. 124

McDougall, Bonnie S. 7, 8, 25, 27, 120

MCLC 19, 45, 49, 52, 53, 60, 128

Mechant, Peter 172

Mitchell, David 138, 142

Monet, Claude 158

Moretti, Franco. 12, 22, 28, 74, 75, 189

Mostow, Joshua S. 181

Murphy, Patrick D. 133, 134

Newman Prize for Chinese Literature 34, 36-39, 44, 77, 82, 83, 123, 127, 128, 194

O'Reilly, Tim 190

Parsons, Jack 130, 132

Passi, Federica 4, 10, 31, 46, 180, 181

Paz Lozano, Octavio 122

Phillips, Murray G. 192

Pinter, Harold 34

Powell, Patricia 10

Presner, Todd 192

Rabut, Isabelle 4

Richardson, Michael 161

Rigney, Ann 3, 102, 184

Rojas, Carlos 4, 5, 9, 10, 49, 176, 177, 180, 192

Rosenmeier, Christopher 47, 52

Rosenzweig, Roy 189, 192

Sabharwal, Arjun 189

Sadami, Suzuki 159

Said, Edward W 5

Sample, Mark L. 185

Sanders, Jill 97, 107, 154

Sapiro, Gisele 6, 25, 76, 119, 120, 124, 140, 142

Saxton, Martha 192

Scolari, Carlos A. 150, 152, 153, 155, 156

Seligman, Amanda 192

Serrano-Muñoz, Jordi 29

Shakespeare, William (莎士比亞) 23

Shih, Shu-mei 5, 68-70, 80, 89

Sinophone (華語語系) iii, iv, 5, 16, 48, 61, 62, 69-71

Siskind, Mariano 17, 76, 81, 138, 139

Speidel, Klaus-Peter 173

Stackelberg, Peter (von) 154

Starrs, Roy 158

Stein, Gertrude 131

Sterk, Darryl 51, 130, 132, 140, 141

Stiver, Alexandra 173

Tablada, José Juan 179, 180

Tan, Twan Eng 39

Thornber, Karen L. 9, 158, 168

Tiffin, Helen 164

Toulouse-Lautrec, Henri de 158

van Gogh, Vincent 158

Voigts, Eckart 97, 150, 152

Walker, Alice 122, 123

Wang, David (王德威) 4, 31, 59, 70, 122, 124, 181

Wang, Fei-yun 142

Wang, Ning 7, 27, 77

Web 2.0 21, 173, 190, 191, 198

Wolf, Mark J. P. 154

Wolff, Robert S. 192

Wong, Lisa Lai-Ming 77, 83

Woolf, Virginia 12, 146

Yu, Jinquan 30, 32, 44, 45, 48, 84

Zhang, Longxi 103, 178

Zhang, Wenqian 30, 32, 44, 45, 48, 84,

Zhang, Yingjin（張英進）ii, iii, iv, 29,
      32, 51, 63, 77, 121